길들여진,
길들여지지 않은

| 일러두기 |

1. 인용된 도서의 제목은 우리나라에서 번역 출간된 도서의 제목을 넣고 원서 제목도 함께 표기했습니다. 우리나라에 출간되지 않은 도서는 번역된 우리말과 원서 제목을 함께 표기했습니다.
2. 본문 챕터마다 들어가는 저자명은 사이 몽고메리는 '사이'로,
   엘리자베스 M. 토마스는 '엘리자베스'로 표기했습니다.

Tamed&
Untamed

길들여진, 길들여지지 않은

무시하기엔 너무 친근하고
함께하기엔 너무 야생적인 동물들의 사생활

사이 몽고메리, 엘리자베스 M. 토마스 지음 | 김문주 옮김

홍익출판사

Contents

2장 | 동물과 사람들

3장 | 새와 함께 춤을

4장 | 야생동물들의 눈을 마주 본다면

5장 | 우리의 작은 이웃들

6장 | 동물들이 세상을 보는 법

트란실바니아(루마니아 중서부 지역)를 배경으로 하는 고딕풍 소설이 아닌 이상 우리는 여자들의 우정에 관한 이야기를 읽을 일이 거의 없다. 그러나 사이 몽고메리(Sy Montgomery)와 엘리자베스 M. 토마스(Elizabeth Marshall Thomas)라는 위대하고 독특하며, 동시에 인습을 타파하려는 의지를 가진 두 여성이 힘과 지혜를 합쳐 쓴 글들이 여기 있다.

두 사람이 만난 것은 30년도 전의 일이다. 당시는 사이가 뉴햄프셔주로 이사 와서 엘리자베스네 집에서 겨우 몇 분 떨어진 곳에 살게 된 지 몇 달이 채 안 된 때였다.

사이는 야생동물에 관한 글을 쓰는 작가이자 저널리스트였고, 곧 유인원에 대해 연구하는 여성들의 이야기를 담은 책을 펴낼 예정이었다. 한편 엘리자베스는 구석기 시대를 배경으로 하는 소설뿐만 아니라 칼라하리 사막에 사는 수렵채집인들의 삶을 온몸으로 부딪치며 관찰한 글을 써온 작가였다.

어느 날, 사이의 남편인 하워드 맨스필드(Howard Mansfield, 작가이자 편집자)가 신문에서 엘리자베스에 관한 기사를 읽고는 사이에게 연락해보라고 강력히 권했다. 그 뒤 얼마 지나지 않아 사이는 엘리자베스에게 코끼리가 어떻게 자기들끼리 소통하는지를 알아보는 인터뷰를 진행하게 되었다.

두 사람은 자리에 앉자마자 자연의 세계에 대해 이야기를 나누며 공통분모를 발견하게 되었다. 그날의 토론은 코끼리로 시작되었지만 이야기의 주제는 다른 많은 동물들로 옮겨갔는데 그러다 사이가 기르고 있는 흰담비에게로 흘러가게 되었다.

엘리자베스는 그 녀석을 직접 만나보고 싶어 했고, 그 소원을 들어주고 싶어 안달이 난 사이는 지금이 딱히 좋은 타이밍이 아니라고 걱정하면서도 그녀를 집으로 데려갔다. 그때는 사이가 호주에서 6개월을 보내고 막 돌아온 참이었고, 흰담비 털에 알레르기가 있는 것으로 밝혀진 시기였다.

이 말인즉슨, 이들이 흰담비를 다루는 데 그다지 능숙하지 않다는 의미였다. 아니나 다를까, 그 녀석이 뾰족한 이빨로 엘리자베스를 물어버렸다. 사이가 즉시 사과했지만, 그녀는 단호하게 자신은 전혀 신경 쓰지 않는다고 대답했다.

"그녀는 담비한테 물린 것을 신경 쓰지 않았어요. 그러기는 커녕 더욱 녀석에게 매료된 표정이었어요. 그리고 그때 나는 우리가 영혼의 단짝이라는 걸 알았답니다."

얼마 뒤에 두 사람은 코스타리카로, 아프리카 탄자니아로 함께 여행을 다니면서 동물들의 생태를 조사하고 이동을 추적하는 작업을 했다. 두 사람은 서로의 삶과 생각을 나누면서, 서로의 책에도 등장하게 되었다.

예를 들어 사이는 엘리자베스의 세계적인 베스트셀러《개들의 숨겨진 삶(The Hidden Life of Dogs)》에 카메오로 등장한다. 뜨거운 더위 속에서 어느 암컷 개를 추적하기 위해 코스타리카의 수도에서 기념품 쇼핑을 기꺼이 포기하는 두 사람 중 한쪽이 바로 그녀다.

그런가 하면 엘리자베스는 사이의 책《돼지의 추억(The Good Good Pig)》에서, 사이가 없는 동안 몸이 아픈 개 테스를 어떻게 하면 안정시킬 수 있는지 알고 있는 인물로 그려진다. 사이는 이렇게 말한다.

"저는 우리가 만난 이후 거의 모든 책에 엘리자베스와의 일화를 넣거나 그녀의 말을 인용합니다. 그녀 역시 아프리카 칼라하리 사막에 사는 원주민들의 삶을 추적한 논픽션《무해한 사람들(The Harmless People)》을 비롯한 모든 책에서 내 이름을 언급하고 있어요. 뿐만 아니라 우리는 서로의 원고를 읽고 비평을 해준답니다."

이 책에 실린 글들은 〈보스턴 글로브(Boston Globe)〉에 두 사람이 공동으로 연재한 칼럼을 책에 어울리게 다듬고 각색한 것들이다. 나는 1980년대 후반부터 이 신문사에서 편집자 겸 작가로 일했는데, 당시 사이는 이 신문의 외부 필자로 정기적으로 글을 기고하고 있었다.

한편, 나는 이 신문에 연재하는 '애니멀 비트(Animal Beat)'라는 칼럼 때문에 엘리자베스와 여러 차례 인터뷰를 하기도 했다. 그런 과정에서 이 둘이 친구라는 사실을 알게 된 나는 거기에 끼고 싶었고, 운 좋게도 그들의 친구가 될 수 있었다.

내가 1993년에 처음으로 엘리자베스를 인터뷰했을 때, 우리는 왜 인간이 '사랑'이라고 말하는 것을 비인간 동물들에게는 그저 '짝짓기'를 한다고 표현하는지, 왜 아기를 낳은 여성은 '그녀'이면서 강아지를 낳은 개는 '그것'인지에 대해 이야기를 나눴다.

어떤 독자들은 엘리자베스가 서로에게 헌신적인 시베리안 허스키 두 마리의 관계를 '결혼'이라고 부른다는 사실에 이의를 제기하기도 했다. 한낱 동물에 불과한 개에게 짝짓기라는 용어를 쓰지 않는 데 대한 반론이었다. 그 정도로 엘리자베스는 선구자였다. 언젠가 나는 그녀에게 물었다.

"인간은 생각하고 사랑하고 느끼는 지구상의 유일한 생명체인가요?"

그녀는 고개를 좌우로 흔들며 코웃음을 쳤다. 그녀는 인간이 인식을 발전시켜온 유일한 포유동물이라고 여기는 것은 우리의 오만이자 완전한 착각이라고 말했다. 포유동물 중 유일하게 사랑을 나눌 수 있다거나, 공감할 수 있다거나, 아니면 도덕성을 가지고 있다는 가정도 마찬가지라고 했다.

사이는 인간중심적인 우월감에 의문을 품는 엘리자베스의 세계관에 깊이 공감하고 있었다. 그녀는 진화에 대해 설명하면서, 인간은 감정과 도덕성에 관련해서 동물들에게 빚을 지고 있다고 말했다.

"우리의 우정을 오직 다른 인간만을 대상으로 한정 짓는 것은 마치 한 가지 음식으로만 차려진 식사를 고집하는 것만큼이나 터무니없는 일이에요. 우리가 수천, 수만 종의 생물들 가운데서 오직 하나의 생물하고만 우정을 나눌 수 있다는 생각은 정말 말이 안 돼요."

오래전에 흰담비가 엘리자베스의 손을 깨물었을 때로 돌아가보자. 엘리자베스는 어깨를 으쓱하며, 자기가 화를 내거나 실망한 표정을 짓지 않은 것은 녀석에게 너그럽게 굴려는 의도가 아니었다고 말했다. 그렇다, 그녀는 단지 흰담비를 이해했을 뿐이다. 그녀는 사람과의 관계에서 그러듯이 상대의 관점에서 이 사건을 바라보았던 것이다.

사이와 엘리자베스가 동물들에게 쏟는 관심과 애정은 이 책에 고스란히 담겨 있다. 두 사람은 놀라운 우정과 탁월한 글을 통해 우리와 동물들 사이에 가로놓였던 거짓된 장벽을 대번에 무너뜨려서 서로 더욱 가까워질 수 있도록 도와준다.

작가 헬렌 맥도널드(Helen Macdonald)는 2015년 아마존 '올해의 책'에 선정되는 등 여러 문학상을 휩쓴 아름다운 책 《메이블 이야기(H is for Hawk)》에 이렇게 썼다.

"야생동물은 인간의 역사로부터 만들어진다."

이 말이 사실이라면, 이 책에 등장하는 동물들을 만나게 된 우리는 얼마나 행운인가? 또한 사이와 엘리자베스의 촘촘하게 엮인 글 덕에 우리가 더 나은 인간이 될 수 있도록 한 발짝 앞으로 나아갈 수 있다는 것은 얼마나 행운인가? 이 책을 통해 당신도 이 세상 모든 동물들과 영혼의 단짝이 될 수 있기를 바란다.

_ 비키 콘스탄틴 크록(Vicki Constantine Croke),
저널리스트, 《코끼리 군대(Elephant Company)》의 저자

1장

개와 고양이의 숨겨진 사생활

인간은 어떻게 개와 고양이를 기르게 되었을까? 이런 물음은 사실 잘못된 것이다. 우리가 이들을 기른 게 아니라 그들이 우리를 받아들인 것이기 때문이다.

처음에 이들은 인간들과 관계를 맺을 경우 얻게 되는 이점을 알았겠지만, 이 새로운 관계에 대해 인간들이 자신들의 덕이라고 말할 줄은 몰랐을 것이다.

우리가 어떻게 개를 키우게 되었는지에 대해 말할 때, 사람들은 부모 잃은 새끼 늑대를 입양해서 기르던 것이 개로 진화한 것이라고 한다. 그러나 우리가 자연 속에서 살던 시절을 돌아보면 행동양식의 변화는 대부분 식량에 대한 욕구에서 비롯되었지 먹여 살려야 하는 식구가 더 많았으면 하는 욕구에서 비롯되지는 않았다.

최근까지 수렵채집인으로 살았던 아프리카 나미비아의 산족을 예로 들자면, 이들은 다른 동물들과 우애 있게 지낼 수 있다고 여기지 않았고 개 역시도 결국 자기들이 먹기 위해 기르는 대상으로만 보았다.

수렵과 채집으로 살 수 있는 방식이 그다지 다양하지 않았기 때문에, 늑대를 개로 키워낸 사람들의 문화는 어느 정도 산족의 문화와 닮았을 것이다. 그리고 그런 사람들이 부모를 잃은 새끼 늑대를 발견했다면, 분명 그 새끼를 죽여 가죽으로 모자를 만들었을 것으로 보인다.

10만 년 전에 수렵채집을 하는 인간들과 이제는 멸종된 회색 늑대는 유라시아 북부에 살았다. 그곳은 겨울이 길었기에 대형 동물들의 고기가 식생활의 중요한 요소였다. 채소를 구할 수 없는 겨울이 되면, 고기가 사람들이 먹을 수 있는 유일한 식량이었기 때문이다.

인간들은 늑대와 동일한 사냥감을, 때로는 같은 시간에 같은 장소에서 사냥하기도 했다. 둘 모두 사냥감이 언제 어디서 발견되는지를 알고 있었기 때문이다. 늑대들은 사냥꾼이 사슴 같은 동물을 어디서 죽이는지를 재빨리 알아냈다. 사냥꾼들은 내장이며 발굽, 어쩌면 머리까지도 제거한 후에 오두막이나 야영지로 가져가기 쉽도록 고기를 토막 냈을 것이다. 그리고 이들이 떠나면 늑대들은 사냥꾼들이 버린 부위와 피에 젖은 눈을 먹기 위해 부지런히 움직였을 것이다.

두 종족 모두 무리 지어 사냥했기 때문에 협동의 가치를 잘 알고 있었다. 그렇기에 사냥감 몰이 기술에 대해서도 알고 있었을 것이다. 참을성이 강한 사냥꾼인 늑대는 가끔은 사슴을 사람 쪽으로 몰아가기도 했다. 이는 우연히 벌어진 일일 수도 있지만, 아마도 다분히 의도적이었을 것이다.

늑대 한 마리는 사슴이 기진맥진해질 때까지 따라갈 수 있지만, 혼자서 사냥감을 죽이는 데에는 어려움이 있었다. 하지만 창을 가진 인간들에게는 덜 어려운 일이었다. 늑대들은 여기서 그 이점을 알아봤고, 아마 인간들도 마찬가지였을 것이다. 그렇게 둘은 협력하여 사냥하게 된다.

그 다음 단계는 늑대들이 이끈 것 같다. 늑대의 화석이 인간의 야영지에서 발견되었는데, 이들이 야영지 근방에 살면서 여느 지역의 다른 동물들이 그러하듯 가능할 때마다 야영지를 뒤졌으리라고 추측할 수 있다.

인간과 연합한 동물들에 대해 연구한 인류학자 마커스 베인스 록(Marcus Baynes Rock)은 《개들 사이에서(Among the Bone Eaters)》라는 책에서 하이에나 길들이기에 관한 내용을 이렇게 묘사했다.

에티오피아에서 하이에나 무리는 특정 마을 근처에 산다. 이 마을은 관광객들이 자주 찾는 곳으로 하이에나들이 아주 쉽게

먹이를 얻을 수 있는 곳이다. 이들은 다른 하이에나처럼 평소
에는 사냥을 하지만, 밤에는 마을을 배회하며 주워 먹을 만한
뭔가를 발견한다. 그러나 절대로 사람들을 괴롭히지는 않는다.

이와 비슷한 상황이 개발도상국의 여러 마을에 사는 개들
사이에서 발견된다. 이 개들은 사람들로부터 먹이를 얻지 못해
서 먹이를 찾기 위해 직접 쓰레기 더미를 뒤진다.

이처럼 수천 년 전에 늑대가 아무런 심각한 해도 끼치지 않
고 자신들의 야영지를 뒤지는 것을 사람들은 참아냈던 것으로
보인다. 늑대들이 사냥을 돕고, 때로는 늑대뿐 아니라 인간도
먹어치우던 초대형 사자인 '동굴사자(Panthera Leo Spelaea)'
같은 포식동물이 나타날 때 경고를 해줬기 때문이다.

서로에 대한 인내는 상호의존관계로 발전했고, 이는 곧 우
정이 되었으며, 그렇게 늑대는 점차 개가 되었을 것이다. 처음
에는 늑대와 매우 유사했겠지만, 후에는 이종교배로 인해 여러
부분에서 늑대와는 다른 신체적 특징을 가진 개로 변모했을
것이다.

개를 좋아하지 않기란 쉽지 않다. 독일의 어느 무덤 안에서 개
처럼 보이는 33,000년 전의 화석이 인간 화석 곁에서 발견되었
다. 인류 역사를 통틀어 그런 식의 매장 형태는 계속 이어졌고,

우리 가운데 일부는 그 관습을 지금도 계속 이어나가고 있다.

우리 가족은 화장을 선호하기 때문에 내가 죽는다면 나는 재가 될 것이다. 현재 나와 함께 있는 개들을 제외하고 내가 길렀던 개들은 모두 이미 재가 되어 뿌려졌으므로, 훗날 내가 죽으면 우린 모두 함께하게 될 것이다. 따라서 나는 33,000년 전에 개와 함께 묻혔던 독일의 그 남자와 별로 다를 바가 없다.

고양이 역시 개와 유사하게 음식과 연관된 역사를 가지고 있다. 고양이의 조상은 작은 아프리카 살쾡이인 펠리스 실베스트리스(Felis Silvestris)로, 이집트에서 이스라엘로 이어지는 홍해 위쪽에 위치한 초승달 모양으로 굽어진 '비옥한 초승달 지대(Fertile Crescent)'에서 살았다.

이곳에서 사람들은 곡식을 얻기 위해 농사를 짓고, 이를 수확해 곡창에 보관했다. 야생초의 씨앗을 먹던 쥐들이 곡식으로 가득 찬 곡창을 찾아내는 데는 며칠이 걸리지 않았을 것이다. 그리고 작은 살쾡이들이 이 쥐들을 찾아내는 것도 금방이었을 것이다.

고양이와 사람은 궁합이 잘 맞았다. 쥐의 개체수를 조절해주는 고양이는 매우 소중했다. 게다가 고양이들은 사람에게 큰 해를 입히지도 않았고, 개들처럼 사람들의 음식을 훔치거나 뒤져서 먹지도 않는 매우 유용한 존재였다. 매와 독수리로부터 숨을 수 있는 안전한 곳이면서 쥐들을 유인하는 곡식이 가득한 곳에서 산다는 건 고양이에게 최상의 조건이었다.

많은 사람들이 2,000년 전 이집트에서 고양이를 숭배했던 것이 고양이와 인간의 우정을 보여준 가장 오래전의 일이라고 생각하겠지만, 그런 추세는 훨씬 전에 시작되었다. 오직 배를 타고서만 닿을 수 있는 근동 지방의 한 섬에서 발견된 8,000년 전의 고양이 화석이 이를 입증한다. 이 화석은 살쾡이의 것으로 보이지만, 내 생각엔 사람이 키우는 고양이였을 것이다. 누군가 배를 저어 이 섬으로 가면서 고양이를 데려간 것이다.

우리 집에, 그리고 당신 집에서도, 이 근동 지역 생태계의 축소판을 찾아볼 수 있다. 곡식이 배를 타고 전 세계적으로 유통되며 각 지역의 생쥐와 들쥐, 고양이들도 함께 움직였다.

우리의 고양이는 현대판 펠리스 실베스트리이며, 우리 집에 사는 작은 회색 쥐나 흔히 말하는 갈색 쥐, 또는 노르웨이 쥐라고 불리는 녀석들은 근동 지역 쥐들의 자손이다. 그리고 근동의 곡식은 지금 어느 정도 개량되어 우리가 빵을 만드는 데 쓰는 밀가루가 되었다.

_ 엘리자베스

01

개를 훈련시키는
최고의 방법

사람은 손윗사람들과 손아랫사람들이 하나의 가족을 이루는 집에 산다. 이들은 같은 언어를 쓰기 때문에 서로를 이해하면서 손윗사람이 손아랫사람에게 무엇을 해야 하는지를 가르치며 살아간다.

그러나 그 집에 들어온 개는 이질적인 존재다. 개는 인간의 언어를 이해할 수 없으니 말이다. 만약 개가 부모 형제와 함께 있다면 자신들만의 삶의 방식을 배울 수 있는 무리에 속하겠지만 사람만 사는 집에서 개는 완전히 혼자다. 대부분의 개들은 자기 주인을 선배로 받아들이고 사람들로부터 그들의 생활 습관을 최선을 다해 배우려고 고군분투해야만 한다.

15년 이상 개들과 함께 생활해온 나는 개들의 문화를 인간의 방식대로 뜯어고치지 않고 그들만의 방식에 따라 살 수 있게 해주려고 노력해 왔다. 개들이 스스로를 무리라고 보게 되자, 어린 강아지는 나이 많은 개들로부터 크고 작은 지혜를 배워나갔다. 즉, 최고의 훈련사는 같은 종족인 것이다. 이는 내가 우리 개들을 훈련시키지 않았다는 얘기가 아니다. 나는 한 번에 한 가지씩만, 오로지 녀석들이 재미있으라고 훈련을 시켰다.

내게는 '딸깍' 소리가 나는 도구가 있었는데, 개가 뭔가 특별한 일을 해냈을 때 딸깍 소리를 내고는 간식을 주었다. 개들은 이것을 꽤나 좋아했다. 늘 이 훈련을 하자고 졸라댔고, 한 번 훈련을 시작하면 신이 나서 주변을 뛰어다녔다. 그리고 짖기, 점프하기, 눕기, 구르기, 뒷다리로 서서 빙빙 돌기 같은 모든 기술을 해내려고 신나게 노력했다. 그렇게 하면 맛난 간식을 얻어먹을 수 있으니 말이다.

나는 개가 앉아 있을 때 '앉아!'라고 하거나 땅을 구를 때 '굴러!'라고 말했다. 그러다 나중에 녀석들은 간식을 받지 않더라도 내가 명령을 하면 똑같은 재주를 보여주었다. 훈련 과정에서 그런 행동에 즐거움을 느낀 것이다.

하지만 '딸깍이 훈련'은 즐겁기는 해도 그저 일종의 게임일 뿐, 잘못된 행동을 교정할 때는 별 효과가 없었다. 이런 방식으로 개가 집안에서 생활할 수 있도록 훈련하기 위해서는 실수를 저지른 개를 잡고 단지 딸깍 소리를 내거나 보상을 해주는 대신 다른 충격을 주어야 한다.

무리 속에서 나이 많은 개들로부터 배우는 강아지들에게는 이런 훈련이 훨씬 쉽게 이루어진다. 이들은 선배들이 어떤 행동을 하라고 요구하는지 이해할 수 있기 때문에 그런 요구에 아무 의문도 품지 않고 그대로 실행한다.

우리 집의 경우, 이러한 훈련은 15년 동안 만들어진 문화를 이어받은 마지막 개가 죽자 끝이 나고 말았다. 감정을 추스르고 난 후에, 나는 동네 동물보호소에 찾아가서 앞의 이야기에 나왔던 꼬마 강아지 두 마리를 데려왔다. 카프카라는 이름의 작은 퍼그와 차페크라는 이름의 치와와 말이다.

카프카는 실내 훈련을 이해했지만 차페크는 그렇지 못했다. 게다가 두 마리는 동갑내기였기 때문에 성견과 강아지의 관계와는 달리 차페크는 용변을 가릴 때 카프카를 따라할 필요가 없다고 보았다.

차페크의 입장에서 자신이 속해 있는 무리에서 선배는 사람들과 고양이들이었다. 이들은 모두 실내에서 생활했으며 용변을 해결할 장소는 모두 집안에 있었다. 자신의 선배들을 따라 차페크는 가끔 고양이의 배변 상자나 화장실에 오줌을 누었다.

나는 곧잘 의자의 다리 같은 곳에 오줌이 얼룩져 있는 걸 발견했고 이내 차페크가 우산꽂이를 향헤 순진무구한 얼굴로, 마치 그게 당연하다는 듯이 다리를 들고 있는 모습을 보았다. 재미있게도 녀석은 자기가 실수를 저지르는 장면을 내가 목격한 경우에만 그 실수를 인정했다.

물론 나는 개 훈련사들한테 추천을 받은 훈련 방식을 시도해보기도 했다. 목줄로 차페크를 묶어두거나 가둬두었다가 가끔 바깥으로 데려가서 용변을 보도록 했는데, 성공을 했을 때는 칭찬과 보상을 해주었다.

하지만 녀석은 갇혀 있는 내내 울어대면서 목줄을 해야 하는 이유를 납득하지 못했다. 그리고 내가 이 모든 방법을 포기하고 오직 보상하는 방식만 유지했을 때에도 여전히 상황을 파악하지 못했다.

나는 기저귀를 활용하는 방법도 시도해봤다. 병원에서 사용하는 요실금용 기저귀의 강아지용 버전인데, 효과는 기대 이상이었다. 녀석은 이전 집에서 기저귀를 사용했던 것 같다.

그리고 그렇게 하는 것은 밤에 바깥으로 나가는 것보다 더 안전했다. 집 부근에 사는 수리부엉이¹는 이전에도 밤하늘에서 조용히 내려와 어느 집 치와와를 잡아 죽인 적이 있었다. 그 치와와가 얼마나 작았는지는 모르지만 우리 집 치와와는 고양이보다 작기에 문제가 될 것 같았다.

더구나 차페크는 검은 털을 가졌기에 어둠 속에서는 인간의 눈에는 보이지 않고, 부엉이에게는 스컹크처럼 보일 수 있었다. 스컹크는 커다란 부엉이들이 좋아하는 먹잇감으로, 가끔 부엉이들이 지독한 냄새를 풍기는 것은 이 때문이다.

차페크가 기저귀를 사용한 지 몇 달이 흘렀다. 그러나 여전히 자주 실수를 저질렀고, 바닥을 엉망으로 해놓기 일쑤였다. 차페크가 나쁜 의도를 가진 게 아니더라도 그런 일이 벌어졌을 때 이를 재빨리 청소하지 않으면 금세 집안 전체에서 지린내가 진동했다. 그래서 첫 주인이 녀석을 버렸던 것 같았다.

그러나 결국 그게 최선이었다. 이때쯤이면 주인들이 개에게 엄하게 대하며 벌을 주는 경우가 많지만, 나는 절대 그렇게 하지 않았다. 치와와보다 열 배는 몸집이 큰 거인이 속수무책인 강아지 앞에 서서 소리를 지르는 모습을 상상해보라.

차페크를 엄격하게 훈육하는 것은 내게 그다지 좋아 보이

---

1 올빼미목 올빼미과의 조류로, 꿩, 산토끼, 쥐, 뱀 등을 잡아먹는다.

지 않았다. 고민하던 차에 나는 어린 강아지들이 성견으로부터 얼마나 잘 배울 수 있었는지를 기억해냈고 내 딸과 사위, 그리고 완벽하게 실내 훈련이 되어 있는 그 집의 나이 많은 치와와 '부츠'를 우리 집으로 초대했다.

차페크는 부츠를 존경했다. 부츠가 가는 곳이면 차페크도 따라갔고, 부츠가 어디에 용변을 보는지 유심히 보았다. 그리고 부츠가 그저 영역 표시를 하는 것뿐일 때도 차페크는 똑같은 자리에 다리를 들고 영역 표시를 했다.

아마도 부츠가 이 동네에 사는 유일한 치와와가 아니라는 사실을 상기시키려는, 아니면 그 메시지를 강조하려는 뜻이었을 것이다. 그들이 집으로 돌아올 때쯤 차페크에게는 더 이상 영역 표시를 할 만큼 오줌이 남아 있지 않았고, 그리고 약간은 발전한 것처럼 느껴졌다.

부츠와 그의 가족이 집으로 돌아간 후 차페크는 첫눈이 올 때까지 집에서 거의 실수를 하지 않았다. 차페크는 눈을 본 적이 없기 때문인지 밖으로 나가 눈을 밟고 다니기를 꺼려했다. 녀석은 고작 4킬로그램의 몸무게를 가졌고 털이 얇았으며 발 크기는 웬만한 동전만해서 축축한 눈을 밟았다가는 꽁꽁 얼어버릴 것이었다.

나는 강아지용 옷과 장화를 샀지만 차페크는 이걸 싫어해서 볼 때마다 도망쳐서 숨어버리더니 여기저기에 실례를 했다. 내가 아무리 열심히 바닥을 문질러 닦거나 방취제를 뿌려도 소용없었다.

하지만 시간이 흐르면서 상황은 나아졌다. 녀석은 부츠로부터 뭔가를 배웠고 칭찬과 보상, 관심은 이를 강화시켜줬다. 차페크는 여전히 실수를 저지르지만, 예전처럼 잦지는 않다. 그래서 지금으로서는 그 녀석이 충분히 숙련되었다고 본다. 예전에 키우던 개들이 훌륭한 선배 개들로부터 훈련을 받았던 것만큼 완벽하지는 않지만 말이다.

내가 차페크를 훈련하는 데 얼마나 시간이 들었을까? 가늠할 수도 없을 정도다. 예전의 우리 개들이 어린 강아지들을 훈련시키는 데는 얼마나 걸렸을까? 단 몇 분도 걸리지 않았다. 이 개들은 그저 자기들이 하던 대로 했고, 강아지들은 나이 든 개를 따라했을 뿐이다. 이 모든 것이 이루어지는 데 기저귀도 필요 없었고, 실수를 저지른 것을 치워야 할 필요도 없이 모든 것이 쉽고 자연스러웠다.

같은 종족의 선배에게 배울 때 가장 빠르고 자연스럽게 배운다는 사실은 인간에게도 마찬가지다. 나는 우리 부모님과 조부모님, 그리고 유모로부터 훈련을 받았다. 우리가 개였다면, 이 분들은 무리를 이루는 선배들이었을 것이다. 오늘날 나는 오직 화장실 변기에만 소변을 본다. 야외에 있을 때에도 등산을 가서 숲속에서 용변을 해야 하는 경우가 아니라면 아무데서나 소변을 보지 않는다.

나는 치와와가 훈련시키기 어려운 견종이라는 이야기를 가끔 듣는다. 그러나 이런 이야기를 차페크의 배변 훈련이 어려웠던 이유로 꼽을 수는 없다. 나는 동족으로부터 배웠지만, 차페크는 그렇지 못했다는 것이 바로 문제의 핵심이다.

_ 엘리자베스

02

고양이들의
만행

누군가의 잔디밭 위에 거대한 솜털 덩어리가 놓여 있는 사진을 보았다. 나는 곧 그 덩어리가 어느 수의사의 소파로, 그 수의사의 고양이가 그 지경으로 만들어놓았다는 걸 알게 되었다. 나는 별로 놀라지 않았다. 왜냐하면 상당히 깔끔하고 정리된 우리 집에도 똑같은 만행의 흔적이 곳곳에 남아 있기 때문이다.

이 만행을 저지른 범인들은 발톱을 날카롭게 세운 고양이들이다. 그러나 나는 고양이의 발톱을 제거하지 않았다. 발가락

끝을 제거하는 이 극악무도한 행위는 고양이에게 평생 가는 고통을 안겨준다. 고양이들은 발끝으로 걷기 때문이다.

그보다 나는 고양이들의 이러한 반달리즘(Vandalism)[2]을 순순히 받아들임으로써 이 문제를 처리하고 있다. 우리 고양이들은 소파나 서류, 베개, 커튼, 벽지, 아니면 프라하의 유명한 도자기 작가가 만든 아름다운 도자기 컵, 혹은 출판사에 보내려 했던 400페이지짜리 원고보다 내게 훨씬 더 소중하니 말이다.

컵이 깨진 것은 발톱 때문이 아니라 문이 제대로 닫혀 있지 않을 때 선반으로 뛰어오르고 싶어 했거나, 때때로 물건들을 밖으로 밀어내고 싶어 하는 고양이의 욕구 때문에 벌어진 일이었다.

원고는 고양이들이 의도적으로 망가뜨린 게 아니었다. 창문을 통해 새를 구경하느라 정신이 팔려 있던 고양이가 내 키보드 위에서 뒷발로 엔터키를 누르고 있었던 것이었다. 그래서 원고는 5천 장까지 늘어나버렸고, 나는 추가된 부분을 한 번에 한 페이지씩 총 4,500장을 지워야 할 판이었다. 그래서 그냥 나는 처음부터 다시 원고를 쓰기로 했는데, 다행히 복사본이 있어서 쉽게 일단락되었다.

---

2 문화유산이나 예술품을 고의적으로 훼손하는 행위를 뜻한다.

우리 집 소파는 솔기 부분에서 솜이 빠져나오고, 창문에 걸린 방충망에는 구멍이 나 있다. 우리는 더 이상 커튼을 달지 않는데, 고양이들이 커튼을 기어오르려다가 다 찢어놨기 때문이다. 그리고 복도에 바른 벽지는 벽 하단부터 고양이가 뒷발로 섰을 때 앞발이 닿는 높이까지가 너덜너덜한 상태다.

때로는 우리도 이런 반달리즘에 동참하기도 한다(그 시작은 고양이의 잘못일지라도 말이다). 특히나 고양이가 다람쥐를 집안으로 데려와서는 그 뒤를 쫓으려고 할 때는 더욱 그렇다.

그렇게 경주가 시작되면 다람쥐가 선두에 서고 고양이가 바로 그 뒤를 따르며, 사람들은 바로 그 뒤를 쫓는다. 모두가 최선을 다해 뛰고 있노라면 이제 몇 남지도 않은 물건들이 우리 주변에서 요란한 소리를 내며 부서진다.

고양이들은 신이 나서 뛰고, 사람과 다람쥐는 공포 때문에 뛴다. 그리고 이 모든 사태는 우리가 가까스로 수건 한 장을 다람쥐에게 던져서 그걸로 녀석을 집어 올린 후 돌담 사이에 있는 녀석의 집으로 돌려보내고 나서야 끝이 난다.

고양이와 함께 사는 일상에는 좋은 부분도 있고, 나쁜 부분도 있다. 고양이는 우리의 벽지와 가구, 커튼을 망가뜨리지만 쥐의 개체수를 조절해주는 역할을 한다. 그렇다고 해서 고양이가 쥐를 먹는 것은 아니다. 고양이는 쥐를 가지고 노는 것을 취미로 즐길 뿐이다.

지하실에 가볼 때마다 나는 매번 머리가 뜯긴 쥐의 사체를 적어도 한 마리씩은 보게 된다. 때로는 서너 마리일 때도 있다. 물론 사체를 치우는 일은 달갑지 않지만 매일 그러는 건 아니기에 견딜 만하다.

그러나 고양이의 쥐 사냥은 필요하다. 쥐가 한 마리 죽을 때마다, 쥐가 전깃줄을 갉아먹어서 집에 불이 날 가능성이 하나씩 줄어들게 되니 말이다. 따라서 나는 고양이들에게 감사할 따름이다.

고양이와 함께 하는 삶에 있어서 우리가 받을 수 있는 가장 큰 보상은, 바로 고양이의 '가르랑거리기'다. 이 세상 그 어떤 소리도 가르랑거리기만큼 마음을 진정시켜주거나 기쁘게 해줄 수는 없다. 가르랑거리는 고양이를 무릎 위에 앉혀놓으면 우리는 즐겁고 꿈같았던 시간이나 우리가 봤던 아름다운 것들에 대한 생각으로 마음을 가득 채운 채 느긋이 쉴 수 있다.

고양이들은 나이가 들수록 예전만큼 문제를 일으키지 않게 된다. 또한 반려동물 가게에서 살 수 있는 스크래처 역시 조금은 도움이 될 것이다. 내가 집안에 설치해놓은 커다란 캣타워도 그렇다.

우리 집 캣타워는 사용하지 않는 의자로 만든 것으로, 발톱으로 잡아 떼어내려면 10년은 족히 걸릴 만한 두꺼운 천으로 감싸져 있다. 천을 씌운 의자는 우리가 수건으로 주변을 감싸 핀으로 고정했기에 고양이의 도발에도 꿈쩍하지 않는다. 그렇게 우리 모두는 오래오래 행복하게 잘 살고 있다.

_ 엘리자베스

03

SNS에 중독된
강아지들

15년 이상 중형견들만 키워오던 내가 어느 날 갑자기 어린 치와와와 퍼그, 그러니까 소형견 두 마리의 주인이 되었다. 나는 이 강아지들을 동물보호소에서 데려왔다.

역사학자인 남편은 이들에게 체코슬로바키아 출신의 유명 작가들의 이름을 붙여주었다. 녀석들의 이름은 프란츠 카프카(Franz Kafka)에서 따온 '카프카'와 카렐 차페크(Karel Capek)에서 따온 '차페크'였다.

치와와에게 이름을 빌려준 차페크는 체코 소수민족 출신으로 책《도롱뇽과의 전쟁(War with the Newts)》과 희곡《로봇(R.U.R.)》을 썼는데, 제목에서 보듯이 처음으로 '로봇'이라는 말을 만들어낸 사람이기도 하다. 몸집이 더 큰 퍼그에게는 카프카라고 이름을 붙여줬는데, 세계문학사에서 카프카가 차페크보다 좀 더 중요하고 더 큰 인물이기 때문이다.

이렇게 남다른 이름을 가지게 된 강아지들은 내가 전혀 꿈꾸지 못한 일들을 가르쳐주는 특별한 존재가 되었다. 여러 가르침들 가운데 하나가 바로 이 강아지들이 세상을 경험하는 방식이다.

강아지들은 너무나 자그마했지만, 그 외 모든 것들은 너무나 컸다. 그렇기 때문에 이 꼬맹이들은 사람의 무릎에 앉는 걸 좋아했다. '무릎강아지'라는 별명이 괜히 붙은 게 아니었다. 녀석들은 우리가 나무꼭대기를 올려다보듯 발치에서 우리를 올려다보는 대신 무릎에 앉아 거의 얼굴을 맞대고 바라본다. 그뿐 아니라 다른 사람들이 그러하듯 조금 멀찍이 떨어져서 바라볼 때도 있다.

녀석들은 너무도 매력적이고 사랑스러운데, 밤에는 나에게 몸을 딱 붙이고는 침대 위에서 잠을 청한다. 때로는 이불 위에 누워 있기도 하지만 나와 함께 이불 속에 푹 파묻혀 있을 때가 더 많다. 이는 강아지들이 추운 밤이면 하는 행동이었다.

언젠가 나는 텔레비전에서 침팬지의 행동 연구 분야에 관한 세계 최고 권위자인 제인 구달(Jane Goodall)의 인터뷰를 본 적이 있다. 그녀는 웬일인지 인터뷰 진행자에게 크게 감흥이 없어 보였다. 그가 제인 구달에게 어떤 동물을 가장 좋아하느냐고 물었을 때, 그녀의 얼굴은 아무 말도 못 들은 듯 공허해 보였다. 당황스러운 침묵에 진행자가 몸을 굽히며 재차 물었다.

"침팬지인가요?"

그러자 제인 구달은 아무런 표정 변화 없이 대답했다.

"소형견들입니다."

나는 그녀가 그렇게 말하는 이유를 이해했다. 그녀도 똑똑하지만 재미있기도 한 소형견들의 매력에 푹 빠진 것이 틀림없었다. 나는 이토록 매력적인 소형견들로부터 두 가지를 배울 수 있었다. 첫 번째는 대부분의 개들과 마찬가지로 유년기는 소형견들의 가치에 영향을 미치는 가장 중요한 시기라는 것이다.

우리 집은 수십 마리의 야생동물들에 둘러싸인 시골에 있는데, 이런 동물들은 도시에서 유년기를 보낸 우리 꼬맹이들에게 흥미를 끌지 못했다. 대신 그들의 흥미를 끄는 것은 자동차와 풀이었다. 시골에서 태어난 우리 집의 다른 개들은 그런 데에 관심을 표하지 않기 때문에 나는 그 모습에 놀랐다.

이 꼬마 강아지들은 목줄에 묶여 보도를 따라 걸으며 생의 초반 대부분을 보냈다. 보도를 따라 난 풀에는 다른 개들이 영역 표시를 한 흔적이 남아 있어 그들에게 풀이란 인간의 출석부 같은 것이었다.

또한 이 아이들은 자동차에도 관심을 가졌는데, 나는 그들이 끌리는 것은 자동차가 아니라 바퀴라는 것을 깨닫게 되었다. 그렇다고 해서 현관 앞에 서 있는 차에 무작정 달려들어 바퀴 냄새를 맡지는 않았다.

꼬맹이들은 항상 그런 건 아니지만 보통은 오른쪽 바퀴부터 냄새를 맡기 시작했다. 차가 길거리에 주차되어 있으면 자기들이 냄새를 맡을 수 있는 쪽이 오른쪽이었으니 그럴 것이었다. 그 뒤 자동차를 빙 둘러가며 바퀴마다 신중하게 킁킁거리다 다시 다른 바퀴들 냄새를 맡았다. 원하는 만큼 각 바퀴를 조사하고 나면 다리 하나를 들고 그 가운데 하나에 영역 표시를 했다.

이를 통해 나는 두번째 깨달음을 얻었는데, 바로 소형견들은 인간만큼이나 사회적 관계에 관심이 많다는 것이었다. 자동차는 개들의 인터넷이고, 바퀴는 개들의 SNS와 같다. 바퀴를 통해 개들은 저 멀리 떨어진 곳에 있는 개들에 대해 알게 된다. 자기들이 모르고, 절대 만날 일도 없지만 메시지를 남겼던 그 개들 말이다.

이러한 메시지는 흔히 '오줌 편지(Pee-mail)'라고 표현되는데, 그런 영역 표시는 오히려 트위터나 블로그에 가깝다. 응답을 받을 거라는 기대 없이 이 세상의 보편적인 사람들과 나누고 싶은 생각을 올리는 것과 비슷하기 때문이다.

이 모든 것은 내가 오래도록 의문스러워 했던 부분을 확인시켜주었다. 즉, 개에게 가장 중요한 것은 다른 개들이라는 것이다. 소형견들은 이를 확실히 증명해줬다.

우리 강아지들은 몇 십만 평방미터 크기의 숲과 들판에 둘러싸여 살고 있지만, 녀석들에겐 보스턴에서 다리 한쪽을 들어 올려 영역 표시를 한 모르는 개가 동네 곰과 사슴, 코요테[3], 호저[4], 살쾡이, 스컹크, 또는 아메리칸 담비[5]보다 훨씬 중요한 것이다.

이런 점에서 강아지들은 대부분의 사람들과 비슷하다. 내가 집 주변의 호저나 스컹크, 아메리칸 담비의 이야기를 듣고, 또 보스턴에 사는 어떤 모르는 사람의 이야기를 듣는다면 사람의 이야기가 내게는 더 중요하게 들릴 테니 말이다.

_ 엘리자베스

---

3 식육목 개과의 포유류로 몸집이 작으며 아메리카 평원에 서식한다.
4 산미치광이라고도 하는 쥐목 산미치광이과 동물의 총칭이다. 몸과 꼬리의 윗면은 가시와 같은 털로 덮여있다.
5 족제비과에 속하며 북아메리카에서 발견되는 담비류의 일종이다.

04

고양이의 밤 산책
추적기

"고양이가 50미터 안에 있어요!"

나와 동행하고 있던 버몬트의 야생동물 생물학자 포레스트 해먼드(Forrest Hammond)가 외쳤다. 손에는 지붕에 다는 텔레비전 안테나처럼 생긴 것을 들고, 포물선 모양으로 천천히 휘두르며 치직거리는 소리가 나는 곳을 찾아다니는 중이었다.

몇 주 전까지만 해도 포레스트는 무선송신기가 달린 검은 곰을 추적하고 있었고, 나는 호랑이를 연구하느라 인도에 머물고 있었다. 그러나 지금 우리는 버몬트주 스프링필드의 눈 덮인 차도에서 고양이를 쫓는 중이었다. 우리가 함께 쫓고 있는 고양이는 이 차도 끝에 있는 집에 살고 있었다. 나이는 일곱 살이고 몸무게는 6킬로그램 정도 나가는, 검은 털실 뭉치 같은 고양이 '대릴'이었다.

호랑이와 곰은 여전히 우리가 풀지 못한 많은 비밀을 가지고 있지만, 교외 주택에 사는 집고양이가 가진 수수께끼는 이보다 훨씬 더 불가사의하게 남아 있다.

1950년대 세계 최고 고양이 전문가로 불리던 독일 생태학자 폴 레이하우젠(Paul Leyhausen)는 '펠리스 카투스(Felis Catus, 고양이의 학명)'가 야외에서 어떻게 이동하는지를 연구하려 시도했다.

그는 단 한 마리의 집고양이를 추적하기 위해 매우 건강하고 인내심이 강한 관찰자 3명에다가 엄청난 분량의 장비들까지 필요했다고 회상했다. 그만큼 한 마리의 고양이를 추적하는 일이 어렵다는 의미였다.

우리에게는 좋은 장비가 있었다. 우리는 보통 울버린(Wolverine)[6]이나 퓨마를 연구하는 데 쓰이는 원격측정기를 만드는

---

6 작은 곰처럼 생긴 족제비과의 야생동물이다.

회사로부터 고양이 추적에 적당한 크기의 무선송신기를 얻었다. 게다가 촛불 40만 개와 맞먹는 밝기의 탐조등도 있었다.

우리에게는 또 바바라 번스(Barbara Burns)가 있었다. 버몬 트주의 삼림 감독관인 바바라는 우리의 연구 대상이 돌아다닐 법한, 그리고 우리가 반드시 가봐야 할 지역을 상세하게 표시 한 항공지도를 아낌없이 제공해주었다.

대릴은 바바라가 키우는 두 마리 고양이 가운데 하나로, 그 녀의 설명에 따르면 낮 동안에는 거의 잠을 잔다고 했다. 하지 만 밤에는 어떨까? 우리는 모험의 시간을 상상하는 것만으로 도 짜릿한 흥분을 느꼈다.

영국의 한 연구는 암컷 고양이는 축구장 넓이의 10배에 해 당하는 70,000제곱미터까지, 수컷 고양이는 축구장 넓이의 70배인 600,000제곱미터까지 돌아다닐 수 있다는 사실을 보 여주었다.

대릴은 중성화가 된 상태였기 때문에 짝을 찾으러 나갔을 가능성은 없었다. 그러나 녀석은 밤을 돌아다니는 동안 경쟁자 와 싸우거나, 먹이를 사냥하거나, 아니면 자기가 사냥을 당할 수도 있었다.

대릴을 추적하는 작업에는 갖가지 어려움이 있었는데, 그중 에서도 가장 두드러진 문제는 우리가 녀석을 추적하려고 바깥에 나갈 때마다 대릴이 금세 되돌아와서 자기를 집안으로 들여보내달라고 보채는 것이었다.

그 무렵 노스캐롤라이나대학의 연구원들도 고양이의 야외 나들이에 숨어 있는 비밀을 밝히기 위한 야심찬 노력을 시작했다. 사그마한 위성추적기를 사용하는 '캣 트래커 프로젝트(Cat Tracker project)'에서 연구자들은 실제 고양이 무리에 GPS 장치를 장착하여 이들의 동선을 연구하고자 했다. 결과는 무척이나 흥미롭고도 중요할 것으로 예상된다.

2012년 스미소니언 생물보존연구소(Smithsonian Conservation Biology Institute)는 과거의 연구들을 통합해서 분석한 결과 전국적으로 길고양이들이 매년 14억 마리에서 40억 마리의 새와 207억 마리의 작은 포유동물을 죽인다고 발표했다.

이는 논쟁의 여지가 많은 문제였다. 토착종인 야생동물들이 직면하게 되는, 인간과 관련한 가장 큰 위협이 고양이로부터 시작된다는 의미가 되기 때문이다. 바로 이것이 동물보호단체와 미국 수의학협회가 우리에게 고양이를 실내에 두라고 권하는 이유다.

또 다른 이유 하나는, 실내에서 키우는 고양이가 자유로이 돌아다니는 고양이와 비교했을 때 훨씬 더 오래 살 수 있다는 것이다. 길고양이들은 평균수명이 겨우 2년에서 5년인데 뜻밖의 사고로 죽게 되는 경우가 많다. 한 연구는 고양이 사망 원인의 63퍼센트가 자동차 사고라고 밝혔다.

어떤 길고양이들은 포식동물의 이빨이나 발톱에 당해서, 혹은 경쟁관계에 있는 고양이들과 싸우다 죽는다. 또한 고양이 에이즈나 고양이 육종바이러스 같은 질병에 걸릴 가능성도 높다.

노스캐롤라이나대학의 캣 트래커 프로젝트의 연구자들이 500마리 이상의 고양이들로부터 추출한 데이터들은 매우 흥미로운 결과를 보여준다. 추적 기간 동안 대부분의 고양이들은 집 가까이에 머물며 48,000제곱미터에 못 미치는 영역을 돌아다녔다. 오직 5퍼센트의 고양이들만이 더 넓은 영역을 돌아다녔는데 심지어 한 고양이는 500,000제곱미터 이상의 영역을 배회하기도 했다. 축구장 넓이의 58배에 달하는 범위를 돌아다닌다는 얘기다.

그리고 상당수의 고양이들이 주인을 속이는 것으로 밝혀졌다. 이 프로젝트에서 데이터의 다운로드를 담당하고 있는 연구원 트로이 퍼킨스(Troi Perkins)는 이렇게 말했다.

"사실 많은 고양이들이 두 번째 집에서 많은 시간을 보내고 있는 것으로 보여요. 이는 꽤나 재미있는 일입니다! 우리는 고양이들이 바깥에서 다른 고양이들을 만나고 싶어 하는지에 대해 더 많이 알게 되길 바랍니다. 고양이들에게도 소소한 장난을 치거나, 함께 몰려다니는 친구들이 있을까요? 아니면 밖에서도 홀로 다니는 걸까요?"

트로이가 던진 질문에 대한 답의 힌트를 대릴로부터 얻을 수 있었다. 우리는 어느 눈 내리던 밤, 어떤 비밀 하나를 살짝 엿보고 말았다. 우리가 무선송신기를 가지고 대릴을 뒤쫓기 위해 나왔던 어느 날 밤, 그날도 대릴은 어김없이 집안으로 돌아왔다. 이에 실망하여 철수하려던 우리는 대릴이 눈 위에 흔적을 남겼다는 걸 알아차렸다.

우리는 녀석의 발자국을 따라 산골짜기를 내려갔고, 돌미나리 수풀을 지나 한참을 걸어 들어갔다. 그곳에서 대릴은 또 다른 고양이를 만났고, 다시 세 번째 고양이를 만났던 것 같다. 우리는 이를 어지러이 찍혀 있는 고양이 발자국을 통해 알 수 있었다. 이들 셋은 가끔 그렇게 모여서 탐험을 떠났던 것이다.

_ 사이

05

개와 함께
잠드는 법

많은 사람들이 개에게 잠을 자라고 하면서 상자에 들어가게 하거나 목줄을 개집이나 나무에 묶어둔다. 그러나 개들은 자기들이 자고 싶은 곳에 잘 수 있을 때 제일 행복해한다. 그리고 이런 장소는 대부분 주인이 자는 곳과 관련이 있다.

개들은 우리와 마찬가지로 사회적 동물이기 때문에 인간처럼 상실감과 외로움을 경험한다. 이런 감정들은 우리가 무리를 유지할 수 있도록 돕는 진화적인 도구로 오랜 역사를 통해 만들어진 것이다.

보통의 포식동물들보다 몸집이 작은 우리 조상들은 나무 위가 아닌 땅에서 식량을 구하는 경우, 그리고 혼자 움직이는 것보다는 무리를 지었을 때 더 좋은 결과를 얻을 수 있었다. 함께 있을 때 포식동물들을 더 잘 감시할 수 있었기 때문이다.

포식동물은 뒤에서 공격하는 경향이 있다. 그렇기에 많은 사회적 동물들이 무리를 지어 잠을 잘 때 얼굴을 제각기 다른 방향을 향하게 한다. 그러면 뒤에서 뭔가가 다가오더라도 그쪽으로 얼굴을 향하고 있던 이가 발견할 수 있기 때문이다.

현대의 인류와 개에게도 이런 사회적 본능은 고스란히 전해졌다. 당신이 키우는 개와 침대에서 함께 잠을 잘 경우, 그 개는 한동안 당신 곁에 바싹 붙어 있다가 잠이 들 무렵에는 고개를 멀찍이 돌릴 것이다. 모든 개가 다 그렇게 하지는 않지만, 대부분 그렇다. 둘 중 하나는 포식동물이 다가오는 걸 볼 수 있게 하는 습관이 남아있는 것이다.

나는 언제나 우리 개들이 잠잘 곳을 직접 고르도록 내버려둔다. 그러면 개들은 항상 가족들과 함께 자는 걸 택하는데, 침대가 너무 붐빌 때는 침대 바로 옆에 붙어서 잠을 잔다. 이렇게 함께 붙어서 잘 때 우리는 모두 안전함을 느낀다.

지금 내가 키우는 강아지들은 몸집이 작은데, 침대에 눕는 것은 녀석들이 가장 좋아하는 일이다. 왜냐하면 함께 침대에 누워 있을 때면 이 강아지들이 목을 길게 빼고 올려다보는 대신 나와 얼굴을 맞댈 수 있기 때문이다.

잘 시간이 되면 녀석들은 나보다 앞서 침실로 뛰어가면서 내가 따라오는지 확인하기 위해 뒤를 돌아본다. 내가 침실에 들어서면 이미 나를 기다리며 침대 위에 서 있다. 내가 이불을 들어 올리면 치와와 차페크는 나와 함께 그 속으로 뛰어든다. 그리고 내가 돌아누워 자세를 잡는 걸 기다렸다가 몸을 동그랗게 말아 내 구부러진 무릎 뒤쪽에 바싹 붙어 눕는다.

그러나 몸집이 더 큰 퍼그인 카프카는 한동안 내 가슴팍에 올라타 내 얼굴을 가만히 내려다본다. 보통 녀석은 이불을 덮고 자지 않는다. 이 녀석은 치와와보다 야생성이 좀 더 많이 남아 있기 때문에 금세 고개를 반대편으로 돌리고는 내 구부정한 다리와 배가 만들어내는 만곡부(彎曲部)에 딱 맞춰 몸을 누인다. 두 강아지는 각각 나와 자기들 사이에 몸이 접촉되는 부위를 최대화하면서 서로 보호하고, 보호받고 있음을 느낀다.

밤은 어둡고 고요하고, 우리는 곧 잠이 든다. 밤 동안 고양이 역시 우리 사이에 끼어드는데, 녀석은 조용히 침대 위로 뛰어올라 내 머리맡에서 누울 곳을 찾는다. 이 아이 역시 안정감과 동지애를 좋아하지만 개들에 비해 고양이들은 그다지 사교적이지는 않다.

아주 드물게 카프카가 뭔가를 감지할 때가 있다. 그렇기 때문에 카프카는 이불 속에서 잠을 자지 않는다. 아마도 곰이 우리 집 부근을 지나가거나 누군가가 집에 늦게 들어와 조용히 하려 애쓰다가 뭔가 수상쩍은 소리를 냈을 것이다.

보통 이런 일이 벌어지는 동안에도 나는 잠이 들어 있지만, 동물 친구들은 다르다. 이불이 휙 들춰지고, 두 마리 개가 모두 벌떡 일어나 거칠게 짖어댄다. 그리고 고양이는 문을 향해 돌진한다. 그러나 인간인 나는 혼돈 속에 일어나 가만히 앉아 있을 뿐이다. '무슨 일이지? 뭔가가 있나?' 나는 자리에서 일어나 창문 밖을 살피지만 아무것도 없다.

내 눈엔 그저 달빛만 보일 뿐 바스락거리는 소리나 발자국 소리, 심지어 나무를 스치는 바람 소리조차 들리지 않는다. 이제 나는 '뭔가가 이곳에 있었지만 그냥 가버렸으니 우린 괜찮을 거야' 하고 확신하게 된다.

개들은 내가 주변을 살피고 귀를 기울이는 동안 조용히 지켜본다. 내가 상황이 괜찮다고 생각하면 개들도 그렇게 생각한다. 고양이조차도 그렇게 생각하고는 머리맡으로 돌아온다.

내가 침대로 돌아오면 우리는 다시 자세를 잡는다. 그러나 다른 녀석들이 나보다 먼저 잠이 든다. 나는 내 아드레날린 수

치가 가라앉기를 기다려야 한다.

  나는 가끔 집에 경보장치가 있느냐는 질문을 받곤 한다. 당연하지! 우리 집에는 살아서 시끄럽게 짖는 경보장치가 있다고 답한다. 우리가 신생대에 습득한 기술들은 여전히 우리에게 도움이 되므로 개들이 직접 잠잘 곳을 고르도록 하는 게 가장 좋다. 개나 사람이나 둘 이상 있다면 다들 함께 있는 게 더 마음이 편하니 말이다.

_ 엘리자베스

06

보이지 않아도,
들리지 않아도

우리 집 개 샐리가 세상을 떠난 후, 한동안 우리 가족은 슬픔에 젖어 있었다. 유기된 보더콜리종이었던 샐리는 다정하고 재미있으면서도 손이 많이 가는 아이였다. 녀석은 9년 동안 우리 집의 중심이 되어 살다가 뇌종양으로 인해 무지개다리를 건너가버렸다.

그 뒤 우리는 담당 수의사로부터 전화 한 통을 받았다. 그는 어느 유명한 사육사가 키우고 있는 보더콜리의 새끼들을 막 검사한 참이었는데 새끼들 가운데 한 마리가 한쪽 눈이 보이지 않는 것으로 판명되었다고 했다. 수의사는 이 아이를 우리가 데려다 키울 것을 제안했다. 슬픔에서 헤어나오지 못한 내가 원한 것은 다른 강아지가 아닌 샐리였지만, 나는 그 아이를 기꺼이 거둬들였다.

우리는 이 아이에게 '서버(Thurber)'라는 이름을 붙여주었다. 서버라는 이름은 잡지 〈뉴요커〉의 유명한 만화가이자 수필가로 평소에 개 그리기를 좋아하는 사람에게서 따온 것이었다. 그에게도 한쪽 눈이 먼 강아지가 있었다고 한다(그의 동생이 윌리엄 텔을 흉내 내며 쏜 화살에 실명하고 말았다).

서버에게 한쪽 눈이 보이지 않는다는 것은 그다지 큰 장애가 아니었다. 서버는 명랑하고, 잘생기고, 똑똑하며, 남을 즐겁게 만드는 데 선수였다. 이 아이는 우리가 집에 데려온 순간부터 슬픔의 나락으로 떨어진 나를 끝도 없는 환희로 채워주었다. 친구들은 서버처럼 귀여운 강아지를 본 적이 없다고 말할 정도였다. 우리는 이 아이가 한쪽 눈이 보이지 않는다는 사실도 잊고 산다.

놀라운 사실은 후천적으로 장애를 얻게 된 다른 동물들, 그러니까 다리나 시력, 청력을 잃은 동물들은 서버가 새로이 인생을 시작했듯 즐겁게 삶을 이어가는 것처럼 보인다는 점이다.

독일 어느 도시의 동물보호소에는 뒷다리가 마비된 강아지 6마리가 뒷다리 대신 휠체어를 달고 다른 건강한 강아지들과 함께 마당에서 막대기 주워오기 놀이를 한다. 끊임없이 막대기를 던지며 엄청난 상체운동을 하고 있는 그리타 괴츠(Gritta Goetz)라는 여성은 동물보호소의 책임자로, 다리가 마비된 강아지를 8마리나 돌보고 있다. 그녀는 이렇게 말했다.

"휠체어 덕분에 굉장히 빠른 속도로 막대기를 물어와요. 특히 가장 어린 강아지는 아무에게도 막대기를 빼앗기지 않으려고 해서 일단 녀석이 막대기를 집으면 우두머리 강아지조차 말릴 수 없답니다."

이 강아지들은 분명 자기 삶을 사랑한다. 그러나 많은 사람들이 별 생각 없이 장애를 가진 동물들을 안락사 시켜버리는 게 낫다고 주장한다며 유명한 수의사 마크 포크라스(Mark Pokras)는 개탄했다. 터프츠대학의 부교수인 그는 10년 넘게 커밍스 수의과대학 부설 야생동물 클리닉을 운영해 왔다. 그러면서 자신의 의료계 동료들과 함께 동물의 생명에 대한 활발한 논의를 이끌어가고 있다.

그는 외견상으로 치명적인 질병이나 부상을 입은 후에도 생명이 약화되기는커녕 오히려 강해질 수 있다는 사실을 직접 겪어서 알고 있다. 그는 20대에 암으로 인해 다리 한 쪽을 잃었지만, 그 때문에 자신이 사랑하는 일들을 멈추지 않았다. 달라진 점이 있다면, 자신의 환자들에 대한 열정이 더욱 커졌다는 점일 것이다.

많은 사람들이 장애를 가진 동물들에게 안타까움을 느끼지만, 동물들은 스스로를 측은하게 여기지 않는다. 미국인들의 사랑을 받는 시인 월트 휘트먼(Walt Whitman)은 이런 사실을 정확히 이해하고 있었다.

"동물들은 자신의 조건에 불안해하거나 징징거리지 않는다. 또한 어둠 속에서 잠을 이루지 못한 채 자신의 죄악 때문에 눈물을 흘리지도 않는다."

기형의 다리를 가지고 태어난 강아지인 페이스의 예를 보자. 이 아이는 사람처럼 뒷다리로만 걷고 달리는 법을 배웠다. 페이스는 2008년 〈오프라 윈프리 쇼〉에 출연해 시청자들을 감동시킨 적도 있다.

"페이스는 불굴의 의지가 무엇인지를 몸소 보여줍니다."

페이스의 주인이 방청객들에게 말했다. 이처럼 페이스 같은 동물들에게는 우리의 동정심 따위는 필요가 없다. 우리 마을에는 한쪽 눈이 보이지 않는 개가 한 마리 더 있다. 길 건너편에 사는 골든 리트리버종인 어거스트는 심각한 녹내장을 가지고 태어나 한쪽 안구를 제거했다.

어거스트는 심리학자인 주인과 함께 사무실에 출근한다. 물론 그를 찾는 환자들은 강아지가 함께하는 걸 좋아한다. 그 심리학자는 '자신의 문제에 대해 도움을 구하는 사람들은 완벽하지 않은 존재가 주변에 있다는 사실을 좋아한다'고 말한다.

서버의 경우, 가끔 빛이 똑바로 비출 때 오른쪽 눈 속으로 드리우는 초록색 그림자가 그쪽 눈이 보이지 않는다는 사실을 일깨워준다. 그러나 나는 이를 문제가 있는 눈이라고 생각하지 않는다. 그것은 아름답고 축복받은 소중한 눈이다. 서버를 우리에게로 데려다 준, 그리고 내 슬픔을 기쁨으로 바꿔준 눈이기 때문이다.

_사이

07

야생고양이의
집을 찾아서

야생고양이는 처음부터 야생에서 태어났거나 자기 집이 없어진 지 너무 오래되어 어쩔 수 없이 야생화가 되어버린 고양이를 뜻한다. 반면에 길고양이는 최근에 버려져서 어떻게든 살아남으려고 최선을 다해 노력하는 고양이들을 가리킨다.

야생고양이에게 집을 찾아주기란 어려운 일이다. 이들은 야생의 상태에서 오랫동안 살아왔기 때문에 사람들을 믿지 않는 습성을 지니게 되었고 평생 사나운 성미를 지닌 채로 살아갈 확률이 높다. 반면에 길고양이에게 집을 찾아주기는 쉽다. 길고양이들은 자기들이 알고 있던 삶으로 되돌아가는 것이므로 금세 인간과 친해지기 때문이다.

나는 모든 고양이들 하나하나를 개성 있는 존재로 본다. 이 말은 개별적인 고양이들을 문제를 일으키거나, 일으키지 않는 부류로 판단하는 이분법적인 시각으로 생각하지 않는다는 뜻이다. 하지만 이는 고양이를 바라보는 여러 방식들 가운데 하나일 뿐, 이러한 관점을 모두가 공유하는 건 아니다.

워싱턴 DC에 있는 미국 야생조류보존협회에서 침입종 관리 프로그램을 운영하는 그랜트 시즈모어(Grant Sizemore)는, 고양이들을 가리켜 일종의 침입종이라고 말한다. 침입종이란 외부에서 들어와 다른 생물의 서식지를 점유하고 있는 종을 말한다.

고양이들은 인간에 의해 세계 곳곳으로 퍼졌음에도 우리는 이들에 대해 아무런 책임도 지지 않는다. 이들은 먹이가 필요하든 아니든 간에 사냥을 하도록 만들어진 생명체라는 점에서 특별하다.

새의 개체수는 여러 가지 이유에서 감소하고 있는데, 특히 고양이들이 이 상황을 더욱 악화시키고 있다고 한다. 시즈모어는 미국에서만 1년에 24억 마리의 새들이 고양이로 인해 죽는다고 지적했다. 여기다 고양이들은 광견병과 톡소플라스마증 (Toxoplasmosis)[7] 같은 질병을 사람과 다른 동물에 전파할 수도 있다.

분명 이 모두가 심각한 문제지만, 나를 화나게 하는 것은 고양이가 침입종이므로 유해한 동물이라고 주장하는 사람들이다. 인간들 역시 아프리카에서 탄생했지만, 세계 각국으로 퍼져나간 침입종이다. 더구나 우리는 고양이들보다 더 많은 해악을 세상에 끼치고 있다.

그러나 인간들은 세상에 해를 끼치는 만큼 이로움을 주기도 하는데, 이는 고양이도 마찬가지다. 고양이는 인간에게까지 질병을 퍼뜨리는 유해동물인 설치류의 개체수를 억제한다.

한동안 우리 마을의 재활용센터는 쥐들의 개체수를 제한하기 위해 소규모의 야생고양이나 길고양이 무리를 이용했다. 미국에서 야생고양이에 의해 처리되는 들쥐와 생쥐의 수를 계산한 기록은 아마 없을 테지만, 이를 조사한다면 고양이가 얼마나 유용한 존재인지를 보여줄 것이다.

우리 인간에게는 야생고양이를 대할 방법이 네 가지가 주어져 있다. 첫째 아무것도 안하거나, 둘째 야생고양이들에게 집

---

7 단세포 기생충에 의해 감염되는 질환이다.

을 찾아주거나, 셋째 모두 죽이거나, 넷째 야생고양이를 돕는 단체들을 후원하는 것이다.

첫 번째 방법처럼 우리가 아무것도 하지 않는다면 아무것도 변하지 않을 것이다. 두 번째 방법은 이미 많은 보호소에서 이를 시도하고 있지만, 입양되지 못한 고양이들이 너무 많아 이제는 더 이상 받아들일 수 없을 지경이다.

세 번째 방법처럼 고양이들을 몰살하는 방법은 시도해볼 수는 있겠으나 나를 비롯한 고양이 애호가들로부터 격렬한 항의를 받게 될 것이다. 네 번째 방법은 분명 고양이를 도울 수 있겠지만 매년 고양이에게 목숨을 잃는 24억 마리의 새라는 수치를 의미 있게 줄일 수 있는 방법은 아니다.

앞서 말했듯이 고양이들은 재미로 사냥을 하는데, 이는 야생고양이에게만 국한된 이야기가 아니다. 좋은 환경에서 자라는 고양이들도 밖에 나가서는 새를 사냥한다. 그렇기에 이 문제는 단순히 야생고양이들을 죽이거나, 돕는다거나 하는 방법만으로는 쉽게 해결되지 않을 것이다.

이런 식의 글은 원래 필자가 어떤 빛나는 해결책을 제시하며 끝나야 하는 법이지만, 내겐 그런 해결책이 없다. 나는 그저 길고양이와 야생고양이를 입양하고, '앨리 캣 앨리스(Alley Cat Allies)' 같은 유익한 동물보호 단체에 기부하며, 길에서 고양이들을 보면 먹이를 줄 뿐이다.

그러나 이건 그냥 내가 그렇다는 이야기다. 여기서 희망적인 면이 있다면, 많은 단체들이 야생고양이들에게 먹이를 주고 중성화를 시키는 등 훌륭하게 그들의 임무를 해내고 있다는 것이다. 이 단체들은 더 많은 사람들로부터 도움과 후원을 받아야 하고, 그럴 자격이 충분하다.

_ 엘리자베스

08
사랑하는 개를
떠나보내며

사랑하는 개의 죽음은 우리가 겪을 수 있는 가장 충격적인 경험 가운데 하나다. 개들은 언제나 우리에게 충성을 다했고, 평생 우리를 사랑하고 보호해주고 도와줬으며, 가족만큼이나 우리에게 가까웠던, 아니 때로는 가족보다도 더 가까웠던 존재이기 때문이다.

개의 평균수명은 약 15년이다. 개를 여러 마리 키우고 있다면 개의 주인은 여든 살이나 아흔 살까지 살면서 이 끔찍한 상실감을 여러 번 겪게 될 것이다. 하지만 이런 일은 여러 번 겪는다 해도 절대 익숙해지지 않는다. 사랑하던 개를 잃은 우리들은 그 어떤 것도 죽은 개를 대신 할 수 없다고 생각한다.

슬픔으로 인해 닫혔던 우리의 마음은 결국 새로운 강아지에게 열리게 된다. 귀엽고 멋진 강아지를 돌보다 보면 어느새 그에 푹 빠지게 되기 때문이다. 그러나 결국 너무나도 빨리 우리는 다시 그 강아지를 잃게 되고, 이전과 마찬가지로 우리는 슬픔을 극복하려고 애를 쓴다. 이는 사랑하는 대상이 사람일 때와 마찬가지다.

그러나 사람과 개의 죽음은 다르게 받아들여진다. 사람이 죽으면 신문에 부고 기사가 나고, 빈소에서 조문을 할 수 있으며, 장례식이나 추모 행사가 이어진 후 땅에 묻힌다. 우리의 비통함은 다른 이들로부터 이해받고, 명예롭다고 여겨진다.

그래서 사랑했던 사람의 이름으로 자선단체에 기부하자는 제안을 받고, 우리의 슬픔에 공감한다는 내용의 편지가 우편함을 가득 채운다. 집으로 꽃이 배달되고, 더 많은 꽃들은 무덤 위에 놓이며, 때로는 비석이 세워지거나 뭔가 중요한 것에 죽은 이의 이름이 붙는다.

그러나 개가 죽으면 아무것도 없다. 우리의 애도는 인정받지 못한다. 회사에서 휴가를 받을 수도 없고, 개의 무덤에는 꽃 한

송이도 놓이지 않는다. 개의 죽음은 개인적인 일이므로, 장례식은커녕 홀로 울며 달랑 삽 하나만 가지고 죽은 개를 땅에 묻어주게 된다. 주변 사람들은 물론 연민하며 우리를 보겠지만, 그들이 걱정하는 대상은 절대 강아지가 아니다.

우리에게 있어 개는 마치 한 몸과 같은 존재로, 우리의 팔이나 다리만큼 중요하다. 우리가 샤워를 하려고 욕실에 들어가는데 강아지가 함께 들어온다면, 우리가 다리의 존재를 의식하지 않듯 강아지의 존재를 의식하고 부끄러워하지는 않는다.

그러나 어떤 사람이 욕실에 들어오면 우리는 아마도 재빨리 수건으로 몸을 가릴 것이다. 그 침입자는 재빨리 뒤로 물러서고, 뒤이어 노크를 했는데 대답도 없고 문도 잠겨 있지 않았다고 변명하며 사과의 말을 쏟아낼 것이다.

그렇기에 개를 잃는다는 것은 다리를 잃는 것과 마찬가지다. 우리의 인생은 바뀌게 되고, 가족과 친구들은 슬퍼하는 우리를 깊이 동정할 것이다. 그러나 우리를 위로하는 사람들은 그 다리에 무슨 일이 벌어졌는지 별 관심이 없거나 걱정하지 않을 것이다. 오직 우리만이 다리 그 자체를 그리워할 것이다.

우리 모두는 사람들이 어디에 묻히는지, 혹은 화장한 유해가 어떻게 되는지를 안다. 그러나 다른 사람들이 키우던 개의 시체가 어떻게 처리되는지 아는 사람은 많지 않다.

우리는 개를 마음속에 묻고 살다가 함께 지나던 길을 걸을 때면 문득 그 개와 함께했던 시절을 떠올린다. 우리 곁에서 잠을 자던 개의 온기를 그리워하면서, 부엌 바닥에 있는 텅 비고 말라버린 밥그릇을 바라본다. 명작《테스(Tess)》를 쓴 작가 토마스 하디(Thomas Hardy)는 사랑하던 개가 죽은 후, 개가 사람에게 전하는 편지 형식의 시를 썼다.

나를 어쩔 수 없이 떠올리나요, 애석한 주인님.
나를 어쩔 수 없이 떠올리나요, 가까이에 있는 듯이?
내가 당신과 함께하던 때처럼 당신이 부른다 해도
나는 이제 당신 말을 듣지 않을 거예요.
나는 돌아오지 않을 거예요.

죽은 개는 돌아오지 않는다. 다시 살아날 수 없기 때문이다. 그러나 자기를 떠올리냐는 개의 질문에 대한 답은 확실히 '그래'이다. 생각을 멈출 수 없을 정도이다. 그래서 나는 이렇게 중얼거린다.

"나는 혼자 있을 때 네 이름을 부르고는 해. 마치 네가 내 목소리를 듣기라도 하듯이. 나는 널 보았던 그 첫 순간을 기억해. 마지막 순간도 마찬가지야. 네가 무지개다리를 건넜다는 사실을 알게 된 그 순간을."

　이제는 사후세계에 대한 궁금증이 생긴다. 어떤 사람은 동물들도 천국에 간다고 하고, 어떤 사람들은 그렇지 않다고 한다. 내가 내세에 도착했을 때 오직 사람들만 보인다면, 나는 내가 살면서 저지른 죄가 끝내 내 발목을 잡았다고 생각할 것이다. 왜냐하면 그런 장소는 천국일 수 없을뿐더러, 죄를 짓는 것은 인간뿐이기 때문이다.

　그러나 나는 우리가 상상하는 것과 같은 내세가 있다고 확신할 수 없다. 그래서 나는 개들을 화장한 후 유해를 보관하고 있다. 훗날 내 유해와 잘 섞어 숲에 뿌려달라는 설명과 함께. 그러면 적어도 이 세상이 끝날 때까지 분자의 형태로는 함께 있을 수 있게 된다. 대단한 일이 아닐 수도 있지만, 내 개들과 죽어서도 함께할 수 있다는 것은 무척 내게 있어 행복한 일이다.

_ 엘리자베스

09

수의사의
말을 믿어도 될까?

나는 이제까지 개들을 중성화시키지 않고 키워 왔는데, 그 가운데 시베리안 허스키 두 마리는 강아지 세 마리를 낳았다. 강아지들은 튼튼하고 건강했고, 성견이 된 후에는 셋이 한 팀을 이뤄 뉴햄프셔주에서 열리는 썰매 끌기 대회에서 우승할 정도로 뛰어난 경주견이 되었다.

다락방을 꽉 채울 만큼 많은 트로피들이 이를 증명한다. 우리 개들은 나이가 들어서까지 건강하게 살았고, 설령 숲속에서 살았더라도 아무 문제없이 살아남았을 것이다.

모든 개들이 야생에서 살 수 있을 정도의 신체적 능력을 갖춰야 한다는 의미가 아니다. 그러한 능력을 가지고 있는 것도 나쁘지는 않지만, 나는 그저 개들이 호흡기 문제나 고관절 이형성증(뼈의 기형)을 겪지 않고 사는 게 더 낫다고 말하는 것이다.

왜 개들에게 곧잘 이런 문제가 생기는가? 가정에서 인간의 친구로 살아가는 개들은 애견협회가 정하는 특정한 기준에 들어맞도록 사육되기 때문이다. 그런데 이 기준들이라는 게 소위 바른 행동들을 포함해서 대단히 부자연스러운 외모를 다양한 형태로 규정하고 있다. 미국의 경우, 아메리칸 캐널 클럽(American Kennel Club, AKC)이라는 이름의 애견협회가 사육사들에게 이 기준을 제시한다.

나는 보호소에서 작은 강아지 한 마리를 입양했다. 소위 '순종'이라는 이 강아지는 AKC가 발행한 서류를 지니고 있었다. 우리는 이 아이가 강아지 농장에서 태어나 펫스마트(PetSmart) 같은 대형 매장에 팔렸다가 어느 도심의 아파트에 사는 누군가에게 다시 팔렸다는 이야기를 들었다.

이 강아지는 어미와 너무 빨리 떨어지게 된 탓에 어디에서 용변을 봐야 하는지, 그리고 풀이 무엇인지, 어떻게 생겼는지를 도통 모르고 있었다. 특이하게도 풀밭에 올 때마다 풀 속에 코를 파묻기도 했다. 사실 이는 다른 개의 흔적을 찾는 행동이지만, 당시에 나는 강아지가 외로움을 느끼며 겁을 먹고 있다는 것만 알았다.

나는 이 강아지를 입양하기 전에 AKC 도그쇼를 관람한 적이 있다. 참가한 개들 중 하나는 자그마한 몸집의 페키니즈로, 풍성한 털과 납작한 얼굴을 갖도록 개량된 품종이었다.

이 불쌍한 작은 녀석은 마지막 경기에서 반드시 승리를 거두기 위해 원형 경기장을 일정한 속도로 달려야 했다. 그러다 녀석은 호흡이 너무 거칠어져서 잠시 뛰기를 멈추고 걸었다. 이 아이는 숨을 고르기 위해 잠시 앉고 싶어했지만, 주인의 지시에 따라 억지로 경기를 계속 이어나갔다.

납작한 얼굴을 가진 개들은 일반적인 얼굴을 가진 개들과 동일한 크기의 기도를 가지고 있지만, 그들 특유의 뒤틀린 두개골 속에 기도가 복잡하게 얽혀 있어 공기가 제대로 통과하기 어렵다.

그러나 심사위원들은 그 강아지의 상태에 문제가 없다고 보았다. 쇼에 참여한 모든 개들 가운데, 유난히 더 심하게 숨을 헐떡이던 그 아이는 복슬복슬한 털과 납작한 얼굴 덕분에 우승을 차지했다.

사람들이 다른 동물들에 관여할 때, 특히 동물을 관리하려

들면 상황은 더욱 엉망이 되어버린다. 개의 외양이 중요해지면서 사육사들은 건강과 수명에 어떤 영향을 미치는지는 전혀 상관하지 않고 단지 겉보기만을 강조하고 있다.

수의사들은 개를 치료하면서 인간의 이기심이 만들어낸 다양한 문제들에 직면하는데, 그 문제에는 반려견의 중성화 수술도 포함된다. 중성화는 새끼를 원하지 않기에 아예 번식을 못하게 막는 게 첫째 이유지만, 수의학적 측면에서 질환이 나타날 가능성을 줄여준다는 이유도 있다. 이런 수술은 아예 짖지 못하도록 성대 수술을 하는 것과 마찬가지로 동물 학대에 해당되기에 논란의 여지가 많다.

특히 도시에서 개와 고양이의 과밀화 문제는 일반인들이 반려동물을 중성화하는 암묵적인 규칙을 낳았다. 여기서 과밀화란 너무 많은 사람들이 반려동물을 키우다가 길거리에 놔두고 가버리거나 포화상태인 보호소에 내버리는 것을 의미한다.

중성화가 지나치게 일찍 이뤄지면 성장을 방해하는데, 오늘날 그런 일들이 예사로 벌어진다. 또한 그 과정은 개들의 성격을 바꿔놓기 때문에 거세당한 수컷들은 거세되지 않은 수컷들이 갖춘 성숙함에 절대 이르지 못한다.

더구나 암컷을 중성화하는 문제에 대해서는 곧잘 논쟁이 벌어지는 반면에 수컷의 중성화에 대해서는 아무런 문제 제기도 없는 실정이다. 암컷은 일 년에 두 차례 며칠 동안 가임기가 이어지지만 수컷은 언제든 번식력이 있다.

수의사들이 중성화 수술을 해야 하는 이런저런 이유를 주장할 때면, 나는 그들이 거세를 했는지 궁금해진다. 만약 그들이 거세를 하지 않았다면, 우리는 수의사들이 하는 이야기를 곧이곧대로 믿어도 되는 것일까?

_ 엘리자베스

2장

동물과 사람들

뉴햄프셔주 우리 마을에는 마을 사람들이 자주 점심을 먹으러 가는 복고풍의 식당이 하나 있다. 그곳에 가면 나는 늘 똑같은 샌드위치를 주문한다. 바로 '고기 없는 고기빵'이다. 기다란 빵 위에 치즈와 토마토, 양상추를 얹어 만든 이 메뉴에 본질과 어긋나는 이름을 붙였다는 사실이 나는 늘 재미있다고 생각했다.

치즈를 고기가 아니라는 이유로 비(非)육류로 분류하는 것은 인간이라는 단 하나의 종(種)을 제외한 모든 동물들을 '비(非)인간 동물'이라고 부르는 것만큼이나 어처구니없어 보인다.

이렇게 인간이 언제나 별개의 것으로 분류되는 이유는 뭘까? 인간들은 이 책을 읽을 수 있는 유일한 동물이기 때문이다. 또한 인간은 모자를 쓰는 유일한 동물이기도 하다. 그러나 도구를 사용하는 것부터 전쟁을 벌이는 일까지, 인간에게 한정되었다고 여겨지던 특성들의 목록은 빠르게 줄어들고 있다.

그뿐만 아니라 우리가 갖고 있는 여러 가지 특성은 다른 동물들의 능력과 비교했을 때 점점 더 대수롭지 않다는 게 드러나기 시작했다. 거미들은 다리가 잘려도 새로운 다리가 자라난다. 문어들은 자신의 색깔과 모양을 바꿀 수 있다. 양서류들은 지금의 형태에서 전혀 다른 형태로 탈바꿈한다. 이런 것들만 봐도 인간의 재능은 너무 소소해져 버린다.

우리가 이 책을 쓴 이유 가운데 하나는 인간을 동물의 세계로 되돌려놓고 동물을 인간의 세계, 즉 우리 모두가 속해 있는 곳으로 끌어오고 싶기 때문이다.

진화학적으로 말하자면 생물 종으로서의 인간은 최근 얼마간을 빼놓고는 항상 수렵채집인으로 지구상에 존재해왔다. 우리는 의식주와 의술, 심지어 예술과 종교, 영감에 이르기까지 모든 일에 있어서 자연계라는 현실 세계를 관찰하며 철저하게 의지해왔다.

생태학자이자 환경운동가인 폴 셰퍼드(Paul Shepard)는 자연계란 인간이 '문화라고 생각하는 모든 것들의 총체'를 완성시키는 곳이라고 말했다. 즉, 우리가 알고 있는 것과 다르게 인간은 문화를 지닌 유일한 동물이 결코 아닌 것이다. 앞으로 펼쳐질 이야기를 읽으면 이 말의 의미를 알게 될 것이다.

우리는 다른 생명체들과 얼마나 다른가? 인간은 침팬지로부터 수혈을 받을 수 있을 정도로 유인원과 생물학적으로 매우 유사하다. 우리는 모든 태반류(胎盤類)[1]와 90퍼센트의 유전형질을 공유한다(심지어 바나나와는 무려 40퍼센트가 겹친다).

심지어 사람이라는 의미의 영어 단어 'Person'은 인간이라는 의미의 'Human'에서 파생된 게 아니다. '한 분의 하나님이 성부, 성자, 성령이라는 세 분으로 존재한다'는 삼위일체(三位一體, God in Persons Three)라는 기독교의 교리에서 알 수 있듯이 '탈을 쓴다'는 의미에서 나왔다. 사람은 그저 이 세상에서 신이 만들어낸 여러 가지 탈 중에서 인간의 탈을 썼느냐, 또는 동물의 탈을 썼느냐로 분류되었을 뿐이라는 것이다.

이러한 진실은 다양한 문화에서 오래전부터 받아들여져 왔고, 특히 토착사회에서는 더욱 그러했다. 토착민족들 가운데 다수가 동물들을 태초의 인간으로 그려내는 탄생 설화를 가지고 있는 것은 결코 우연이 아니다.

전 세계의 신화들은 동물들이 우리를 보살피고 영감을 불어넣어준다는 동일한 주제를 가지고 우리들에게 전해진다. 인간의 아기를 거둬들여 자신들의 세상에서 길러내는 동물들의 이야기는 러시아, 터키, 인도, 칠레, 그리스 등 세계 곳곳에서 쉽게 찾아볼 수 있다.

1　태반 속에서 태아를 일정 기간 기른 다음 출산하는 포유류를 말한다.

우리는 원숭이가 기른 소년들, 가젤이 키운 소녀들, 심지어 타조 사이에서 자란 소년들의 이야기도 듣는다. 늑대들이 기른 쌍둥이 형제로 로마를 건국한 로물루스와 레무스부터, 야생사슴에 의해 구조되어 훗날 여신이 되는 고아 소녀 보노비비(Bonobibi)까지 인간은 동물과의 사이에 흐르는 연대감을 소중히 여기며, 야생의 친족이 키워낸 사람이 가지게 되는 특별한 힘을 존경했었다.

　1장의 글들은 우리가 사랑해 마지않는 생명체들과 소통하는 방식들에 대해 다루고 있다. 어떤 이야기는 우리를 놀라게 하기도 하지만, 모든 이야기들은 우리가 진화론과 탄생 설화를 통해 듣게 된 사실을 입증해준다. 우리는 동물들과 서로 연대를 맺고 있으며, 그들 없이는 우리가 온전할 수 없다는 사실을 말이다.

_사이

10

두근두근
문어의 소개팅

은은한 조명 아래 새틴 리본을 두른 장미꽃 몇 송이가 놓였다.
배리 화이트(Barry White, 미국의 가수 겸 작곡가)의 섹시한 중저
음의 목소리가 웅웅 대며 울려 퍼졌다.

"당신의 사랑이 충분치 않다고요, 베이비."

밸런타인데이였던 그날, 내게는 엄청난 계획이 기다리고 있
었다. 나는 거대태평양문어[2] 두 마리가 짝짓기를 하는 광경을
보기 위해 시애틀까지 날아왔다.

시애틀 수족관은 지난 10년 동안 매년 2월 14일이면 '문어 소개팅' 행사를 열고 있는데, 놀랍게도 어린 학생들에게 가장 인기가 많다고 한다. 내가 참석한 해에는 5개 학교에서 온 6학년 학생 150명과 2학년 학생 88명, 그리고 다섯 살 정도 되는 아이들이 하트 모양의 빨간 전구들로 장식된, 11,000리터의 물이 채워진 두 칸짜리 수조 앞에 자리 잡고 있었다.

아이들은 몸무게가 30킬로그램이나 나가는 수컷 문어 레인과 20킬로그램인 암컷 문어 스쿼트가 만나게 되는 순간을 기다리는 중이었다. 모두들 이들이 하는 행위를 꼭 보고 싶어 하는 눈치였다. 긴장되는 순간이었다. 플라스틱 장미가 수조 위에 떠 있고 낭만적인 음악이 흐른다 해도, 원래 모든 소개팅이란 게 뜻대로 술술 풀리는 법은 아니니 말이다.

본래 거대태평양문어는 삶의 대부분을 홀로 지내기 때문에 소개팅이 성공하기란 쉽지 않다. 어느 해엔 한쪽 문어가 다른 한쪽을 먹어버리기도 했다(다행히도 관람객들이 모두 집으로 돌아간 후였다). 또 다른 해에는 암컷이 수컷을 너무 무서워해서 수컷이 다가오자 먹물을 뿜고 냅다 도망쳐버렸다.

시애틀 수족관 소속 생물학자인 캐스린 케겔(Kathlyn Kegel)

---

2 문어 중에서 제일 큰 개체로, 벌린 팔의 길이가 4미터가 넘는다.

은 레인과 스쿼트가 서로 잘 맞을 가능성은 50 대 50이라고 추정하며, 둘 사이에 문제가 발생할 경우엔 그녀와 잠수부가 재빨리 둘을 분리해놓을 예정이라고 말했다.

"그러나 상황에 제대로 대처하기엔 문어 다리가 너무 많아 어려움이 있답니다."

16개의 다리에 32,000개의 빨판이 움직이고, 6개의 심장(문어는 각각 3개씩의 심장을 갖고 있다)이 하나가 되어 박동하는 문어의 섹스는 고대 인도의 카마수트라³도 빛을 잃게 만들어버릴 것처럼 보인다. 대부분의 문어들은 보통 수컷이 위쪽에 있거나 수컷과 암컷이 나란히 눕는, 인간에게 친숙한 두 가지 방식 가운데 하나를 택해서 짝짓기를 한다.

"우리 잠수부가 스쿼트를 바깥으로 데리고 나와 레인을 만나도록 도와줄 것입니다."

수족관의 사회자가 관객들에게 말했다. 케겔과 다른 잠수부들이 수조를 반으로 가르고 있는 유리벽을 천천히 들어올렸다. 스쿼트에게는 그다지 많은 도움이 필요하지 않았다. 스쿼트는 자기가 있던 자리에서 과감히 벗어나 한쪽 구석에 앉아 있는 레인을 향해 바닥을 기어갔다.

---

3 산스크리트로 쓰인 고대 인도의 성애(性愛)에 관한 경전이자 교과서이다.

뛰어난 감각과 시력을 지니고 있는 레인은 스퀴트가 다가오고 있다는 사실을 재빨리 알아차렸다. 그녀가 다가오자, 레인은 흥분하여 회색에서 빨강색으로 몸 색깔을 바꿨다.

스퀴트는 두 팔을 벌렸고, 스퀴트의 몸이 닿자 레인은 물이 흐르듯 상대의 품으로 달려들었다. 스퀴트가 거꾸로 몸을 뒤집었다. 둘은 서로를 껴안고 입을 맞췄다. 그러면서 수천 개의 빨판이 서로를 탐닉하고 음미했다. 둘 다 너무 흥분한 나머지 붉게 달아올랐다. 그러고선 고요해졌다.

그 일이 있은 직후에 아이들은 버스를 타러 뿔뿔이 흩어졌다. 많은 아이들이 당황스러워하는 것 같았다. 인간의 섹스가 불가사의하다면, 문어의 섹스는 예측이 불가한 것이었다. 일찍이 아리스토텔레스는 문어의 짝짓기에 대해 이렇게 설명했다.

"수컷은 여러 개의 촉수 가운데 하나에 일종의 성기를 달고 있다. 그리고 이것을 암컷의 콧구멍 속에 삽입한다."

이 이야기는 기본적으로 맞는 말이다. 수컷은 특별한 팔을 이용해 2미터 정도 되는 하나의 정낭(精囊)을 암컷의 머리처럼 보이는 부위 옆면에 커다랗게 열린 부분에 집어넣는다. 사실 많은 사람들이 문어의 머리라고 알고 있는 부위는 내장기관을 담고 있는 몸통이다.

아이들이 떠나고 난 뒤에도 문어들은 수조 바닥에 꼼짝도

하지 않고 남아 있었다. 레인의 몸이 스쿼트를 완전히 감싸고 있었다. 시간이 지나자 레인의 색깔이 점차 옅어져갔고. 마침내 그의 몸은 완전히 흰색이 되었다. 긴장이 풀렸다는 뜻이다.

나는 관객들이 하는 이야기에 귀를 기울였다. 두 남자가 서로에게 팔을 두른 채 아무 말 없이 진지하게 수조를 들여다보고 있었다. 지나가던 한 노부인이 보행기에 의존해 움직이는 남편을 이끌었다.

"여보, 문어가 짝짓기를 하고 있네요! 정말 아름다운 광경이에요!"

5만 년 전에 우리와 같은 선조에서 갈라져 나온 존재인 해양 무척추동물을 바라보는 사람들의 속삭임에는 애정이 깃들어 있었다.

"정말 평화로워요."

"수컷이 행복해 보이네요."

"사랑스러워요. 그리고 예뻐요."

인간과 문어는 정반대의 특징을 가진다. 인간은 육지의 동물이지만, 문어는 바다의 동물이다. 우리는 뼈로 이루어져 있지만, 문어들은 뼈가 하나도 없다. 인간은 인생의 초반부에 교미를 시작하여 해마다 출산을 할 수도 있다. 반면에 문어들은 인생의 막바지에 짝짓기를 하고 암컷은 일생에 단 한 번, 알을

10만 개까지 낳는다.

　그럼에도 그해 밸런타인데이에 문어와 사람들은 그 특별한 날의 달콤함을 함께 나누는 것처럼 보였다. 서로 다른 종일지라도 사랑의 기쁨을 누리고 축하하는 데에는 다름이 없었다.

_ 사이

11

동물은 당신이 한 일을
알고 있다

'ESP(Extra Sensory Perception)'는 감각기관을 거치지 않고 직접적으로 물체나 사건을 인지하는 초감각적 지각을 뜻하는 말로 대부분의 과학자들은 이 것이 현실적으로 가능한지에 대해 의구심을 품고 있다. 여러 가지 실험들이 진행되었지만, 그 무엇도 ESP를 증명하지 못했기 때문이다.

어느 실험에서 두 사람을 각각 별개의 방으로 들여보내 한 명은 쌓여 있는 카드 더미에서 몇 장의 카드를 뽑고, 다른 한

명은 ESP를 이용해서 그 카드가 무엇인지를 알아맞히도록 했다. 그 결과는 실패로 끝나 과학자들에게 실망을 안겨주었다.

하지만 나는 네 차례에 걸쳐 ESP를 경험한 적이 있다. 그 모든 경험은 카드놀이를 지켜보는 것만으로는 생겨날 수 없는 강렬한 감정에 의해 비롯되었다. 그 가운데 세 번은 내가 키웠던 강아지들과 관련되어 있는데, 아마도 그들이 매개체였던 듯하다. 꽤 흥미로운 이야기이니 내가 이 경험을 털어놓는 동안 맞장구 좀 쳐주길.

오래전 어느 어둑한 밤, 부모님과 함께 살고 있던 나는 어쩌다 내가 일하고 있던 박물관에 갇혀버리고 말았다. 나이가 어렸던 나는 박물관 지하실에 보관되어 있는 미라들이 몹시 무서웠기 때문에 겁에 질려 있었다.

그러던 중 갑자기 박물관 건물 전체의 불이 꺼졌다. 더욱 무서워진 나는 칠흑 같은 어둠 속을 더듬어 출구까지 다다랐지만 문은 굳게 잠겨 있었다. 그때 발자국 소리가 들려왔다. 뚜벅, 뚜벅, 뚜벅. '미라들이 몰려오고 있어!' 나는 공포에 질린 채 다른 문들을 차례로 밀어보다가, 간신히 열려 있는 문 하나를 발견하고 바깥으로 뛰쳐나왔다.

박물관 바로 근처에 있던 집으로 헐레벌떡 뛰어간 나는 집 앞에서 겁에 질린 채 서성이는 어머니와 마주쳤다. 어머니는 문득 내게 끔찍한 일이 벌어지고 있다는 느낌에 나를 찾아 바깥으로 나오신 거였다.

다행히도 나는 위험에 빠지지는 않았다. 알고 보니 그 발소리는 건물 출구를 닫는 관리인의 것이었다. 그러나 나는 그날 그전까지 겪어보지 못했던 공포를 느꼈고, 어쩐 일인지 어머니는 이를 재빨리 감지했던 것이다.

이와 비슷한 다른 사건이 있었다. 내가 키우던 반려견 쉴라가 처참히 죽어갈 때 느꼈던 공포가 나에게 오롯이 전달된 이야기다. 당시 나는 집에서 24킬로미터 떨어진 곳에 있었다. 한창 만들고 있던 퀼트에 대해 궁리하며 원단 가게로 운전해가는 길이었다. 그런데 갑자기 불현듯 공포감이 밀려들어왔다. 집에 뭔가 긴급하고 끔찍한 문제가 생겼다는 느낌이었다.

나는 스스로를 진정시키고 퀼트에 대해서만 생각하려고 애를 썼지만 절박감이 나를 에워쌌다. 나는 차를 돌려 전속력으로 집으로 달려왔다. 그리고 잔디 위에 놓여 있는 쉴라의 사체를 보고 말았다. 쉴라는 집에서 조금 떨어진 길 위에서 죽은 채로 발견되었다고 한다.

나는 우리 집의 또 다른 반려견인 펄과 함께 쉴라가 끌려간 흔적을 따라가기 시작했다. 펄은 코로 냄새를 맡으며 흔적을 탐색해나갔고, 끔찍한 발견을 할 때마다 털을 곤두세우며 짖어댔다. 그렇게 우리는 무슨 일이 있었는지 알게 되었다.

사건이 벌어진 곳은 우리 집으로 통하는 차도였다. 도로에 남겨진 흔적으로 보아 트럭에 타고 있던 사내가 트럭 뒤에 달린 갈퀴로 쿨라를 내려치고는 질질 끌고 간 것이었다.

또 다른 경험도 있다. 남편과 나는 강아지 두 마리와 함께 아파트에서 살았던 적이 있다. 당시 막내 강아지였던 바이올렛은 배변 훈련을 제대로 익히지 못한 상태였다. 우리는 외출을 할 예정이었기 때문에 바이올렛을 발코니에 놓아둘까 말까 고민했었다.

잠깐 강아지를 발코니로 데려가 밖에 두고 문을 닫는 상상을 했지만, 실제로 그렇게 하지는 않았다. 그건 정말로 매정한 짓이었기 때문이다. 그때 남편은 거실에서 낮잠을 자고 있었는데, 눈을 반쯤 뜨고는 이렇게 말했다.

"바이올렛을 거기에 두지 말아요."

나중에 남편이 말하기를 바이올렛과 내가 발코니에 함께 있다가 문이 닫히면서 나 혼자 안으로 들어오는 듯한 소리를 들었다고 했다. 남편은 이런 느낌을 나로부터 받은 것일까, 아니면 바이올렛으로부터 받은 것일까? 내 생각에 그건 아마도 바이올렛이 보낸 신호였을 것이다.

어떤 과학자들은 동물들이 시각적인 이미지를 통해 생각한다고 말한다. 바이올렛은 어쩌면 내 생각이 담긴 표정을 감지하고서 나름대로 자신의 상황을 인지했던 것이 아닐까? 그렇다면 ESP를 전달하기 위해서는 반드시 강렬한 감정이 필요할까? 어느 기분 좋은 여름날, 나는 차에서 '선독'이라는 이름의 강아지와 함께 잠시 상점에 들른 남편을 기다리고 있었다.

그런데 선독과 내가 자동차 보닛 위에 앉아 햇빛을 즐기고 있던 중 갑자기 아무 이유 없이 절망적인 슬픔이 나를 덮쳤다. 선독도 갑자기 경계 태세를 갖추었다. 몸을 꼿꼿이 세우고 앉아서 상점 쪽을 노려보는 선독은 잔뜩 긴장한 채 귀를 바짝 세우고 눈을 커다랗게 부릅떴다. 마치 상점 안에서 무슨 일이 일어났다고 생각하는 것처럼 보였다.

한참 후 남편이 머리를 푹 수그리고 느릿느릿한 발걸음으로 밖으로 나왔다. 상점 주인은 몇 년 전에 우리 딸이 끔찍한 사고로 부상을 당했을 때 왔었던 구급차의 운전자였던 것이다. 남편은 그를 보자 예전의 비극적인 사건에 대한 기억에 휩싸이고 말았고, 이를 선독이 짚어낸 것 같았다.

우리 딸은 비록 장애를 갖게 되었지만, 그 사고에서 살아남았다. 우리는 뉴햄프셔에 살았고, 딸은 텍사스에서 살고 있었기 때문에 선독은 딸에 대해 거의 알지 못했다. 더구나 그 사고는 선독이 태어나기도 전에 일어난 일이었다.

실제로 선독이 뭔가를 느꼈다면, 녀석이 느낀 것은 남편의 비통함이었을 것이다. 나 또한 마치 번갯불과 같이 남편의 감정을 감지했지만 그저 끔찍한 슬픔을 느꼈을 뿐, 내 딸이나 사고와는 아무 연관도 짓지 못했다.

이 사건들은 그저 우연일 뿐이고, ESP는 결코 증명될 수 없을지도 모른다. 그러나 적어도 지금 내가 확실히 말할 수 있는 것은 사람에게 ESP가 있다면, 다른 동물들도 가지고 있으리라는 사실이다.

_ 엘리자베스

12

동물의 마음

나는 사무실에서 작은 강아지 두 마리를 곁에 두고 이 글을 쓰고 있다. 두 녀석 모두 의자 위에 동그랗게 몸을 말고 누워서 한창 꿈을 꾸고 있다. 가끔 한 녀석이 나직한 목소리로 낑낑거리면, 또 다른 녀석이 마치 달리는 것처럼 다리를 버둥거린다. 이를 지켜보는 사람들은 녀석이 꿈에서 토끼를 쫓고 있다고 쉽게 말하곤 한다. 이 녀석이 한 번도 토끼를 본 적이 없더라도 말이다.

사람들은 흔히 꿈을 꾸는 주체가 개라는 이유로 그 꿈이 아무런 의미도 없을 거라고 가정한다. 우리는 꿈을 꾼다는 게 어떤 의미인지 잘 알지 못하지만 그 의미가 무엇이든 간에 꿈을 꾸는 것은 개들, 그리고 새와 물고기를 포함한 다른 동물들에게도 마찬가지로 일어난다.

사실상 우리가 떠올릴 수 있는 모든 종류의 정신적 표명, 즉 감정과 추론, 학습, 사실 확인, 의사 결정, 연민, 공감, 타인을 인정하는 것, 그밖에도 수많은 것들이 모든 동물들에게 공통적으로 나타나는데, 특히 척추동물은 더욱 그렇다.

우리들 중 일부는 반려동물에게 이러한 정신적 특징이 있음을 인정하지만, 대개는 구시대적인 과학 이론에 여전히 집착하면서 그 어떤 형태로든 동물에게 인지 능력이 있다는 사실을 부정한다.

특히 내가 보기에 우리는 정규 교육을 더 많이 받을 수록 진실을 더더욱 이해하지 못하는 것 같다. 인간의 마음과 동물의 마음 사이에는 근본적인 차이가 없음에도 수많은 철학자들이 둘 사이에 있을 법한 차이를 규정해보려고 평생을 보내니 말이다.

또한 아무런 과학적 증거가 존재하지 않음에도 불구하고 최근까지 과학계의 대부분은 동물들이 의식이나 감정, 또는 생각을 갖고 있지 않다고 가정해왔다. 하지만 이제 여기에 반박하는 증거들이 무수히 쏟아져 나오고 있다. 흥미로운 영화나 책, 그리고 학회의 회보들은 동물들의 삶에 대한 인식과 정신적 능력에 새로이 초점을 맞추고 있다.

심지어 짚신벌레도 학습능력이 있는 것으로 증명되었다. 짚신벌레는 온몸을 뒤덮은 섬모로 움직이는 작고 길쭉한 단세포 생물로, 현미경이 없으면 눈에 보이지도 않는 작은 존재다. 그런 짚신벌레도 특정한 종류의 빛을 피해야 한다는 것을 학습을 통해 깨우친다고 한다.

물론 스티븐 호킹이나 알버트 아인슈타인 같은 인물들과 짚신벌레 사이에 어느 정도의 차이가 있는 건 부인할 수 없는 사실이다. 그러나 짚신벌레도 학습능력을 가지고 있다는 점에서 이들과 동일선상에 있는 것으로 볼 수 있다.

이 영역에 있어서 획기적인 내용이 최근에 책으로 출간되었다. 바로 니콜라스 도드맨(Nicholas Dodman)의 《소파 위 반려동물(Pets on Couch)》이다. 수의사인 도드맨은 우리가 흔히 '문제 행동'이라고 부르지만 사실은 심리적인 것에서 비롯되는 동물들의 문제들을 치료하고 있다. 이 과정에서 그는 동물들이 그런 행동을 하는 원인이 인간의 문제와 상당히 유사하거나 완전히 일치함을 밝혀냈다.

예를 들어, 그는 어떤 문제점을 지닌 개와 고양이가 그것과 유사한 문제를 가진 사람들을 위해 처방된 약들에 반응을 보인다는 사실을 발견했다. 강박증과 투렛 증후군(Tourette Syndrome)[4]부터 치매, 우울증, 외상 후 스트레스장애까지 다양한 심리 장애에서 이런 반응이 나타났다.

인간이든 말이든 간에 똑같은 약이 똑같은 증상을 고쳐준다는 사실은 우리가 동물에 대해 알아야 할 가장 중요한 부분을 보여준다. 요컨대 동물들은 우리가 생각하는 것보다 훨씬 더 우리와 닮아 있다는 것이다.

동물들의 장기 중에서 심장이나 폐, 신장 같은 것들은 기능과 형태에서 인간의 것과 꽤나 흡사하다. 문제는, 우리가 아주 오래 전부터 이런 사실을 알고 있었지만 이를 애써 인정하지 않으려 한다는 것이다.

그리고 우리가 인정하지 않으려고 하는, 그리 놀랍지 않은 또 다른 사실은 동물들의 뇌 역시 인간의 뇌와 마찬가지로 작동한다는 점이다. 아직도 모든 사람이 그렇게 생각하는 건 아니다. 도드맨은 이렇게 말했다.

"다윈이나 제인 구달, 템플 그랜딘(Temple Grandin, 미국의 동물학자), 그밖에 많은 학자들의 노력에도 불구하고 여전히 우

---

4 스스로 조절할 수 없는 반복적인 행동이나 소리를 내는 신경질환의 일종이다.

리는 동물들에게 사고능력이 있다는 사실에 대해 과학계에 변명을 해야만 한다."

이제 이런 상황은 끝이 나야만 한다. 이제는 동물들에 관한 편견을 오래전에 한물간 과학 이론을 지구 평면설과 함께 처분해버리고 수백만 년 동안 등잔 밑에 가려져 있던 사실을 인정할 때가 온 것이다.

나 역시 도드맨과 같은 입장이다. 예를 들어 나는 새와 포유동물, 물고기, 일부 연체동물, 그리고 심지어 곤충들도 사람들이 그렇듯 생각하고 느낄 수 있다고 생각한다.

오랫동안 채식주의자로 살아온 사이와 마찬가지로, 내가 가장 하고 싶지 않은 일은 동물을 먹는 것이다. 나는 내 접시 위에 놓인 고깃덩어리를 볼 때면 이건 누구였을까 생각한다.

부모는 누구였을까? 형제는 있었을까? 어린 시절은 어디서 보냈을까? 즐거웠을까, 괴로웠을까? 무엇을 하고 어떤 생각을 하길 좋아했을까? 어떤 추억들이 있었을까? 어떻게 잡혀서 괴로워했고, 생의 마지막 몇 시간은 어떻게 보냈을까? 나는 꼭 이 죽은 동물의 몸을 잘라내어 내 입속에 넣어야만 하는 것일까?

_ 엘리자베스

13

창밖으로 내던져진 새끼 고양이들

2010년 9월의 어느 추운 가을밤, 어떤 끔찍한 인간이 우리 집 앞 시골길을 달리다가 자동차를 세우고는 새끼 고양이 두 마리를 덤불 속에 던져놓고 사라졌다.

이웃이 이 고양이들을 발견했다. 겁에 질린 채 수풀 사이로 바깥을 내다보는 녀석들의 얼굴이 눈에 들어왔다고 했다. 그녀는 고양이들을 집으로 데려왔지만 키울 수는 없었기에 내게 전화를 했고, 나는 그 녀석들을 데려왔다. 태어난 지 3주쯤 되어 보이는 이 고양이들은 빼빼 마를 정도로 굶주렸고, 몸 여기저기에 벼룩이 보일 정도로 초췌한 모습이었다.

하지만 이 고양이들은 운이 좋았다. 우리 동네에서는 살쾡이나 곰, 코요테, 아메리칸 담비뿐 아니라 매와 부엉이가 호시탐탐 어린 고양이를 잡아먹을 기회를 노리고 있다. 새끼 고양이들은 겁을 먹긴 했지만, 자신들이 도움을 받고 있음을 이해했다. 고양이들을 발견한 이웃이 이미 먹이를 줬는데도 녀석들은 우리 집에 와서 또 게걸스럽게 음식을 먹어치웠다.

우리 부부는 개들이 빼앗아 먹지 못하게 식탁 위에서 고양이들에게 먹을 것을 주었고, 고양이들은 양껏 배를 채우고는 주변을 재빨리 탐색했다. 그리고 우연히 그곳에 놓여 있던 작은 상자로 들어가서는 몸을 둥그렇게 말고 몇 시간 동안 평화롭게 잠을 잤다.

주민이 6,000명 남짓한 작은 마을에서 살고 있는 우리는 가까이 지내는 이웃들이 아주 많다. 그렇기 때문에 금방 고양이들에게 자매가 있다는 사실을 알게 되었다. 고양이들이 발견된 바로 그날, 약 5킬로미터 떨어진 곳에 살고 있는 친구 역시 암컷 새끼 고양이 한 마리를 찾았기 때문이다.

이 고양이도 그 고약한 사람이 버린 게 분명했다. 고양이들은 모두 같은 나이에 비슷한 상태로 발견되었고, 세 마리 모두

순종 러시안블루 고양이였기 때문에 한 어미에게서 태어났다고 확신할 수 있었다.

우리는, 고양이를 내다 버린 사람이 잔인할 뿐만 아니라 무식하기까지 하다는 것도 알 수 있었다. 순종 러시안블루 고양이는 400달러에서 500달러 사이에 팔리는데, 사정을 아는 사람이라면 차창 밖으로 고양이를 함부로 내던지지 않았을 것이다. 내가 이런 이야기를 이웃 사람들에게 하자, 그들은 범인이 분명 외지에서 왔을 거라고 했다. 아마도 그렇겠지만, 그렇지 않을 수도 있었다.

어느 날 나는 차고에서 애완용 네덜란드 토끼 한 마리가 죽어 있는 걸 발견했다. 우리 개들이 물어 죽인 것이었다. 몇 주후, 한 여성이 예전에 네덜란드 토끼가 있었는데 키우고 싶지 않아서 우리 마당에 놓아줬다는 말을 했고, 그제야 나는 어째서 애완용 토끼가 그곳에 있었는지 이해할 수 있었다.

야생에서 단 하루도 살아본 적 없는 토끼는 너른 들판에 혼자 버려져 막막했을 것이다. 그러다가 자신을 도와줄 사람을 찾을 수 있으리라는 희망을 품고 우리 집까지 온 것이었으리라. 인간이라는 존재를 철석같이 믿었던 그 토끼를 생각하니, 나는 마음이 찢어질 듯 아팠다. 자신이 어디에 있는지도 모른 채 낯선 들판에 혼자 남겨졌을 테고, 저 멀리 우리 집이 보였을 테지. 그래서 우리 집까지 오기 위해 길을 건너고 언덕을 올랐을 텐데…….

키우던 동물을 버린 사람들을 생각하면 나는 몸서리가 쳐진다. 토끼를 키우기가 싫고, 우리 집 마당에 풀어놓기로 결심했다면 왜 내게 직접 주지 않았을까? 그녀는 다른 면에서는 꽤 괜찮은 사람이었지만, 이제 나는 그녀를 만나면 차갑게 외면하게 되었다.

동물보호소와 동물구조협회가 존재하는 이유가 뭘까? 그들은 토끼와 고양이처럼 함부로 버려지는 동물을 구조하기 위해 존재한다. 그들은 동물을 원치 않는다고 해서 당신을 비난하지 않는다. 우리 집 냉장고에 붙어 있는 자석에는 다음과 같은 대화를 하는 두 여성이 그려져 있다.

"남사친구가 자기랑 강아지 사이에 하나를 선택하랬어. 그래서 널 선택했지만, 나는 가끔 그 애가 그리워져."

그 말을 하는 여성 곁에 있는 것은 무뚝뚝한 남자가 아닌 강아지다. 동물보호소는 누군가 원치 않는 동물을 무조건적으로 돕기 위해 존재한다. 지난 50년 동안 내가 키운 대부분의 반려동물들은 버려졌다가 구조된 아이들이다. 어떤 아이는 우리 집을 스스로 찾아왔고, 어떤 아이는 길을 잃고 떠돌아다니는 걸 발견했지만 주인을 찾아줄 수 없었고, 또 어떤 아이는 보호소에서 왔다.

　나는 보호소에 들어설 때마다 이런 기관들이 어려운 상황 속에서 벌이는 눈부신 노력들을 보며 눈시울을 붉힌다. 그래서 지역 보호소를 지원하고, 다른 이들도 그런 노력에 동참하도록 설득하려고 노력하고 있다.

　나는 동물을 키우는 사람이라면 동물들이 인간들과 마찬가지로, 익숙하지 않은 숲속에 그냥 뚝 떨어졌을 때 성공적으로 살아남기란 불가능하다는 사실을 이해해야 한다고 강조한다. 그건 그냥 우물 속에 동물들을 빠뜨리는 것과 다를 바가 없다고 말이다.

_ 엘리자베스

14

어둠에 대한 공포

누구나 어둠에 대한 두려움을 가지고 태어난다. 어른이 되면서 대부분 이를 극복하게 되지만, 어두컴컴한 밤에 집으로 돌아올 때면 여전히 어둠에 대한 공포가 남아 있음을 느끼곤 한다.

어두워졌을 때 우리가 가장 먼저 하는 일은 불을 켜는 것이다. 불이 켜지고 주변에 무엇이 있는지 볼 수 있게 될 때 우리가 느끼는 안도감에 주목해보자. 감사하게도 우리는 생존해나가는 데 도움이 되는 공포감을 조상들에게 물려받았다.

미국의 생태학자 크레이그 패커(Craig Packer)는 고대인들이 가장 무서워한 것은 아마도 사자였을 거라고 말한다. 그는 〈어둠에 대한 공포, 보름달, 그리고 아프리카 사자들의 야행성 생태(Fear of Darkness, the Full Moon and the Nocturnal Ecology of African Lions)〉라는 논문에서 사자들이 인간들에게 가하는 치명적인 공격에 대해 논한다.

공격은 보통 보름날을 기점으로 그 다음 날 해가 진 후 첫 몇 시간 동안 벌어진다. 대지에 어둠이 채 깃들지 않은 시간 동안 사자의 활동이 가장 활발하다는 뜻이다.

오늘날 우리는 달에 그다지 큰 관심을 기울이지 않는다. 대부분의 사람들은 보름달이 해가 질 무렵에 뜬다면 그 다음 날부터는 달이 점점 더 늦은 시간에 점점 더 작은 크기로 뜨다가 달의 주기에서 마지막 사흘 동안은 동틀 녘에야 떠오른다는 사실을 알지 못한다.

작은 초승달은 늦은 오후가 될 때까지 보이지 않는다. 그 이후 달은 보름달이 될 때까지 태양이 지기도 전에 하늘에 걸려 있다. 어둑해질 때면 이미 달이 하늘에 떠 있는 것이다. 그런 밤이면 우리의 선조들은 걱정을 덜 해도 되었다. 주변에 무엇이 있는지 잘 보이기 때문이다.

평소에 사자의 사냥감이던 동물들도 마찬가지였다. 달이 떠

있으면 어디서 사자가 나타나든 즉각 낌새를 알아차리고 도망칠 수 있었다. 따라서 달이 밤하늘을 환히 밝히는 기간 동안 사자들은 점점 더 배가 고파졌을 것이다. 사람들이 위험에 처하는 시기는 바로 이 무렵이다.

산업사회의 사람들은 더 이상 사자를 마주칠 일이 없지만, 아프리카 어느 지역에 사는 사람들은 여전히 사자와 함께 살아간다. 수렵채집인으로 사는 최초이자 최후의 부족인 칼라하리의 산족(San, 흔히 부시맨으로 불리는 부족)은 사자를 '달 없는 밤'에 비유한다.

그리 멀지 않은 옛날, 아프리카의 수렵채집인들은 사자들로부터 공격당하지 않기를 기원하는 춤을 추었다. 이런 춤의 대표적인 예로는 보름달이 뜨는 밤에 추는 산족의 춤과 칠흑같이 어두운 밤에 추는 하드자(Hadza)족의 춤이 있다.

산족의 경우, 춤을 추는 동안 무아지경에 빠진 무용수는 한가운데 피워놓은 불에서 어둠으로 달려나가며 사자들에게 당장 꺼지라고 저주를 퍼붓는다. 인류학자 크리스 나이트(Chris Knight)는 산족이 춤을 추는 동안 포식동물을 겁주어 쫓아내기 위해 노래를 부르는데, 그것은 또한 그들 자신의 생명을 위한 노래이기도 하다고 말했다.

우리 모두가 수렵채집인으로 살아가던 시절, 사람의 무기는 사자를 상대로 별 쓸모가 없는 돌로 만든 촉이 달린 창이거나 제물을 죽이는 데 몇 날 며칠이 걸리는 독화살, 또는 사바나 초원의 동물들이 우리만큼이나 잘 알고 있는 불이었다.

번개에서 시작된 맹렬한 불은 사자들에게 위협적이었지만 모닥불은 그렇지 않았다. 하지만 모닥불은 사자의 사냥을 방해하기에는 충분했다. 사자가 야영지 근처로 접근하면 그 불빛이 사자의 번뜩이는 눈에 반사되어 사람들의 눈에 띄었을 것이다. 그러면 인간은 산족이 그랬듯이 불타는 가지 하나를 모닥불에서 꺼내어 사자를 향해 흔들어대거나 사자가 더 가까워지기 전에 멀리 도망쳤을 것이다.

사자들은 아주 어두울 때엔 눈에 띄지 않고 사냥감에 살그머니 접근할 수 있다. 달이 밝지 않은 날에는 뒤늦게 사자가 지척에 있음을 알아챈 사람들이 도망치려고 하더라도 시속 60킬로미터의 속도로 달리는 사자 앞에서 꼼짝없이 먹이가 되어버렸을 것이다. 그렇기에 사자들은 인간의 야영지가 어디에 있는지 잘 알고 있더라도 굳이 사냥에 실패할 위험을 감수하고 모닥불을 피워둔 야영지에 뛰어들지 않았다. 보름달이 뜬 밤에도 마찬가지였다.

그러니 인간은 여러 가지 감정이 뒤섞인 채로 보름달을 바라보았을 것이다. 보름달은 밤새도록 이 세상을 밝혀주어 사람들이 위험을 감지할 수 있게 도왔지만, 한편으로 그것은 또한 사자들이 오래도록 굶주리는 때가 온다는 신호였다.

그런 날이면 우리 조상들은 모닥불 앞에 모여 안전을 기원하며 밤을 보냈을 것이다. 그렇게 어둠에 대한 우리의 공포는 생존을 위한 귀중한 수단이 되었다. 이렇게 수렵채집 시대 때부터 내려온 어둠에 대한 공포감이 없었다면 지금 우리는 이 자리에 있지 못했을 것이다.

_ 엘리자베스

15

우리는 왜 뱀을
무서워할까?

단번에 수천 마리가 눈에 들어왔다. 그들이 내 주변을 에워싸고 있었다. 붐비는 곳을 그리 좋아하지 않는 내게는 다행히도 왁자지껄한 파티나 관중이 꽉 들어찬 경기장에 있는 건 아니었다. 나는 18,000여 마리의 뱀으로 가득찬 곳 한가운데에 앉아 있었다.

캐나다의 나르시스 스네이크 덴스(Narcisse Snake Dens)는 세상에서 가장 큰 뱀 서식처다. 그 뱀들은 모두 붉은옆줄가터 얼룩뱀[5]으로, 전 세계 3,000종 이상의 뱀들 가운데 90퍼센트 이상의 뱀들처럼 독을 갖고 있지 않다.

나는 이 보드랍고 반짝이며 아름다운 파충류 사이에 앉아 있는 게 너무도 짜릿했지만, 모든 사람이 다 그렇지는 않을 것이다. 영국의 여론조사 기업 유고브(YouGov)의 설문조사나 갤럽의 여론조사 등은 미국인이 두려워하는 대상들 가운데 뱀이 꾸준히 상위를 차지하고 있다고 보고한다. 뱀은 남들 앞에서 연설을 하거나 높은 곳에 오르는 것, 심지어는 죽음보다도 무서운으로 존재로 꼽혔다.

그러나 뉴잉글랜드 수족관에서 오랫동안 자원봉사자로 일해온 내 친구 마리온 렙젤터는 그렇지 않다. 그녀는 이곳에서 아나콘다를 다루는 일을 하고 있다. 아나콘다는 서식지인 남아메리카 밀림에서 재규어를 제압하여 잡아먹을 수 있을 정도로 강력하고도 무시무시한 뱀으로, 길이가 4미터에 이르는 경우도 있다. 관람객들은 그녀에게 이렇게 묻곤 했다.

"어떻게 뱀을 좋아할 수가 있어요? 아니, 그런 걸 어떻게 만질 수 있어요?"

---

5 뱀목 뱀과의 얼룩뱀으로, 붉은 얼룩이 줄지어 나타난다는 특징 때문에 애완용으로 각광받는다.

관람객들은 이 거대한 뱀 가운데 하나인 '애슐리'가 아나콘다 전시실에 앉아 있는 렙젤터에게 스르륵 기어가는 모습을 보고 경악했다. 뱀은 그녀의 무릎에 머리를 올리는 한편으로, 구불구불한 꼬리로는 그녀의 다리를 감아올렸다. 애슐리는 렙젤터를 믿고 그녀와 함께 있는 걸 즐기는 것이 분명했다. 그녀도 마찬가지였다.

"뱀들은 아름다워요. 놀라운 존재이고요. 뱀 한 마리 한 마리는 저마다 독특한 개성을 가지고 있어요."

도서관 사서로 일하는 제니퍼 베리라는 여성은 여덟 살 때부터 뱀을 키워왔다면서 이렇게 말했다.

"많은 사람들이 뱀을 멍청하다고 생각하지만, 그건 사실이 아니에요."

뱀들은 개개인을 알아볼 수 있으며 성격도 사람처럼 제각각이다. 뱀을 길러본 사람이라면 누구나 잘 알 것이다. 어떤 뱀은 과감하고, 어떤 뱀은 수줍어한다. 어떤 뱀은 껴안는 것을 좋아하고, 어떤 뱀은 혼자 있는 것을 더 좋아한다.

일부 특별한 미국인들은 뱀의 가치를 인정한다. 미국 농무성에 따르면 미국인 가운데 약 25만 명이 파충류를 반려동물로 기르고 있는데, 이들이 키우는 파충류의 대다수는 거북이와 뱀이라고 한다.

뱀을 키우는 일은 영국에서 인기가 더 높다. 영국 파충류학자협회(Federation of British Herpetologist)는 현재 800만 마리 가량의 파충류와 양서류가 반려동물로 살고 있다고 밝혔다. 이는 영국의 대략적인 반려견 숫자인 650만 마리를 훌쩍 넘어서는 정도다.

하지만 뱀에 대해 더 많은 대중들로부터 호의적인 말을 듣는 일은 몹시 어려운 일이다. 많은 사람들이 인간은 뱀에 대한 공포를 가지고 태어난다고 믿고 있다. 물론 이러한 믿음과는 달리 지금까지의 실험들은 정반대의 사실을 보여준다.

아기들은 뱀을 무서워하지 않는다. 즉, 뱀에 대한 공포는 학습된 반응이라는 것이다. 버지니아대학 연구팀의 바네사 로부(Vanessa LoBue)와 주디 디로치(Judy DeLoache)가 생후 7개월 정도 되는 아기들에게 뱀이 나오는 영상을 보여주자 아기들은 차분하게 영상을 시청했다.

이들은 또 다른 실험에서 소리를 제거한 뱀 영상에 겁먹은 성인의 목소리를 입혔다. 이 영상을 본 아기들은 앞선 실험과는 다르게 당황하고 불안해하며 영상을 시청했다.

뱀 영상과 함께 성인의 경쾌하고 행복한 목소리가 흘러나오자 아기들은 뱀에 아무런 불안 반응도 보이지 않았다. 그리고 코끼리와 새, 북극곰, 그리고 다른 동물들이 나오는 영상들을 볼 때와 동일한 수준의 관심을 가지고 영상을 시청했다.

뱀에 대한 공포에 있어서 가장 흥미로운 것은, 그 공포가 타고난 것이 아니지만 무척 쉽게 학습된다는 점이다. 펜실베이니아대학의 심리학자 마틴 셀리그만(Martin Seligman)은 이러한 공포감을 쉽게 습득하게 된 이유를 알아낸 최초의 학자이다.

그에 따르면 우리는 유전적으로 조상들이 겪었던 위험들을 두려워하도록 학습하게 설계되어 있다. 꽃이나 구름 사진의 경우, 피실험자들은 몇 번의 반복된 전기 충격이 가해지고 나서야 이에 대한 거부감을 가졌다. 반면에 거미나 뱀 사진의 경우, 단지 두 번의 덜컹거리는 소리만으로도 이들에 대한 공포증을 만들어낼 수 있었다.

왜 우리는 유독 뱀을 더 무서워하게 된 것일까? 인간은 아프리카에서 오랜 기간 동안 거주하며 진화했다. 아프리카에는 북미나 유럽과는 달리 수많은 독사가 서식하고 있으며, 그중 다수가 영장류를 사냥한다. 따라서 우리뿐만 아니라 우리의 가까운 친척들이 뱀을 두려워해야 한다는 사실을 신속하게 배운 것은 놀라운 일이 아니다.

이는 1989년 마이클 쿡(Michael Cook)과 수전 미네카(Susan Mineka)가 히말라야원숭이를 대상으로 실시한 실험에서 잘 드러난다. 이 원숭이들은 이전까지 뱀을 본 적이 없었고, 뱀 모양의 장난감을 보고도 두려워하는 반응을 보이지 않았다.

연구자들은 원숭이들을 두 그룹으로 나눠 서로 다른 영상을 보여주었다. 한 무리의 원숭이들은 플라스틱 꽃을 보고 두려워하는 원숭이의 모습을 담은 영상을, 또 다른 무리는 플라스틱 뱀 때문에 겁먹은 원숭이가 나오는 영상을 보았다. 이 영상들에 등장하는 원숭이는 동일하게 혼란에 빠진 모습을 보이도록 편집되었다.

그러나 이를 시청한 후 원숭이들은 두 가지 대상에 대해 사뭇 다른 반응을 보였다. 플라스틱 꽃을 무서워하는 원숭이의 영상을 본 원숭이들은 꽃을 주었을 때 전혀 두려워하지 않았다. 그러나 뱀을 무서워하는 원숭이의 영상을 본 원숭이들은 장난감 뱀을 주었을 때 겁에 질리고 말았다.

재미있는 사실은, 야생 뱀들도 인간에 대해 동일하게 두려움을 느낀다는 것이다. 대부분의 경우 뱀과 인간이 만났을 때, 양측 모두 공포에 질려 도망간다. 하지만 우리가 서로를 더욱 잘 알게 된다면 모든 게 달라질 수 있지 않을까?

내가 나르시스 스네이크 댄스에서 만난 뱀들은 점잖기는 하

---

6 영장목 긴꼬리원숭이과의 포유류로, 네 다리와 꼬리가 길고 털이 많지 않다. 몸 빛깔은 붉은빛을 띤 갈색이고, 얼굴은 분홍색이다.

지만 수줍어하지는 않았다. 이들은 석회암 지역 저 깊숙한 곳에서 겨울잠을 자다가 갓 깨어났기 때문에 몸이 차갑게 식은 상태였다. 내 소매 안쪽으로 이어진 안락한 동굴을 발견한 뱀들은 신나게 소매 속으로 기어들어가 내 살갗에 기대어 몸을 녹였다. 나를 무서워하기는커녕 이렇게 환영해주다니, 영광이었다.

_ 사이

16

집을 잃어버린
작은 이웃들

할로윈 호박과 크리스마스 화환, 그리고 부활절 달걀처럼 정령
들을 위해 명절 때 우리가 만드는 것들은, 우리 주변에서 살아
숨 쉬는 정령들의 존재를 상기시킨다.

　어떤 문화권에서는 모든 사람의 일상에 정령이 깃들어 있다.
나는 예전에 아시아 흑곰에 관한 책을 쓰기 위해 태국과 라오
스, 캄보디아를 돌아다녔었다. 이 세 나라를 돌아다니며 어디
를 가든 나는 나지막한 기둥들 위로 작은 구조물이 놓여 있는

걸 볼 수 있었다. 누군가에 의해 정성스레 만든 새집처럼 보이는 그 구조물의 이름은 '정령의 집(Spirit's House)'이었다.

나는 그것에 홀딱 빠져버렸다. 정령의 집은 저 멀리 벽촌에서도, 도심 한가운데 쇼핑센터 주차장의 구석자리에서도 어김없이 발견되었다. 야외 레스토랑과 주유소, 호텔은 물론 심지어 방콕 시내의 한 PC방에서도 볼 수 있었다.

어떤 것들은 무척 호화롭게 꾸며져 있었다. 예를 들어 태국에서 내가 머물던 호텔 근처에 있던 정령의 집은 화분에 둘러싸여 있었는데, 돌이나 나무로 조각한 코끼리 한 무리가 예의 바르게 줄지어 있었다.

치앙마이에 있는 한 여행사 바깥에서 본 또 다른 정령의 집은 작은 크리스마스트리 조명이 탑처럼 생긴 지붕을 칭칭 감고 있어서, 밤이면 마치 반딧불처럼 깜빡였다. 이런 집들에는 정령을 위한 풍요로운 제물들이 가득 차 있었다. 신선한 쌀, 바나나, 과자 같은 것들이 매일 준비되었다.

그러던 어느 날, 나는 밤마다 누군가가 그 제물들을 먹어치운다는 사실을 알게 되었다. 그날 밤, 나는 태국의 좀티엔 비치(Jomtien Beach)에서 정령의 집에 나타나는 것이 누구인지 보기 위해 슬그머니 호텔에서 빠져나왔다.

호텔 근처 정령의 집들을 돌아다니며 나는 정령들의 실체를 살짝 엿보았다. 박쥐들은 어느 정령의 집 옆에 줄지어 있는 화분으로 퍼덕이며 날아와 꿀을 마셨다. 그런가 하면 생쥐와 들쥐들은 정령의 집에서 쌀알들을 서둘러 나르고 있었다.

또 다른 정령의 집에서는 날다람쥐가 바나나 한 조각을 훔쳐 달아나고 있었고, 거의 모든 정령의 집에서는 개미들이 제물로 받쳐진 음식을 먹기 위해 줄지어 오르내렸다. 어느 이른 아침에는 새들이 정령의 집 입구에 걸터앉아 곡물로 만찬을 즐기는 모습도 볼 수 있었다.

그렇다면 현지인들은 평범한 동물들이 제물을 먹어치우는 동안 초자연적인 존재가 제물들을 가져간 것이라고 믿어왔던 것일까? 그렇지는 않다고 본다.

정령의 집은 특별한 장소에 사는 정령들을 위해 지어진다. 지금 집이 세워진 곳에서 원래 자랐던 나무에 살던 정령이라든가, 지금은 주유소나 주차장 때문에 포장된 땅에 살던 정령들이 그 대상이다.

모든 정령들, 즉 개미와 새들, 다람쥐들, 그리고 그 외의 많은 생명체들에게 그 자리는 어떤 인간이 와서 차지하기 전까지는 완벽한 집이었을 것이다. 그렇기 때문에 인간들은 그 장소에 원래 살고 있던 주민들을 위해 정령의 집을 만들어 집과 음식을 제공하는 역할을 맡아왔던 것이다.

정령이 반드시 초자연적인 존재를 의미하는 것만은 아니다. 정령(Spirit)이라는 단어의 기원은 '영감(靈感, Inspiration)'이라는 단어와 같다. 이 두 단어의 어원은 모두 '숨'이라는 의미를 지닌 라틴어 'Spiritus'다.

내가 만났던, 정령의 집에서 먹이를 얻는 정령들은 모두 살아 숨 쉬는 존재였다. 그리고 많은 경우, 사람들이 믿는 바대로 이 생명체들은 실제로 인간이 만든 구조물에 집을 빼앗겼다.

정령의 집은 우리에게 한정된 자원과 공간 속에서 더 많은 집과 호텔, 상점, 주유소에 대한 갈망으로 다른 존재들의 보금자리를 파괴하고 그들을 쫓아내버리고 있다는 사실을 떠올리게 한다.

우리가 이들을 위해 할 수 있는 최소한의 일은 집이 없어진 이들을 위해 어느 정도의 제물을 바치는 것이다. 그 생명체들 역시 우리처럼 배고픔을 알고, 자신이 살던 집을 그리워할 테니 말이다.

_ 사이

17

반려동물이 우리 건강에
미치는 영향은?

예전에 나는 구역질 나는 패배감을 느껴본 적이 있다. 스쿠버 다이빙 자격증만 있다면 야생의 문어들과 수영을 즐길 수 있을 것으로 믿었다. 하루 반나절 동안 집중적으로 스쿠버다이빙 수업을 듣던 중, 매우 빠른 속도로 너무 깊이 잠수하는 바람에 귓속의 압력이 높아져 현기증과 메스꺼움을 느끼게 되었다. 나는 즉시 잠수를 그만두었는데, 문제는 거기서 끝나지 않았다.

집까지 운전하기엔 머리가 너무 어지럽다는 것을 깨달았다.

절망에 빠진 나는 우리 집 개인 보더콜리종 샐리가 사용하던 담요 위에 누워버렸다. 샐리의 지저분한 발이 자동차 시트에 닿지 않게 하려고 깔아놨던 담요였다. 샐리의 냄새가 훅하고 콧속으로 밀려들어오자 문득 평온함이 나를 감쌌다. 30분이 채 지나기 전에 운전을 다시 할 수 있을 정도로 현기증은 가라앉았다.

동물 애호가들은 오래전부터 인생에서 아픔, 슬픔 등 무엇을 마주하게 되든 간에 반려동물이 우리의 기분을 나아지게 해준다는 걸 알고 있었다. 많은 연구자들이 반려동물들이 가진 치유력의 근원을 자세히 설명해주고 있다. 그들에 따르면 반려동물은 우리 뇌 속의 생리를 근본적으로 바꿔놓는다고 한다.

이에 대한 수많은 연구들은 반려동물이 가져다 주는 놀라울 정도로 광범위한 효과들을 보여준다. 고양이를 키우는 사람들은 심장마비에 걸릴 위험이 그렇지 않은 사람에 비해 30퍼센트 낮다. 헤엄치는 물고기를 지켜보는 일은 혈압을 낮춰주고, 개를 쓰다듬는 일은 면역체계를 강화해준다.

메그 달리 올머트(Meg Daley Olmert)는 인간과 동물의 유대에 관한 생물학을 20년 이상 연구해온 작가로, 그 결과를 집대성한 책《서로를 위해 만들어진(Made for Each Other)》에서 '옥시토신'에 주목했다. 옥시토신은 어미가 된 포유류에게 모성애, 즉 '보살핌(care)'을 촉진하는 것으로 알려진 뇌 화학물질이다.

아기를 낳기 위해 진통이 시작되고 출산에 들어갔을 때 엄마의 뇌에서 옥시토신의 농도가 최대치로 치솟게 된다. 이로 인해 출산을 하면 아기의 모습, 체취, 또는 아기의 얼굴을 떠올리는 것만으로도 모유가 분비된다(이 때문에 초보엄마들의 블라우스가 망가지곤 하는 것이다).

그러나 옥시토신의 힘은 보살핌에 한정되어 있거나 오직 진통에 의해서만 작동하지 않는다. 또한 여성이나 포유류에만 국한되어 있거나, 심지어 척추동물에게만 해당되는 이야기도 아니다. 가슴이 없을뿐더러 알이 부화될 때 죽고 마는 문어조차 세팔로토신(Cephalotocin)이라고 불리는 일종의 옥시토신을 가지고 있다.

옥시토신은 다양한 생리적 변화를 일으킨다. 심장박동 수와 호흡 수를 낮추거나 혈압을 진정시킬 수 있고, 스트레스 호르몬의 생성을 억제함으로써 안정감과 편안함, 집중력과 같은 감각을 만들어낸다. 이러한 조건들은 친밀한 사회적 관계를 형성하는 데 필수적이다. 아기나 친구 또는 관련 없는 사람들과의 관계는 물론이고, 심지어 다른 생물종에 속하는 개체들과의 관계에서도 그렇다.

미국의 〈국립과학원회보(Proceeding of the National Academy of Science)〉에 발표된 한 연구에서 그 증거를 찾아볼 수 있다. 일본의 과학자들이 개들의 콧속에 각각 옥시토신과 식염수를 뿌린 후 주인들과 다시 만나게 하는 실험을 진행했다. 주인들이 개에게 아무런 반응을 보이지 않을 때, 각각 옥시토신과 식염수를 처방받은 개들의 반응을 살펴보는 실험이었다. 그 결과 옥시토신을 흡입한 개들은 식염수를 처방받은 경우보다 주인을 쳐다보고, 냄새를 맡고, 혀로 핥고 앞발로 쿡쿡 찔러보는 일이 훨씬 많았다.

모든 동물들은 피부 바로 아래쪽에 뇌 속 옥시토신을 활성화할 수 있는 세포를 가지고 있다고 한다. 반려동물을 돌보는 것부터 배우자와 사랑을 나누는 일까지, 부드러운 손길은 옥시토신을 분비시키는 강력한 자극이 되어 행복을 불러오게 된다.

반려동물들 때문에 우리 뇌에서 분비되는 신경전달물질은 옥시토신만이 아니다. 남아프리카의 과학자들은 여성과 남성들이 자신의 개를 토닥일 때 혈중 옥시토신 농도가 2배가 되는 동시에 베타 엔도르핀(Beta-endorphin)과 도파민(Dopamine)의 농도도 함께 높아진다는 사실을 발견했다.

베타 엔도르핀은 주로 마라톤을 하는 사람들이 느끼는 러너스 하이(Runner's high)[7]를 만들어내는 천연 진통제 역할로, 도파민은 '보상'의 호르몬으로 널리 알려져 있다. 우리가 마음에 드는 이성을 만나 사랑에 빠질 때 우리 몸은 아주 특별한 호르몬을 분비하는데, 그것이 바로 도파민이다. 한 마디로 말해서 우리가 행복감을 느끼는 데 필수적인 신경전달물질인 것이다.

미주리대학 연구팀은 개를 쓰다듬는 것이 사람들의 세로토닌 분비를 자극한다는 사실을 증명했다. 세로토닌은 행복을 느끼는 데에 기여하는 신경전달물질 중 하나로, 대부분의 항우울제는 세로토닌 농도를 높이는 것을 목표로 한다. 즉, 반려동물을 매개로 하는 치료가 자폐증, 약물 중독, 외상 후 스트레스 장애로 고통받는 사람들에게 도움이 될 수 있는 것이다.

또한 사람이든 반려동물이든 당신이 사랑하는 대상을 머릿속에 떠올리는 것 역시 동일한 역할을 한다. 2014년 10월 매사추세츠종합병원에서 발표된 연구에 따르면 여성들에게 자신들의 반려동물 사진을 보여주고 뇌를 MRI 촬영하자 자녀들의 사진을 보았을 때와 동일한 부위가 활성화되었다고 한다.

무엇보다 가장 반가운 소식은, 이러한 효과가 상호적이라는 점이다. 우리는 반려동물이 우리에게 하듯 반려동물에게 동일한 생리적 변화를 일으킬 수 있다. 내가 차에 놓인 담요 위에

---

7 중간 강도의 운동을 30분 이상 계속했을 때 느끼는 행복감을 의미한다.

누워 샐리의 냄새를 맡으며 안정을 되찾았던 것과 마찬가지로, 한때 나와 함께 지냈던 보더콜리종인 반려견 테스도 엘리자베스의 도움으로 절망과 공포를 가라앉힌 일이 있다.

분리불안장애를 가진 테스가 뇌졸중과 유사한 질환으로 고통받는 동안, 나는 중태에 빠진 어머니를 간호하느라 테스와 함께할 수 없었다. 난생처음 동물병원에서 하룻밤을 보내게 된 테스는 잔뜩 겁에 질려 있었다.

엘리자베스는 이 상황에서 어떻게 해야 테스를 도와줄 수 있는지 잘 알고 있었다. 그녀는 우리 집에 들러 나의 작업용 외투를 찾아서 테스가 입원해 있는 동물병원에 가져다줬다. 테스는 킁킁대며 내 냄새를 맡았고, 금세 꼿꼿이 서 있던 귀가 축 늘어지면서 공포에 질린 표정이 사라졌다. 이윽고 한숨을 내쉰 테스는 긴장을 풀고 편안히 잠이 들었다.

_ 사이

18

전쟁에 희생된
동물들을 추모하며

아버지는 내게 전쟁에 대해 단 한 번도 말씀하신 적이 없다. 아버지는 몇 년간 전쟁 포로로 잡혀 있었지만, 그 경험에 대해 하신 말씀이라곤 필리핀에는 야생원숭이들이 많이 살고 있으며, 당신이 포로로 잡혀가기 전에 원숭이 구경하기를 좋아했다는 게 전부였다.

  작은 소녀였던 나는 전쟁의 끔찍한 실상에 대해서는 상상할 수 없었기 때문에, 사랑하는 원숭이들로부터 아버지를 멀리 떨어져 살게 했다는 점에서 아버지의 적을 미워할 뿐이었다.

직업 군인이었던 아버지가 베트남으로 파병을 가게 되었을 때, 나는 초등학생에 불과했기에 전쟁이라는 문제에 어떤 의견을 갖기엔 너무 어렸다. 그러다 아버지가 돌아오신 후 밀림에서 수송 수단으로 쓰이던 코끼리들이 폭격을 당했다고 말씀하시는 걸 듣게 되었다.

그 얘기를 듣자 속이 무척 메스꺼워졌다. 아버지 역시 그러셨던 것 같다. 그 일이 있은 후로 군에 남아 있는 대신 준장으로 만족하며 조기 퇴역을 하기로 결정하셨으니 말이다.

민간인들이 전쟁에서 목숨을 잃는 일은 매우 비극적이다. 하지만 더 큰 비극은 우리가 다른 생물들을 우리의 갈등에 끌어들인다는 사실이다. 그로 인해 전쟁의 참상과 슬픔은 더욱 커진다.

동물들이 전쟁을 벌이지 않는다는 건 진실이 아니다. 어떤 침팬지들은 경쟁관계에 있는 침팬지 무리를 공격하여 전멸시켰다고 전해지고, 또한 어떤 개미들은 다른 개미 군락을 급습해서 일개미들을 생포해서 노예로 삼는다고 한다.

하지만 이는 어디까지나 동물들끼리의 문제다. 동물들은 자신들의 문제에 인간을 끌어들이지 않는다. 그러나 인간들은 아주 먼 옛날부터 피비린내 나는 자신들의 갈등에 동물들을 참여시켜 왔다.

　로마의 박물학자 플리니우스(Plinius)는 기원후 1세기에 어떻게 동물들이 부지불식간에 전쟁 무기로 사용되었는지에 대해 기록했다.

　살아 있는 돼지들은 거의 문자 그대로 총알받이로 배치되었다. 인간들은 적군의 전쟁용 코끼리들이 대열에서 이탈하도록 만들기 위해 돼지들에게 불을 붙여서 다가오는 적군을 향해 돌진하게 했다. 엄청난 고통 때문에 돼지들이 귀가 먹먹해질 정도로 울부짖는 소리는 용감한 코끼리조차 겁에 질리게 만들었다. 결국 코끼리들은 당황한 나머지 마찬가지로 공포에 사로잡혀 있던 병사들을 마구 짓밟아버렸다.

　그 뒤 전쟁은 동물들의 뛰어난 힘을 인간들의 싸움에 유리하게 사용하기 위해 그들을 착취하는 방향으로 발달해왔다. 대부분의 병사들이 길게 늘어선 대열로 행군하던 시절, 칭기즈칸의 군대는 말을 타고 아프리카 대륙과 맞먹는 넓은 지역을 정복했다.

　말 덕분에 몽골의 병사들은 굉장히 빠르고 위협적으로 적군을 헤집을 수 있었다. 우레와 같은 말발굽 소리는 적군을 공포에 빠뜨렸고, 발굽 밑으로 피어오르는 먼지는 짙은 안개처럼 몽골군을 가려주었다.

제1차 세계대전 때에는 양쪽 진영의 군대에서 낙타, 노새, 당나귀를 포함해 대규모 기갑부대를 꾸렸는데 때로는 그들을 생화학전에 투입하기 위해 방독마스크를 씌우기도 했다.

다른 생물들도 다른 방식으로 착취당했다. 반딧불이들은 병사들이 참호 안에서 지도와 편지를 읽을 수 있게 도왔고, 민달팽이는 군인들이 제때에 방독마스크를 쓸 수 있게끔 경고하는 역할을 했다(마치 오염물질에 매우 민감한 카나리아를 탄광 안으로 미리 날려 보내는 것처럼 말이다).

개들은 통신선을 묻는 데 동원되었고, 비둘기들은 통신문을 전달했다. 오늘날까지도 해군은 적의 잠수함을 감지하고 바다 밑 첩보를 수집하기 위해 돌고래들의 초음파와 바다사자들의 날카로운 수중 시각과 후각을 활용하려고 이 동물들을 조련한다. 심지어 상어를 수중 스파이로 만들기 위해 상어의 뇌에 전극을 심어 움직임을 조종하려는 시도까지 했다.

인간 군인들과 마찬가지로, 동물들 역시 전쟁터에서 용맹함을 보여준 것에 대해 훈장을 받는다. 수백 명의 병사를 구한 통신문을 전달한 공로로 셰르 아미(Cher Ami)라는 이름의 비둘기는 프랑스 정부로부터 무공훈장을 받았다. 그뿐인가. 적진에서 부상당한 병사들을 구해낸 스터비(Stubby)라는 불독은 병장 계급을 수여받아 자기 주인보다 더 높은 직급을 갖게 되었다.

코끼리들은 제2차 세계대전 당시 버마(오늘날의 미얀마)에서 연합군이 승리하는 데 큰 역할을 했다. 이들은 숲속에서부터 커다란 통나무를 끌고 와 군인들과 탱크들이 샛강이나 개울을 건널 수 있게 다리를 만드는 일에 동원되었다. 강하고 민첩한 코끼리들 덕분에 연합군은 전쟁이 끝날 때까지 270여 개의 다리를 놓을 수 있었다.

이 책의 서문을 써준 빅키 콘스탄틴 크록(Vicki Constantine Croke)은 베스트셀러 《코끼리 군대(Elephant Company)》에서 버마의 코끼리들이 어떻게 전쟁의 승리에 기여했는지를 감동적으로 그려냈다. 이 책의 주인공인 J. H. 윌리엄스는 코끼리 부대를 지휘하는 사람으로 등장하는데, 크록은 그에 대해 이렇게 썼다.

"코끼리들의 삶을 조금이라도 더 낫게 만들려 애쓰며 일해 온 그는 전쟁에 대해 전혀 모르는 생물들이 전쟁 때문에 희생당하는 모습을 보며 너무나 비통해했다."

그러면서도 그는 동물들이 전쟁의 참화 속에서 얼마나 인간들에게 위안을 주는지에 대해서도 말해준다. 전 세계의 군대가 시대를 막론하고 원숭이, 고양이, 곰, 개, 심지어 사자 같은 동물들을 군대의 마스코트로 삼는 것은 그다지 놀라운 일도 아니다. 동물들은 존재 그 자체로도 군인들의 사기를 높여주고

격려해주니 말이다.

아버지는 1991년에 돌아가시기 전까지 내가 어렸을 때와 마찬가지로 당신의 참전 경험에 대해 자세히 말씀하지 않으셨다. 그러나 나는 아버지가 밀림 속 포로수용소에서, 원숭이는 아니더라도 가끔은 새나 다람쥐를 보며 희망과 자유를 떠올리고 조금은 즐거워했었기를 바란다.

_ 사이

19

5만 달러를
가치 있게 쓰는 법

많은 사람들이 2015년에 월터 파머(Walter Palmer)라는 미국인 치과의사가 짐바브웨에서 불법적으로 쏜 화살에 맞아 죽은 세실이라는 이름의 사자에 관한 기사를 읽어봤을 것이다.

그는 짐바브웨 황게 국립공원(Hwange National Park)에서, 인기가 많은 숫사자 세실을 보호구역 밖으로 유인해서 잔인하게 살해하고, 그것도 모자라 머리를 자르고 가죽을 벗겨냈다. 이 사건은 전 세계적인 분노를 자아냈다. 짐바브웨 대통령은

파머를 처벌하기 위해 즉각 짐바브웨로 송환해달라고 미국 정부에 요청했다.

이런 와중에 유럽의 어느 뉴스에서는 그 해에만 100마리 이상의 사자들이 짐바브웨에서 목숨을 잃었지만 큰 동물을 사냥하는 일이 국가의 중요한 수입원이 되기 때문에 공공연하게 용인되고 있다는 소식을 알렸다.

이들은 미국인들이 이 사자가 이름을 가진 특별한 사자이기 때문에 흥분하고 있다고 지적했지만, 나는 그렇게 생각하지 않는다. 국가 수입원에 대한 이들의 분석은 틀렸다. 사냥은 짐바브웨의 국가 수입에 기여하는 바가 거의 없다. 더군다나 야생동물을 보기 위해 찾는 관광객들이 창출하는 돈과는 비교가 되지도 않는다.

파머는 사자를 죽일 수 있는 특권을 누리기 위해 50,000달러를 지불했다고 주장했다. 이는 큰 동물을 노리는 사냥꾼들에게는 극히 일반적인 가격으로, 돈은 사냥을 주선하는 사파리투어 회사로 흘러간다.

이런 회사들은 보통 사냥을 기획하는데, 불법 사냥을 눈감아주는 대가로 공무원들에게 뇌물을 준다. 미국의 생태학자 크레이그 패커(Craig Packer)는 짐바브웨 정부 공무원들의 부패에 대해 조사하면서 백인 사냥꾼들의 돈 가운데 상당 부분이 어디로 흘러갔는지를 알게 되었다고 폭로했다.

"부패한 공무원들은 자신들의 수입을 누구와도 나누지 않기 때문에 국가 수입은 절대 증가하지 않는다."

월터 파머 사건을 듣고 분노한 미국인들이 알고 있는 이야기는 사자 100마리가 아닌 오직 한 마리에 관한 것이었다. 우리가 본 영상에서 커다란 사자 한 마리가 쓰러져 죽어가고 있었다. 가슴에 긴 쇠파이프 같은 게 꽂힌 채 사자는 애써 몸을 일으키며 숨을 쉬어보려 했고, 커다랗게 부릅뜬 두 눈이 뭔가를 찾아 흔들리고 있었다.

대다수 미국인들이 분노한 것은 흥분한 사람들이 주변을 에워싼 채 신나게 사진을 찍어대고 있는 모습 때문이었다. 그들은 눈앞의 비극에서 즐거움을 얻는 인간들이 존재한다는 사실을 여실히 보여주었다.

죽어가는 사자의 가슴에 꽂혀 있는 파이프는 화살이었다. 고성능 라이플총이 아닌 활과 화살을 가지고 사자를 사냥한 덕분에 파머가 용감해보일 수는 있었지만, 그가 사용한 것은 평범한 양궁용 활이 아니었다. 그가 사용한 석궁은 커다란 금속 발사체를 쏠 수 있는 강력하고도 복잡한 기계로, 사자 한 마리를 고통스럽게 죽이기에 완벽한 살상무기였다.

세실의 죽음은 우리들과 매우 흡사할 만큼 똑똑하고 지각이 있으며, 가족이 있고 책임감이 있는 비인간 동물에게 벌어진 일이었다. 사자를 애도한 사람들은 그 점을 공감하고 있었다. 반면에, 그러한 애도를 지나치다며 비난하는 사람들은 그 점을 간과하고 이해하지 못했다.

사자가 이름을 가지고 있다는 점이 중요했는지도 모른다. 대부분의 동물, 그러니까 척추동물들은 우리와 비슷한 외모를 가지거나 우리처럼 행동하거나 우리가 이해할 수 있는 방식으로 소통하지 않는다. 그렇기 때문에 우리는 이들을 중요하지 않다고 생각한다.

그러나 이름이 있다면 동물들이 좀 더 중요한 존재, 말하자면 좀 더 인간처럼 보일 수 있다. 이름은 우리에게 동물도 사람과 마찬가지라는 좀 더 명료한 느낌을 주기 때문이다.

인식과 기억, 생각, 감정을 가지는 것과 같은 모든 중요한 능력에서 동물들은 우리와 거의 완벽하게 일치한다고 볼 수 있다. 그리고 이는 그리 놀랄 일도 아니다. 우리 역시 동물이기 때문이다.

미국의 생태학자 칼 사피나(Karl Safina)는 《소리와 몸짓: 동물은 어떻게 생각과 감정을 표현하는가(Beyond Words: What Animals Think and Feel)》에서 자신이 목격한 동물들의 행동에 대해 놀랍도록 감동적으로 설명하고 있다.

사피나는 이 책에서 동물들이 의식과 추리력, 지식, 기억, 감정 등을 드러내는 모습을 기록했는데 그의 설명은 매우 정확하면서도 설득력이 있다. 그는 다른 동물들이 인간에 대해 아는 것보다 인간이 다른 동물들에 대해 아는 것이 많지 않기 때문에 동물들이 미개하다고 믿는 것이라고 주장했다. 요컨대 동물들에 대한 무지가 그러한 편견을 가져왔다는 것이다.

언젠가 코끼리 연구에 참여하기 위해 나미비아의 에토샤 국립공원(Etosha National Park)을 방문했는데, 나는 땅에 주저앉아 좁게 울타리가 쳐진 곳 안쪽을 바라보고 있었다. 그 울타리는 말을 타고 순찰을 도는 공원 관리인들을 보호하기 위한 장치였다.

울타리 건너편으로는 암사자 한 마리가 머리를 꼿꼿이 든 채 내가 옆으로 누워 일하는 모습을 꿈꾸는 듯한 눈으로 바라보고 있었다. 나는 하품을 했다. 그러자 암사자도 하품을 했다. 나는 깜짝 놀라서 잠시 기다렸다가 다시 한 번 하품을 했다. 그러자 암사자 역시 하품을 했다.

암사자는 여러 차례 나를 따라하다가 내가 녀석을 조종하고 있다는 걸 깨닫고는 그만두었다. 사자는 연민과는 전혀 다른 공감을 하며 나를 바라보고 있었고, 나의 어떤 면이 자신과 비슷한지 알고 싶어 하는 것 같았다.

우리는 서로가 꽤나 비슷하기 때문에 서로의 하품이 전염되었다는 것을 깨달았다. 내가 먼저 알아채자 사자도 뜻밖의 관찰을 통해 이를 발견한 듯했다. 이것이 바로 동물들이 다른 동물들을 관찰하는 방식이다. 문제를 일으킨 치과의사도 그렇게 했더라면 50,000달러를 더 나은 곳에 쓰는 방법을 찾지 않았을까?

_ 엘리자베스

20

아픈 마음을 고쳐준
동물들

아버지는 나의 영웅이었다. 아버지는 '바탄 죽음의 행진(Bata-
an Death March)[8]'에서 살아남은 육군 장군이었다. 아버지가
암으로 돌아가셨을 때, 남편은 내가 슬픔을 덜어내는 데 도움
이 되는 방법이 무엇인지 알고 있었다. 바로 연약하고 왜소한

---

8 제2차 세계대전 당시 필리핀 바탄반도를 침공한 일본군이 필리핀군과 미군 포
  로 76,000여 명에게 물과 식량을 제공하지 않은 채 120킬로미터 떨어진 수용
  소까지 걸어서 이동하도록 한 사건을 말한다.

새끼 돼지 한 마리를 데려오는 것이었다.

남편의 선택은 옳았다. 그 자그마한 새끼 돼지가 내가 다시 생기를 되찾을 수 있게 도와주었기 때문이다. 그 돼지에게 필요한 것은 어느 정도의 다정한 보살핌과 구충제 몇 알, 그리고 음식물 찌꺼기 조금이 전부였는데 말이다. 꼬마 돼지는 아주 커다란 돼지로 무럭무럭 자라면서 제 몫을 다했다.

고음악[9] 애호가인 남편과 나는 꼬마 돼지에게 영국의 유명한 고음악 지휘자의 이름을 따서 '크리스토퍼 호그우드(Christopher Hogwood)'라고 이름을 붙여주었다. 그렇게 크리스토퍼 호그우드는 우리 식구가 되었을 뿐 아니라 내 스승이자 치유자가 되었다.

동물들은 수천 년 동안 우리의 스승으로 인식되어 왔다. 비교신화학자 조지프 캠벨(Joseph Campbell) 또한 인간사회에서 동물들은 훌륭한 주술사이자 스승의 역할을 맡아 왔으며 어떤 동물이든 우리에게 경고를 주거나 보호하는 전령(傳令), 또는 수호자가 될 수 있었다고 말했다.

북아메리카 원주민 오그랄라(Oglala)족의 소년들은 사춘기

---

9   르네상스, 바로크 시대의 음악을 그 당시의 악기와 연주법으로 연주한 음악을 가리킨다.

에 접어들면 들판이나 산에서 며칠간 단식하며 영적 탐구를 하는 의식을 치른다. 의식의 마지막에 이른 소년들은 자신들만의 동물 스승을 찾아내는 과정을 밟는다.

이때 스승으로는 곰이 선택될 수 있다. 곰은 식물의 치유력을 알기 때문이다. 곰들이 버드나무 껍질을 진통제로 쓰는 등 식물을 약재로 활용할 줄 안다는 사실은 과학자들의 연구로도 입증되었다. 독수리도 스승이 될 수 있는데, 땅에서 무슨 일이 벌어지든 전부 다 내려다볼 수 있기 때문이다. 실제로 독수리는 3킬로미터 넘게 떨어진 거리에서도 토끼만큼 작은 동물을 단번에 찾아낸다.

수많은 책들이 치유자로서의 동물에 관해 다루면서, 이는 거의 문학 장르처럼 자리 잡게 되었다. 이런 이야기들은 언제든 우리를 놀라게 만든다. 동물들이 우리를 구하고 가르치고 위로하며 힘을 불어넣어줄 수 있는 방법은 사실상 끝이 없기 때문이다.

리사 워런(Lisa Warren)이 쓴 책《행운의 고양이(The Good Luck Cat)》에서, 고양이는 저자가 절망의 구렁텅이에서부터 빠져나오도록 이끌어준다.

이 책의 주인공 팅은 푸른 털을 가진 3킬로그램짜리 샴고양이로, 이 장난꾸러기는 원래 그녀의 아버지가 은퇴한 후 반려묘로 삼기 위해 데려온 녀석이었다. 아버지가 급작스레 심장마비로 사망한 뒤에도 팅은 워런과 그녀의 어머니에게 마치 고양이의 형상을 한 인간처럼 그들의 슬픔을 위로해주었다.

워런은 이 책을 쓸 무렵부터 왼쪽 다리가 마비되었고 그 후에는 왼쪽 팔이, 그러고 나서는 얼굴이 마비되어갔다. 그녀가 회복할 수 있도록 도운 것도 팅이었다. 그녀는 책의 상당 부분을 할애해서 팅이 지닌 치유력이 어떻게 작동했는지를 자세히 묘사하고 있다.

동물과의 이야기를 그린 또 다른 책《메이블 이야기(H is for Hawk)》의 작가 헬렌 맥도널드는 아버지가 사망 한 후 '활활 타오르는 횃불과 돌격용 소총을 든 못된 녀석' 같은 참매[10]에게 의지하게 되었다.

참매는 무척 게걸스럽고 종잡을 수 없는 새로, 훈련을 시키기가 매우 어려운 것으로 알려져 있다. 그녀가 아버지를 여읜 후 데려온 어린 암컷 매 메이블은 슬픔에 잠겨 있는 인간과는 모든 면에서 정반대였다. 생기가 넘쳐흐르는 이 붉은 눈의 맹금은 '슬픔을 모조리 태워버리는 불길'이 되어 저자가 아버지를 잃은 슬픔에서 벗어날 수 있게 해주었다.

---

10 매목 수리과의 조류로 옛부터 사냥에 활용되었다.

작가 엘리자베스 토바 베일리(Elizabeth Tova Bailey)는 활발하고 분주하게 살아가던 30대 시절에 느닷없이 희귀병에 시달리면서 똑바로 설 수 없게 되었다. 그녀는 20년 가까이를 침대에 꼼짝없이 누워 점차 활기를 잃어가면서 일분일초가 마치 영겁의 시간인 것처럼 하루하루를 견뎌냈다.

그러던 어느 날 그녀는 달팽이 한 마리가 살고 있는 야생제비꽃 화분을 선물 받았다. 건강하던 젊은 시절에는 달팽이에 대해 아무 관심도 없었던 그녀였지만, 병을 앓는 동안 달팽이가 지닌 신비함과 매력을 관찰하고 감탄할 수 있는 인내심을 갖게 되었다. 그녀는 그 과정을《달팽이 안단테(The Sound of a Wild Snail Eating)》에 자세히 묘사했다.

"이 달팽이는 내가 나의 세상에 대해 그러하듯, 자신의 세상을 조목조목 알고 있다."

그러다 이 마법이 깨져버리는 일이 벌어지고 말았다. 베일리의 병세가 호전되면서, 더 이상 달팽이를 관찰할 만한 끈기를 갖지 못하게 된 것이다. 그녀는 커다랗고 시끌벅적한 인간세계로 돌아왔다. 물론 그녀는 인간의 삶 곁에 존재하는, 더 느릿하고 조용한 세상을 잠시 지켜본 경험을 통해 한층 더 성장할 수 있었다.

오그랄라족은 동물 스승의 영혼이 영적 탐구를 하는 사람의 몸에 실제로 들어간다고 믿는다. 동물의 영혼이 그 사람 안에서 힘의 일부가 되어 영원히 함께한다는 것이다.

오그랄라족이 옳았다. 동물들은 우리의 일부가 되어 우리를 회복시키고 재창조한다. 그리고 우리가 그들의 이야기를 들려줄 때, 동물들은 우리에게 다른 사람들을 회복시키고 재창조할 수 있는 힘을 부여해준다.

_ 사이

21

접시 위의
야생동물

잘 알고 있듯이 우리가 환경에 미치는 악영향으로 인해 오늘날 수백 종의 생물들이 멸종 위기에 처해 있다. 우리는 환경을 망치는 수많은 요인들 가운데 기후 변화와 서식지 파괴를 가장 큰 문제로 꼽는데, 이는 야생동물에 대한 가장 실질적이고 중대한 위험 요소를 완전히 무시하는 것이다.

일부 과학자들이 이런 사실을 용감하게 지적하고 있다. 최근에는 미국의 작가 데일 피터슨(Dale Peterson)이 《그 많던 동물들은 어디로 갔는가? 칼 암만과의 여행(Where Have All the Animals Gone? My Travels with Karl Ammann)》에서 이 문제를 정면으로 다루었다.

"수많은 동물들이 주로 아프리카와 아시아의 호화로운 호텔과 레스토랑으로, 그리고 사람들의 만찬을 위한 접시 위로 옮겨지고 있다."

피터슨은 스위스의 야생동물 사진작가 칼 암만과 함께 파괴의 현장을 관찰하고 기록으로 남기기 위해 두 대륙을 여행했다. 이들이 공동으로 만든 책인《원숭이 먹기(Eating Apes)》는 그러한 조사 결과를 담고 있다. 두 권의 책 모두 끔찍한 사실을 고스란히 고발하고 있어 출판사들이 출간을 거부할 정도였다.

독자들이 사지가 잘려나간 침팬지, 식탁에 올리기 위해 동그랗게 잘라낸 코끼리의 코, 작은 동물의 앞발이 동동 떠다니는 수프에 대해 알고 싶지 않을 거라 믿었기 때문이다.

암만은 먹거리가 부족한 가난한 사람들의 집에서 이 사진을 찍은 게 아니다. 그의 사진은 부자들의 화려한 진수성찬에 오른 야생동물들의 고기를 담고 있었다.

물론 아프리카와 아시아 문화권에서만 그런 특별한 요리를 만드는 건 아니다. 입에 사과를 물고 있는, 잘 구워진 통돼지구이를 떠올려보자. 문제의 핵심은 음식 문화가 아니다. 다른 일들과 마찬가지로, 결국 돈이 문제다.

하마나 코끼리 같은 대형 동물들은 재료로써 인기가 많은데, 특히 유인원들이 높은 가격에 팔린다. 사람들은 주로 유인원의 손과 발을 끓여서 먹는 걸 좋아하는데, 어떤 사람들은 독특한 풍미를 지닌 다른 부위를 먹고자 기꺼이 큰돈을 지불한다.

성체가 된 고릴라의 사체를 식탁에 올리기 위해서는 약 38,000달러가 필요하다. 소의 경우에는 1,600달러, 돼지의 사체는 700달러에 거래된다. 이렇게 큰돈이 되기 때문에 레스토랑과 호텔에서 야생동물로 만든 요리를 판매하는 것이고, 밀렵꾼들은 신나게 재료를 공급하고 있는 것이다.

재미있는 사실은, 유럽과 미국에서 나오는 야생동물 고기에에 대한 비판이 때론 문화적 결례로 간주되기도 한다는 것이다. 마치 야생동물 고기를 먹는 모든 이들이 자급자족하는 미개한 생활을 하거나 전통적인 삶의 방식을 따르기 위해 고릴라와 코끼리를 사냥하는 양 말이다.

현재 아프리카의 농부나 목동들 대부분은 자신이 먹을 고기를 얻기 위해 사냥하는 게 아니다. 한때 고기를 먹기 위해 사냥했던 이들은 보통 커다란 영양을 사냥했지 유인원 같은 동물을 사냥하지는 않았다.

야생동물 고기를 먹는 행위는 최근에 들어서야 유행하게 된 일이다. 이런 유행에 따른 무분별한 수렵으로 인해 코끼리, 하마, 보노보(Bonobo)[11], 침팬지, 고릴라의 씨를 말리는 비극이 초래되었다.

피터슨과 암만은 여행을 하면서 쥐, 비단뱀, 코끼리, 하마, 그리고 무엇보다 가장 위험에 처해 있는 보노보와 고릴라, 침팬지 등 수십 종의 동물들이 고급 레스토랑의 메뉴판에 올라 있는 사실을 발견했다.

그들의 친척이라고 할 수 있는 우리와 마찬가지로 유인원들은 기나긴 임신 기간을 거쳐 보통은 한 번에 단 한 마리의 새끼를 낳으면서 아주 느리게 번식한다. 보노보의 개체수는 이제 너무나 심각하게 감소해서 영원히 사라질 것이 거의 확실시될 정도다.

이런 상황에서 우리는 어떤 조치를 취할 수 있을까? 야생동물 고기 반대론자들은 침팬지와 고릴라, 보노보를 먹는 것이 식인 풍습이나 다름없다고 지적하지만, 이는 기껏해야 일부 사람들만을 설득할 수 있을 것이다.

다양한 NGO들이 야생동물 고기의 사용을 적극적으로 저지

---

11 콩고 남부에 서식하는 유인원의 일종으로 인간의 유전자와 99퍼센트 일치하는 것으로 알려져 있다.

하기 위해 사람들에게 멸종위기종뿐 아니라 야생동물 고기를 먹었을 때 걸릴 수 있는 질병에 대해서도 교육하고 있다.

그런 가운데 UN은 대체 단백질원으로서 곤충을 추천하는데, 특히 일부 곤충들은 꽤나 맛이 좋다고 이야기한다. 몇 년 전에 나는 아프리카 어느 부족의 언어로 '꿀'이라는 뜻의 이름을 가진 개미를 먹어봤기 때문에 UN의 이런 주장이 사실이라는 걸 안다.

곤충들은 너무도 왕성하게 번식 활동을 하기 때문에 레스토랑의 메뉴판에 오른다 해도 개체수에 타격을 받지는 않는다. 야자나무에 사는 굼벵이에서는 베이컨과 똑같은 맛이 나고, 바퀴벌레는 쇠고기와 비슷한 맛이 나지만 그보다 지방 함량이 낮다. 곤충을 먹는다고 지구를 구할 수는 없겠지만, 적어도 야생동물들을 도울 수는 있을 것이다.

_ 엘리자베스

3장

새와 함께 춤을

인간과 동물의 공통점을 생각하다 보면, 우리는 으레 공통적인 조상들에 대해 떠올리곤 한다. 우리에게 그 조상이란 보노보나 침팬지 같은 유인원, 아니면 그 이전의 긴팔원숭이, 또는 긴팔원숭이 이전의 원숭이 종류와 어쩌면 그 이전의 여우원숭이가 될 수 있겠다.

여기에 약 5,500만 년의 세월이 관여하다 보니, 여우원숭이 이전으로 거슬러 올라가서까지 공통 조상에 대해 생각하기는 쉽지 않다. 그러나 우리가 새들과의 공통 조상을 찾고 싶다면 3억 년 이상을 되짚어 생각해야만 한다. 요컨대 인간과 새는 마른 땅에서 처음으로 살기 시작한, 비늘을 가진 원시 파충류에서부터 진화했다는 것이다.

따라서 진화론적 관점에서 '인간'으로 알려진 중간 크기의 유인원과 '벌새'로 알려진 아주 작은 조류는 서로 동떨어진 존재로 볼 수 있다. 벌새[1]는 먹이통에 있는 시럽을 먹는다. 그런

---

1 칼새목 벌새과의 총칭으로, 이 새는 1초에 19~90번의 날개짓을 한다.

데 이 먹이통은 벌새를 위해 사람이 준비한 것이다. 3억 년 동안 완전히 다른 진화 경로를 거쳐 온 이 두 생명체들이 먹이통이라는 접점을 가진다는 사실이 놀랍지 않은가?

이는 너무나 다른 특징을 지닌 두 생명체들이 비록 다른 이유를 가지고 있다 하더라도 하나의 대상을 통해 관계를 맺고 있다는 것을 보여준다. 벌새는 먹이통에서 체력을 보강하기 위해 당분을 섭취한다. 반면에 중간 크기의 영장류인 인간은 먹이통을 설치하고 관리함으로써 수천 년 동안 조상들로부터 물려받은 사회적 관계를 넓히고자 하는 욕망을 충족한다.

그러나 2장에 등장할 다른 사례들과 비교한다면, 이는 별일이 아닐 정도다. 음악에 맞춰 춤을 추는 유황앵무[2]의 이야기를 예로 들겠다. 이 새는 음악이 무엇인지 이해할 뿐 아니라 한 치의 오차도 없이 박자에 맞춰 춤을 춘다. 왜 우리는 이런 앵무새의 모습에 놀라워할까? 누구도 춤추는 앵무새가 음악을 내적으로 이해하고 그에 맞춰 움직이는 능력을 가졌을 것이라 생각하지 못했기 때문이다.

---

2 앵무목 앵무과의 관상조이다. 몸길이 33~35센티미터에 달하는 대형 앵무새로 머리에 난 노란색 도가머리가 특징이다.

음악은 야생의 새들은 한 번도 접해보지 못했을 인간만의 발명품으로 이들에게는 전적으로 생경한 대상이다. 앵무새에게 음악이란 완전히 다른 외래종이 만들어낸, 난해하고 복잡한 소음으로 느껴질 수도 있다. 그렇기에 우리는 새들이 우리와 같은 방식으로 음악을 받아들이지 못할 거라고 생각하는 것이다.

우리는 앵무새가 춤을 추는 모습을 이해하기 위해 3억 년을 거슬러 올라간다. 그리고 원시 파충류부터 시작해 계속적으로 변해온 우리의 형태적 차이에 대해 생각한다. 우리는 여기에 관련했을 수천수만 가지의 진화론적 문제를 떠올리려 애쓴다.

그런 고민 가운데 새와 인간이 함께 춤을 추는 모습을 보게 되면 당황할 수밖에 없다. 과학도 이쯤에서는 도움이 되지 않는다. 우리가 할 수 있는 것은 그저 '우와!' 하고 감탄사 한 마디를 내뱉는 게 전부이니 말이다.

동물이 동종끼리 협력하는 경우는 흔하지만, 한 생물종이 다른 생물종을 돕거나 협력하게 만드는 경우는 흔치 않다. 앞으로 소개하겠지만 퍼핀[3]과 그를 따르는 배려 넘치는 과학자들

---

3 도요목 바다오리과의 조류로 바다와 해안 절벽, 암석 해안 등에 서식한다.

이 그렇고, 어느 매력적인 닭들과 그들의 주인이 이런 경우를 보여준다.

이번 장에서 집중적으로 논의하고자 하는 내용은 '새와 사람이 함께하는 게 가능할까?'라는 문제다. 우리가 공통적으로 지닌 것이라고는 척추와, 공통 조상인 원시 파충류가 남겨준 비늘과 척추의 흔적이 전부인 것처럼 보인다.

그러나 우리는 분명 다른 기질도 공유하고 있다. 그중 하나는 다른 생물종에서 자신과의 접점을 찾는 것이다. 매는 매부리[4]에게로 돌아오고, 벌새는 먹이통이 비었을 때 인간에게 이를 알려주며, 유황앵무는 사람과 자신의 움직임을 맞춤으로써 둘이 함께 리듬을 타도록 한다.

3억 년 전 초대륙 판게아(Pangea)에서 시냇물을 마시던 원시 파충류는 아마도 물고기와 약간의 유사성을 가지게 만드는 유전자를 가지고 있었을 것이다. 이 원시 파충류는 그런 사실에 우연히 주목하게 되었을지도 모른다.

나는 미래에는 원시 파충류가 물고기를 들여다보는 동안 콧구멍을 통해 뚝 떨어져 나온 생각의 화석을 과학자들이 발견

---

4 매를 맡아 기르고 돌보는 사람을 가리키는 말이다.

할 수 있게 되지 않을까 상상하곤 한다. 그 생각들이 퇴적암 속에 묻혀 있다가 방사능연대측정법을 통해 3억 년 전에 우리의 선조에게서부터 떨어져 나온 것임을 알게 될 것이다.

그리고 그런 생각들을 발견하고 연구할 수 있다면, 우리는 인간을 포함한 모든 생명들의 역사에 대해 더 많은 걸 알 수 있게 될 것이다.

_ 사이

22

불멸의
닭 여사님

1월의 어느 날, 우리 집에서 가장 늙은 닭이 집으로 돌아오지
않았다. 사계절 동안 우리가 통틀어 '여사님들'이라고 부르는
한 무리의 닭들은 집 앞 마당을 자유로이 쏘다녔다(옆집 마당까
지도 여사님들의 활동 구역이었다. 이웃집 사람들은 여사님들에게 직
접 먹이기 위해 창고에 늘 튀긴 옥수수알을 한가득 쟁여두곤 했다).

저녁이 되면 여사님들은 언제나 헛간으로 돌아왔다. 그리고
보통은 횃대에 앉아 내가 곡물 알갱이와 음식물 찌꺼기로 된

저녁식사를 가져다 주길 기다리면서 깃털을 골랐고, 나는 밤의 포식자로부터 여사님들을 보호하기 위해 둥우리의 문을 닫아주는 것으로 하루를 마무리했다.

그런데 세상이 얼어붙을 듯 추웠던 1월의 어느 날 밤, 우리의 최고령 여사님이 감쪽같이 사라져버렸다. 8년도 더 전에, 태어난 지 하루 만에 우리 집에 온 닭이었다. 닭의 평균수명은 5년에서 6년인데, 우리가 '올드 레이디'라고 불렀던 그 암탉은 평균수명 이상 산 것이었다. 나는 우리 닭들 모두를 사랑했지만 특히나 그녀를 아꼈다.

뉴햄프셔주에서 방목된 닭으로 살아가기란 꽤나 위험한 일이다. 지난가을 우리는 또 다른 닭 한 마리를 참매에게 잃었다. 그 전 해에는 스컹크, 여우, 밍크[5], 흰담비, 그리고 이웃집 개들이 우리 여사님들을 공격했다.

사실 올드 레이디는 이미 한 번 죽을 위기를 넘긴 적이 있었다. 5년 전 여름, 나는 도움을 청하는 닭들의 절망적인 울음 소리에 냉큼 달려갔다가 올드 레이디를 물고 있는 여우를 발견했다. 나는 여우에게 소리를 질렀고, 여우는 입에 물고 있던 올드 레이디를 떨어뜨리고 도망쳤다. 그 후로 물린 상처는 아물었고

---

5 포유류 식육목 족제비과의 한 종류로 모습은 족제비와 비슷한 외견을 하고 있다.

깃털도 다시 자랐지만 부러지고 뒤틀린 발가락은 그 여름 죽음과 맞섰던 증거로 올드 레이디에게 영원히 남게 되었다.

최근 들어 올드 레이디는 부쩍 노화를 드러냈다. 폐경을 맞이한 그녀는 불구가 된 발가락 때문에 고통스러워하면서 다른 닭들보다 훨씬 느리게 걸었다. 여전히 벌레를 잡으러 돌아다니거나 헛간의 더러운 바닥에서 모래 목욕을 하는 걸 즐겼지만, 이제는 친구들 곁에 있기보다는 둥지에 들어가 꾸벅꾸벅 조는 날이 많았다.

그날 밤, 나는 올드 레이디의 이름을 부르며 한참을 돌아다녔지만 그녀의 흔적조차 찾기 어려웠다. 어쩔 수 없이 나는 다른 여사님들이 안전하고 따스하게 있을 수 있도록 작은 둥우리 문을 걸어 잠가야 했다. 하지만 올드 레이디가 늦게라도 돌아올 것만 같아 더 큰 헛간의 문은 열어두고 불도 켜뒀다.

때때로 암탉이 홀로 바깥에서 밤을 보내는 경우가 있다. 아마도 내가 다른 닭들을 가두는 동안 올드 레이디는 다른 곳에서 낮잠을 자고 있거나 아니면 포식자를 보고는 빽빽한 수풀 속에 숨어버렸을 지도 모른다. 보통 무리에서 낙오된 동물들은 아침이면 둥지로 돌아오지만, 올드 레이디는 그러지 않았다.

그러다 나는 우리 마을에서 야생동물들을 목격했다는 소문을 들었다. 몇 집 건너에 사는 친구는 자기 집 마당에서 아메리칸 담비 두 마리를 보았다고 했다. 아메리칸 담비는 집고양이를 죽일 정도로 덩치가 큰 족제비다.

같은 날, 다른 친구는 참매와 부엉이가 싸우는 광경도 목격했다고 했다. 나중에는 한 이웃이 자기 집 차고 앞에서 살쾡이를 목격다고 전했다. 나는 그녀의 페이스북에 이렇게 답글을 달았다.

"내가 잃어버린 닭에게 무슨 일이 벌어졌는지 알겠네요."

우리의 늙은 암탉은 필경 목숨을 잃었을 것이라고 생각했다. 올드 레이디는 나이가 많았고, 매일 기온이 영하로 떨어지는 날씨였으며, 주변에 포식자들이 어슬렁거리고 있었으니 올드 레이디의 사체를 찾아보려는 시도조차 의미 없어 보였다. 나는 다른 여사님들을 잘 보호하는 것으로 만족해야 했다.

그리고 월요일 오후, 갇혀 있는 닭들에게 지루함을 달래줄 겨자와 코티지치즈를 가져다 주러 가는 길이었다. 그런데 그곳에 올드 레이디가 있었다! 평소와 다름없는 모습으로 올드 레이디는 둥우리 문 바로 앞에 서서 시끄럽게 꼬꼬댁거리고 있었다.

그녀는 어떻게 살아남았을까? 이 질문에는 여러 가지 답이 있을 수 있다. 그러나 그중 가장 설득력 있는 답은 8,325개의 깃털 덕이라는 것이다(참고로, 이 숫자는 아주 인내심 많은 사람이 올드 레이디 종 암탉의 깃털 수를 직접 세어본 결과다).

보존생물학자 소어 핸슨(Thor Hanson)은《깃털: 가장 경이로운 자연의 걸작(Feathers: The Evolution of a Natural Miracle)》에서 우리 집 늙은 암탉과 같은 종들의 깃털을 '지금껏 발견된 중 가장 가볍고도 효율적인 단열 장치'라고 표현했다.

깃털은 가장 작고 연약해 보이는 새들도 겨울에 얼어 죽지 않게 해준다. 생물학자 베른트 하인리히(Bernd Heinrich)는 작은 상모솔새[6]의 깃털 속 체온과 영하로 내려간 밤 시간대의 야외 기온 사이의 차이를 계산했다. 그 결과 이 작은 새가 외부 기온보다 섭씨 60도 가량 더 따뜻한 상태를 유지하고 있음이 드러났다. 이런 훌륭한 보온 효과 때문에 우리는 새털로 최고의 파카와 이불 속을 채우는 것이다.

그러나 올드 레이디가 험난한 포식자들 사이에서, 그 몹시도 추운 날씨에도 살아남을 수 있던 것에는 또 다른 이유가 있었다고 생각한다. 바로 올드 레이디의 현명함이다.

대개 닭들은 사람들이 생각하는 것보다 더 똑똑하다. 그리고 대부분의 닭들은 100마리 이상의 닭(그리고 아마도 사람들)의 얼굴을 구분하고 기억할 수도 있다. 어떤 실험은 닭들이 확실

---

6 참새목 상모솔새과의 조류로, 몸길이가 10센티미터 밖에 되지 않는 작은 새이다.

한 랜드마크가 없을 때조차 공간학습[7]을 하는 일에 능숙하다는 사실을 밝혀냈다.

올드 레이디는 그런 닭 중에서도 가장 똑똑할 것이다. 분명, 여사님의 몸 전체보다 더 무거운 뇌를 가졌으며 도구를 사용할 수 있는 나보다도 그녀가 한 수 위라고 생각한다.

그 주말에는 계속 가벼운 눈발이 날렸고, 올드 레이디가 돌아온 날에도 마찬가지였다. 올드 레이디를 저 멀리까지 찾아다녔음에도, 계속 쌓이는 눈 때문에 그녀가 지나간 자취를 찾을 수 없을 정도였다. 아주 나중에 나는 헛간 청소를 하면서야 올드 레이디가 그 주말 동안 어디에 있었는지 알게 되었다.

올드 레이디는 추위와 야생동물을 피해 헛간 뒤쪽에 예전부터 쌓여 있던 건초더미 속에 푹 파묻혀 있었던 듯했다. 그 증거로 그곳에선 여사님이 남겨놓은 꽝꽝 얼어버린 큼지막한 달걀 하나가 나를 기다리고 있었다.

_ 사이

---

7 어떤 환경 속에 있는 여러 대상의 위치 관계에 관한 학습을 뜻한다.

23

퍼핀에게서
날아온 편지

"아, 안 돼!"

이 말이 좋은 소식을 알리는 경우는 거의 없다. 더구나 위층 서재에 있던 남편의 입에서 이런 말이 흘러나왔다는 것은 매우 심각한 문제가 발생했다는 의미가 분명했다.

"무슨 일이에요?"

"퍼핀 M에 대해, 이런 소식을 방금 받았어요."

남편은 '오듀본 프로젝트 퍼핀(Audubon Project Puffin)'이

라는 바다새 복원 프로그램으로부터 받은 편지를 열어본 참이었다. 오듀본 프로젝트는 전 세계 바다새 서식지의 보호를 장려하면서 바다새의 보존을 위한 과학적 방법을 연구하고 있다. 이 프로젝트에서 보낸 편지에는 이렇게 쓰여 있었다.

"이런 소식을 전하게 되어 유감입니다. 퍼핀 M은 2015년에는 에그록(Egg Rock)에 둥지를 틀지 않았습니다. M은 2015년 7월 12일 라조록로핑렛지(Razzo Rock Loafing Ledge) 꼭대기에서 마지막으로 목격된 이후 더 이상 관찰되지 않았습니다."

퍼핀 M은 실종되었고, 죽은 것으로 추정된다는 내용이었다. 우리 부부는 너무 속상해서 한동안 입을 열지 못했다. 나는 퍼핀 M을 한 번도 만난 적이 없지만, 오래전부터 깊이 아는 사이인 것처럼 느껴왔기 때문이었다.

남편은 2013년 내 생일 선물로 퍼핀 M을 '입양'했다. 그 결과 지난 2년 동안 나는 흑백의 몸에 익살맞은 빨강과 노랑빛이 도는 독특한 부리를 가진 아주 멋진 친구의 모습이 담긴 사진과 이 새의 약력, 그리고 메인주 이스턴에그록에서 이 새가 보여주는 활동에 관한 세부 설명서를 받아볼 수 있었다.

퍼핀 입양은 말 그대로 완벽한 선물이었다. 나는 퍼핀이 오랜 시간 동안 계속 둥지를 틀어온 메인만(Gulf of Maine)[8]의 섬들로 이들을 돌려보내려는 오듀본 프로젝트의 노력을 알게 된

뒤부터 열렬한 지지자가 되었다.

1973년 메인주에 남아 있는 퍼핀 서식지는 단 두 곳으로, 나머지는 한 세기 전에 파괴되어 사라진 후였다. 그 해 조류학자 스티븐 크레스(Stephen Kress)가 특별한 아이디어를 내놨다. '퍼플링'이라는 애칭으로 불리는 새끼 퍼핀을 캐나다로부터 메인주 앞바다에 있는 이스턴에그록으로 이주시킨다는 것이었다. 몇 년 후에 퍼핀들이 둥지를 틀기 위해 본래의 서식지로 돌아올 거라는 희망에서 나온 생각이었다.

퍼핀 모형과 녹음된 퍼핀의 소리로 유인한 4쌍의 퍼핀들이 1981년 둥지로 돌아온 것을 시작으로, 이제 1,000여 마리의 퍼핀들이 메인주 5개 섬에서 어린 새끼들을 키우고 있다고 한다.

나는 당장 퍼핀들을 보러 그곳에 가려고 했지만, 악천후로 인해 번번히 실패하고 말았다. 그러나 이제는 고맙게도 퍼핀 M 덕분에 멀리서나마 퍼핀의 이야기를 자세히 들을 수 있게 된 것이다. 설사 내가 녀석을 보러갈 수 없어도 말이다.

이스턴에그록에서 이루어진 장기간의 연구 덕분에, 나는 퍼핀 M의 가족에 대해 우리 조부모님에 대한 것보다 더 많이 알게 되었다. M의 부모인 Y54와 MR314는 나이 차이가 많이 나

---

8 북아메리카 북동쪽 대서양 연안에 있는 만이다.

는 커플이었다. Y54는 스물세 살이었고 MR314는 고작 여섯 살이었으니까.

그러나 짝짓기는 성공적으로 이루어졌다. 퍼핀 M은 섬 남쪽 끝에 자리한 제3번 굴에서 2000년 6월 20일에 부화했고, 그 부모가 8년 동안 함께 하며 기른 9마리 가운데 가장 오랫동안 살아남은 퍼핀이 되었다.

퍼핀 M의 짝짓기는 늦은 편이었다. 보통의 새들보다 2년이 늦은 일곱 살에야 번식을 했다. 2007년의 일이다. 퍼핀 M과 그의 짝은 알을 낳기 위해 일곱 차례나 시도를 해야 했다. 그리고 마침내 그들이 짝짓기에 성공하여 둥지를 튼 후로 나는 더 상세한 내용을 접할 수 있었다.

"연구자들은 6월 3일 에그록의 빅볼더점블(Big Boulder Jumble) 지역의 오버로우(O Burrow) 입구에서 M을 목격했다."

그리고 한 달 뒤인 7월 4일에 식별 발찌를 달지 않은 암컷인 M의 짝이 동굴로 먹이를 나르는 광경이 목격되었다. 동굴은 이 커플이 그들의 외동 퍼플링을 기르는 곳이었다.

"7월 25일, M은 동굴로 커다란 청어 한 마리를 배달했다."

우리가 이런 세부적인 내용들을 보며 즐거워하는 이유는 무엇일까? 왜 단순히 한 생물종의 보존을 위해 기부를 하는 것보다 어떤 특정한 동물을 지정해서 지원하며 소식을 듣는 것이 훨씬 더 재미있을까?

퍼핀이든 눈표범[9]이든, 아니면 심지어 상어든 간에 생물의 종과는 상관없이 동물들은 우리와 마찬가지로 개별적인 존재다. 그리고 이들의 이야기는 우리 자신의 이야기만큼이나 다채로워서 이들을 더욱 가깝도록 느끼게 만든다.

우리가 동물들과 지속적으로 관계를 만들어나가고 싶다면 개별적인 존재에 대한 이야기를 할 필요가 있다. 개별적인 존재는 우리를 움직이게 만든다. 한 생물종 전체를 구해내는 것을 상상하기 어렵지만, 단 하나의 개체를 돕는 것은 누구나 할 수 있는 일이다.

퍼핀 M의 실종은 분명 남편과 나보다는 퍼핀 연구자들에게 더 고통스러운 소식이었을 것이다. 이들은 퍼핀 M이 부화했을 때부터 알아왔다. 녀석은 연구자들에게 있어, 소중하고도 고유한 개체이면서도, 역경을 헤치며 함께해온 프로젝트의 동료나 다름없기 때문이다.

퍼핀 M에 관한 슬픈 소식을 전하는 이 편지 안에는 이 단체를 이끄는 스티븐 크레스가 직접 서명한 요청서 하나가 동봉되어 있었다.

---

9 식육목(食肉目) 고양잇과의 포유류로 설표라고도 불린다.

"새로운 퍼핀을 맡아주시면서 저희의 노력을 계속 지원해주시길 희망합니다."

당연히 그렇게 할 것이다. 새로운 퍼핀이 내게 또 다른 행복한 생일을 보장해줄 테니 말이다.

_ 사이

24
새와 리듬에 맞춰
춤을

나는 춤을 사랑하는 사람이다. 에어로빅 수업에서든, 친구네 집 지하실에서든, 아니면 수많은 사람들과 마라톤을 하는 중이든, 그도 아니면 나 혼자서든 아무 상관이 없다. 함께 춤추는 파트너가 있다면 춤추기는 훨씬 더 즐거워진다. 특히나 그 파트너가 앵무새라면 말이다.

나와 함께 춤을 췄던 파트너들 가운데 최고는 노란색 볏을 가진 유황앵무 '스노우볼'이다. 스노우볼의 주인인 아이리너 슐츠는 인터뷰 날짜를 정하기 위해 통화를 하던 중에 이렇게 말했다.

"이 아이는 춤을 사랑해요. 건전지 광고에 나오는 토끼 같아요. 계속 춤을 추고, 또 춘다니까요!"

내가 스노우볼에 대해 처음 알게 된 것은 유튜브를 통해서였다. 2007년 처음 유튜브에 영상이 올라간 이래, 팝그룹 백스트리트 보이즈(Backstreet Boys)의 〈에브리바디(Everybody)〉에 맞춰 춤을 추는 노란색 볏의 흰색 앵무새를 찍은 짧은 영상은 순식간에 입소문을 탔다.

스노우볼은 사우스캐롤라이나주 던컨에서 '버드 러버스 온리(Bird Lovers Only)'라는 보호소를 운영하고 있던 슐츠가 구조한 새로, 이제는 전 세계적인 유명인사가 되었다. 유튜브를 통해 데뷔한 후 스노우볼은 각종 텔레비전 프로그램에 잇달아 출연해서 춤을 췄고, 이후로 다양한 노래에 맞춰 춤추는 영상을 촬영해왔다.

스노우볼이 춤추는 모습을 보는 사람들의 입가에는 절로 미소가 떠오른다. 고개를 까딱거리면서 가슴을 활짝 열고 발을 높이 들어 콩콩거리는 이 앵무새는 좋은 시간을 보내고 있음이 분명하다. 녀석은 그저 춤추는 걸 즐길 뿐만 아니라 심지어 잘 추기까지 한다!

춤에 있어서 놓쳐서는 안 될 요소를 꼽을 때 우아함이나 스타일, 독창성보다 훨씬 더 중요한 것은 바로 박자에 맞춰 움직이는 것이다(박치와 춤춰본 적 있는가? 정말 최악이다!). 이것이 바로 스노우볼의 춤에 내가 가장 흥미를 가졌던 부분이다. 왜냐하면 대부분의 과학자들이 박자 관념은 인간에게만 한정되었다고 간주해온 능력이기 때문이다.

리듬을 인식한다는 것은 우리들에게는 아주 자연스러운 행동으로, 우리는 무의식 중에도 음악에 맞춰 발을 까딱거리고는 한다. 그러나 이는 사실 '박자 감지와 동시성(Beat perception and synchronization)'이라는 거창한 명칭이 붙은 정교한 인지적 작업이다.

이는 우리가 언어를 사용할 때 쓰게 되는 기술들과 여러 가지 측면에서 닮았다. 터프츠대학의 심리학 교수인 애니루드 파텔(Aniruddh Patel)이 저서《음악, 언어, 그리고 뇌(Music, Language, and the Brain)》에서 지적했듯이 음악과 언어는 실행자와 듣는 사람 모두에게 유기적으로 조직된 소리로 결집이 되어 양쪽 모두의 정서에 강렬한 영향을 미친다.

스노우볼과 춤을 추기 위해 나는 녀석이 좋아했으면 하는 마음에서 나의 애창곡을 틀었다. 미국의 보컬 그룹 '토큰스(The Tokens)'가 부른 〈더 라이온 슬립스 투나잇(The Lion

Sleeps Tonight)〉이라는 노래였다.

이 노래의 박자는 즉각적으로 스노우볼의 흥미를 사로잡았다. 스노우볼은 슐츠의 손 위에 올라타더니 금세 회색 회전의자 등받이로 옮겨 갔다. 거기는 스노우볼이 가장 좋아하는 무대이자 사람들과 눈높이를 맞출 수 있는 장소였다.

노란색 볏을 높이 세운 스노우볼의 두 눈은 흥분으로 반짝였다. 스노우볼은 고개를 열정적으로 끄덕이더니 박자에 딱 맞게 한 발을 먼저 들고, 그 다음 다른 쪽 발을 들어올렸다. 뒤이어 나는 포니(Pony)[10] 춤을 추면서 여기에 합류했다. 스노우볼은 처음 보는 사람인 내게 계속 시선을 고정한 채 춤을 추었다.

그러다 스노우볼은 자기 방식대로 왼발을 두 번 흔들고, 오른발을 한 번만 흔드는 한편으로 머리는 아래위로 까딱거리면서 한쪽으로 살짝 기울인 채로 춤을 이어갔다. 우리가 함께 춤을 춘 두 번째 노래인 데이비드 쿡(David Cook)의 〈컴 백 투 미(Come Back to Me)〉가 끝날 무렵 나는 확신했다. 우리의 춤을 이끄는 것은 내가 아닌 스노우볼이었다.

나의 확신은 단순히 기분상의 문제가 아니었다. 슐츠의 남편이 친절하게도 그 두 번째 노래 장면을 촬영해서 보내준 영상

---

10 1960년대 미국에서 유행했던 춤의 한 종류이다.

을 확인해보니 그 현장에 있을 때는 놓쳤던 자세한 내용들을 확인할 수 있었다.

음악과 뇌의 연관성을 연구하는 파텔 교수는 이 점을 잘 알고 있었다. 그 역시 스노우볼의 춤을 직접 보러 왔었지만 대부분의 통찰은 영상을 통해 얻었다고 한다.

파텔 교수는 다른 박자로 편곡된 똑같은 노래에 맞춰 스노우볼이 춤추는 모습을 촬영했다. 그 후 그 영상을 초당 60프레임의 해상도로 재생한 후 소리를 지웠고, 실험에 쓰인 노래가 어떤 박자였는지를 모르는 컴퓨터 프로그래머들이 이를 기록하게 했다.

그들은 박자에 맞춰 움직이는 다른 새들의 영상을 분석했고 (유튜브에 춤추는 새들의 영상이 얼마나 많이 올라와 있는지 알면 무척 놀랄 것이다), 매번 동일한 결과를 얻었다. 이 연구의 결론은, 새들이 음악의 박자에 맞춰 움직일 수 있는 능력을 가졌다는 것이었다. 이전까지 그 능력은 인간에게만 속한 것으로 생각되어 왔지만 그게 아니었다.

이런 결과는 앵무새들이, 그리고 아마 모든 새들이 인간의 방식과 유사하게 매우 복잡한 방식으로 이 세상에 귀를 기울이며 복합적인 사고가 가능하다는 것을 암시한다.

나는 슐츠의 남편이 찍어준 나와 스노우볼이 함께 춤추는

영상을 보면서, 그때 내가 느낀 점에 대해 확신하게 되었다. 그
것은 내가 이전까지 나의 댄스 파트너들과 그토록 쉽사리 한
몸이 된 적이 없었다는 사실이다.

　스노우볼과 함께 춤을 춘 두 번째 노래는 슐츠의 남편이 고
른 것으로 나는 들어본 적 없는 노래였다. 그래서 내 춤사위가
조금은 어색할 거라고 생각했는데 영상 속 우리의 모습은 전
혀 그렇지 않았다. 우리는 마치 서로의 모습이 거울에 비치듯
함께 움직였다. 그건 당연한 일이었다. 나는 춤의 달인인 스노
우볼을 그대로 따라하고 있었으니 말이다.

_ 사이

25
하늘을 나는
호랑이

처음으로 매가 내 주먹 위에 앉았던 그날, 맹금류에 대한 나의 생각은 완전히 바뀌었다. 그 매의 이름은 '재즈'였다. 올해로 네 살이 된 재즈는 미국 남서부 사막의 토착종이지만 뉴햄프 셔주 데어링에 있는 '뉴햄프셔 매사냥 학교'에 살고 있었다.

삑 하는 호루라기 소리에 재즈는 쭉 뻗은 내 팔을 향해 날아들었다. 재즈가 가까이 다가오자 1.2미터에 달하는 날개가 만들어내는 거센 바람에 내 머리가 흩날렸다. 가슴이 터질 것만 같았다.

탁! 재즈의 큼지막한 노란 발과 상아빛 발톱이 충격적이리만큼 강한 힘으로 가죽 장갑을 낀 내 손을 꽉 움켜쥐었다. 재즈가 내게 날아온 이유는 내 손에 놓인 잘게 자른 새고기를 먹기 위해서였다.

재즈의 부리부리한 적갈색 눈은 날카로운 부리와 발로 고기를 갈기갈기 자르는 일에 초점을 맞추고 있었다. 얼굴로부터 고작 몇 센티미터 떨어진 곳에 있는 이 맹금에게서 나는 이제껏 보지 못했던 순수한 야생성을 생생히 관찰할 수 있었다.

그러나 정말 놀라운 점은 따로 있다. 매년 가을과 봄이면 내가 살고 있는 집에서 그리 멀지 않은 곳에서 수십 가지 다양한 종의 맹금이 수천 마리씩 떼를 지어 머리 위를 날아간다는 사실이다.

우리가 살고 있는 뉴잉글랜드 지방에서 관찰되는 매, 독수리, 황조롱이[11], 솔개 같은 맹금류의 가을 이동은 야생동물들이 보여주는 장관 가운데 하나다. 그러나 대부분의 사람들은 여기에 관심을 두지 않으며, 이들이 어떤 새인지 아는 사람들도 거의 없다.

---

11 매목 매과의 조류로, 몸길이는 30~33센티미터이며 몸은 갈색빛을 띤다.

이들은 말하자면 하늘의 호랑이들이다. 물론 많은 새들이 사냥을 한다. 작은 몸집의 울새들조차 여름 내내 벌레를 잡아먹지 않던가. 그러나 맹금은 유일하게 포식성(捕食性)을 지닌 새다. 얼마나 훌륭한 사냥꾼인지 인간의 조상들을 잡아먹었을 정도다.

1924년 남아프리카에서 발견된 '타웅 아이(Taung Child)'라는 유명한 화석 인류에 대한 재조사가 이루어졌었다. 조사 결과, 이 세 살배기 아이는 이전에 생각했던 대로 표범에게 공격당한 게 아니라 관뿔매[12]의 친척격인 고대 맹금에게 사냥을 당해 죽은 것으로 결론지어졌다(현대의 관뿔매는 여전히 같은 방식으로 원숭이들을 사냥한다). 오늘날 야생의 맹금류들은 아이들을 사냥하지는 않지만, 먹이를 잡기 위해서라면 얼마든지 우리를 두렵게 만들 만한 힘을 발휘한다.

맹금들은 우리와는 다른 방식으로 세상을 본다. 모든 새들은 날기 위해 뛰어난 시력을 필요로 한다. 특히 날면서 사냥을 하는 맹금의 시각은 초능력의 수준으로 발달해 있다. 빼어난 시력은 먹이를 향해 정확히 달려들기 위한 필수적인 요소이기 때문이다. 300미터 상공에서 날아다니는 독수리는 8킬로미터

---

12 매목 수리과의 조류로, 몸길이가 85~90센티미터에 이른다.

밖에서 뛰어가는 토끼를 단번에 날아가 잡을 수 있는 거리지 각력을 가지고 있다고 한다.

맹금들은 우리와 같은 양안시(Binocular Vision)[13]지만, 우리와는 비교도 할 수 없을 정도로 거리지각력이 뛰어나다. 왼쪽 눈과 오른쪽 눈의 시야 범위가 겹치기 때문에 맹금의 뇌는 각 눈에 비친 서로 다른 상을 비교함으로써 즉각적으로 그 거리를 계산할 수 있다.

이렇듯 뛰어난 시각 능력으로 멀리 떨어져 있는 사냥감의 위치를 확인하고 난 뒤에 녀석들은 순식간에 그곳으로 날아간다. 맹금들이 먹잇감에게로 날아가는 속도는 우리의 상상을 뛰어넘는다. 세상에서 가장 빠른 새라고 불리는 송골매는 무려 시속 320킬로미터의 속도로 날아서 사냥감을 낚아챈다고 밝혀졌다. 이는 고속철도의 최고 속도보다 훨씬 빠른 속도이다.

가을 동안 맹금들은 시각과 속력뿐만 아니라 지구력에서도 끝판을 보여준다. 독수리와 매는 중남미 대륙을 향한 가을 이동 기간 동안 하루에 300킬로미터 이상 이동한다.

맹금들은 이동하기 전에 몸무게의 10퍼센트나 20퍼센트를 지방으로 저장하도록 조절하여 미리 오랫동안 이동할 채비를

---

13 좌우 양쪽의 안구로 상을 보는 것을 의미한다.

한다. 이들은 자기들의 연료를 현명하게 아껴 쓸 줄도 안다. 이 동하는 맹금들은 바람을 타고 치솟아 오르거나 곤두박질을 치면서 언덕과 산을 피한다.

이들은 열상승기류라 불리는 따뜻한 공기의 흐름을 타고 높은 곳까지 오른다. 여러 종의 맹금 수백 마리는 대규모로 소용돌이치는 공기덩어리라고 할 수 있는 열상승기류를 이용하기 위해 함께 모이고는 한다.

이런 매들의 무리를 보게 되는 일은 흔치 않은 경험이지만, 어디에서 봐야 할지를 알고 충분한 인내심을 가지기만 한다면 아주 쉬운 일이다. 당신이 사는 곳 근처에도 매를 관찰할 수 있는 구역이 있을 수도 있다(http://hawkcount.org에서 각 구역에 출몰하는 매의 수가 매일 업데이트된다).

매년 9월이 되면 남편과 나는 피터버러(Peterborough)의 팩모내드녹산(Pack Manadnock)에 오른다. 산꼭대기에 있는 '뉴햄프셔 오듀본 맹금 관측소(New Hampshire Audubone's Raptor Observatory)'에 가서 매 관찰 모임에 참여하기 위해서다.

어느 토요일에는 한 시간이 지나도록 겨우 황조롱이 한 마리밖에 보지 못했다. 그러나 그 다음 월요일에는 넓적날개말똥가리[14]만 3,000마리 이상을, 목요일에는 1,858마리를 목격할 수 있었다.

망원경 없이 보면 그 새들 대부분이 그저 작은 반점처럼 보인다. 하지만 우리는 그 반점들이 무엇인지를 알고 있다. 그들은 바로 우리 머리 위를 날고 있는 수천 마리의 호랑이들이다.

_ 사이

---

14 매목 수리과의 조류로, 몸길이는 40센티미터 내외에 달한다. 주로 아메리카 대륙에 서식한다.

26

깃털에 싸인
거품

꽃과 먹이통 앞에 휙 나타난 두 날개의 흐릿한 형체가 곧장 윙소리를 내며 사라져버린다. 그러다 다시 나타나지만, 그 아름다움에 숨이 턱 막히기도 전에 다시 떠나간다. 그 모습은 마치 반짝이는 무지개가 산산이 부서진 조각 같기도 하고, 타오르는 혜성 같기도 하고, 살아 있는 보석 같기도 하다.

이 모든 은유는 쉬이 사라져버리는 마법을 부리는 벌새를 묘사하기 위한 것들이다. 벌새는 이 세상의 모든 새 중에서 가

장 작다. 몸집이 대략 5센티미터 내외이고, 몸무게는 3그램에
도 못 미친다.

나는 몇 년 전에 야생동물 재활사로 활동하는 브렌다 셔번
(Brenda Sherburn)과 함께 부모를 잃은 어린 벌새를 독립시키
기 전까지 돌봐주는 일을 도왔다.

브렌다는 사람들이 너무나 자주 아기 벌새를 지나치게 이른
시기에 '구조한다'고 말했다. 벌새의 둥지를 발견하는 것은 드
문 일이지만, 만약 그런 일이 생긴다면 일단 뒤로 물러서서 아
기 새들을 그냥 내버려둬야 한다고 했다. 그리고 망원경을 이
용해서 안전한 거리에서 지켜보되, 적어도 20분 동안 시선을
돌리지 말고 둥지를 관찰해야 한다고 조언했다.

"하지만 가만히 앉아서 둥지를 눈도 깜짝 않고 그토록 오래
들여다볼 수 있는 사람은 거의 없어요."

브렌다는 아주 잠깐 눈을 깜빡이는 순간에도 어미새가 돌아
오는 모습을 놓칠 수 있다고 말했다. 어미 벌새는 새끼들에게
줄 먹이를 찾기 위해 하루에 10회에서 110회까지 둥지를 떠났
다 돌아오는데, 너무 재빨리 움직여 우리 눈에 잘 띄지 않는다
는 것이다.

벌새는 그 어떤 척추동물과 비교해도 체중 대비 섭취량이
제일 높다. 벌새 한 마리는 단 한 번 먹이통을 방문하는 것만으

로 자기 몸무게만큼 먹이를 섭취할 수 있는데, 그러고도 불과 몇 초 후에 더 먹기 위해 되돌아온다. 왜냐하면 벌새는 1분에 약 250회 호흡하기 때문이다.

벌새가 가만히 휴식을 취할 때의 심장박동 수는 분당 500회 이며 비행하는 중에는 1,500회까지 증가한다. 즉, 그렇게 먹지 않고서는 살아남을 수 없다는 말이다.

어른 벌새는 하루에 평균적으로 1,500송이의 꽃을 방문하 는데, 이때 섭취하는 꿀의 양은 인간으로 치면 하루에 57리 터에 달한다. 벌새들에게는 이마저도 부족하여 하룻동안 600~700마리의 벌레를 틈틈히 잡아먹는다(따라서 마당에 살 충제를 뿌리는 것은 벌새 박멸업자를 고용하는 것과 같다).

놀랍게도 위에 언급된 섭취량은 벌새 한 마리에 해당되는 것 으로, 새끼들을(보통은 두 마리 정도) 돌보는 어미는 더 많이 먹 는다. 다행히 브렌다는 초파리가 들끓는 훌륭한 퇴비 더미를 알 고 있어, 그녀의 남편이 매일 신선한 초파리를 잡아주었다.

다른 사람들은 커피콩을 가는 매일 아침에, 브렌다는 절구와 절굿공이를 꺼내 급속 냉동된 초파리를 갈아내고 여기에 꿀과 비타민, 효소, 기름을 섞었다. 아침부터 저녁까지 우리는 20분 마다 이 먹이를 아기들의 쫙 벌린 부리 속에 주사기로 넣어주 었다.

이런 일을 할 수 있도록 특별 훈련을 받은 브렌다는 열정이 넘치는 몇 안 되는 야생동물 재활사 가운데 하나였다.

이 연약한 새끼들에게는 매 순간순간이 위험투성이였다. 먹이 주는 때를 놓치면 아기들은 굶어 죽을 수도 있었다. 하지만 더 나쁜 상황은 너무 많이 먹였을 때 벌어진다고 브렌다는 설명했다.

"말 그대로 배가 터져버릴 수도 있어요."

벌새는 깃털에 싸인 거품이나 다름없다. 우리 몸은 장기로 가득 차 있지만, 벌새는 공기주머니[15]로 차 있다. 이들의 뼈와 깃털은 모두 텅 비어 있는데, 심지어 깃털이 뼈보다 더 무겁다. 그러니 벌새보다 더 부서지기 쉬운 존재를 상상하기란 어려울 정도이다.

그럼에도 우리는 이 연약한 새끼 벌새들이 조만간 먹이통에 들어선 다른 벌새들처럼 하늘을 정복하게 될 것임을 알고 있었다. 깃털들이 자라면서 녀석들이 '앨런벌새(Allen's Hummingbird)'임이 드러났기 때문이다.

앨런벌새는 미국에 서식하는 벌새의 한 종류로, 동일한 크기

---

15 새의 가슴과 배에 있는 허파와 통하는 얇은 막의 주머니로, 공기를 드나들게 하여 몸이 뜨는 일을 돕고 호흡 작용을 왕성하게 한다.

의 새들 가운데에서도 가장 빠른 새로 꼽힌다. 이런 특징은 암 컷들을 유혹하기 위해 수컷 앨런벌새가 급강하하는 비행을 선 보일 때 확인할 수 있다. 몸길이를 감안해서 본다면 우주왕복 선보다 빠른 수준이라고 한다.

미국 동부에서는 붉은가슴벌새를 볼 수 있다. 붉은가슴벌새 라는 이름은 수컷의 목 부위가 불타는 듯한 붉은 색깔이어서 붙여진 것으로 이 벌새들 역시 용감하다. 매년 가을이면 21시 간 동안 한 번도 쉬지 않고 날아서 멕시코만을 건너는 극도로 힘든 이동을 한다.

강낭콩 크기의 알에서 깨어난 존재가 그런 위업을 달성할 수 있다는 사실은 가히 충격적이다. 그러나 더 충격적인 사실 은, 평범한 날에도 벌새들이 여러 시련들을 마주한다는 것이 다. 이들은 매, 어치[16], 다람쥐, 까마귀, 심지어 잠자리와도 주식 인 벌레를 두고 경쟁해야 한다. 때때로 벌레를 잡으려고 친 거 미줄에 걸리기까지 한다.

벌새들은 우리 창문을 향해 날아들기도 하고, 차에 치이기 도 하고, 또 인간이 만들어낸 오염물질에 중독되기도 한다. 무 엇보다도 야생동물 재활원에 입소하는 새들의 가장 흔한 이유

---

16 참새목 까마귀과의 조류로, 다른 새나 동물의 울음소리를 흉내낼 수 있다.

는 인간의 손에 '구조'되어서이다.

우리가 벌새들을 진정으로 도울 수 있는 방법에는 무엇이 있을까? 먹이통을 설치하거나 꿀이 풍부한 꽃들을 심는 것, 퇴비 더미를 놓아두는 것, 그리고 야생동물 재활원을 후원하는 것 등 방법은 많다.

남미에서 벌새를 처음 목격한 스페인 사람들은 멋지게 반짝이는 깃털에 둘러싸인 그 자그마한 새가 매일 새로이 태어나는 것이 분명하다고 추측하면서 벌새를 '부활의 새'라 불렀다. 그렇다. 벌새들은 우리가 매번 새로이 탄생하는 세상을 보게 만든다. 그리고 그 세상에서 일상의 기적을 믿도록 가르침을 준다.

_ 사이

4장

야생동물들의 눈을 마주 본다면

우리는 자연으로부터 너무나 동떨어져 살기 때문에 신석기시대까지만 해도 우리 역시 다른 동물들처럼 살았다는 사실을 잊곤 한다. 우리는 지금 야생동물들이 그러하듯 땅에서 살았으므로 그러한 경험의 실상에 대해 생각해보는 게 도움이 될 것이다.

우리는 오랫동안 동물들이 인간과는 전혀 다른 존재라고 생각해왔기 때문에 야생동물을 가리킬 때 반려동물이 아닌 이상 '그 아이'나 '녀석'이 아니라 '그것'이라고 불러왔다. '의인화 거부(anthropodenial)'라는 방식으로 잘못된 판단을 내리는 우를 범해온 것이다.

이는 네덜란드의 유명한 영장류학자 프란스 드 발(Frans de Waal)이 만들어낸 표현으로 '의인화(anthropomorphism)', 즉 동물이 인간의 특성을 지닌 것처럼 묘사하는 것의 반대를 의미한다. 한 마디로 '의인화 거부'란 동물들이 인간의 특성을 지니지 않은 것처럼 묘사한다는 뜻이다.

반려동물을 키우는 사람만이 아니라 이제는 많은 과학자들도 의인화 거부가 잘못되었다는 사실에 동의하고 있다. 앞으로 만나게 될 글들은 동물의 생각이 지닌 깊이를 보여주며, 다른 동물들이 인간이 하듯 생각을 할 뿐만 아니라 우리와 비슷한 질문을 던질 수도 있다는 사실을 입증한다.

코넬대학교 생체음향학 연구 프로그램의 연구원 케이티 페인(Katy Payne)이 진행한 연구는 사자가 사고할 줄 안다는 사실을 증명한다. 그녀는 과학과 관련한 공식 자격증이 없는 젊은 여성이었지만 코끼리가 '초저주파음'을 만들어낸다는 사실을 발견함으로써 20세기에서 가장 중요한 생물학적 연구 성과를 거뒀다. 초저주파음이란 음성 대역 최저 한계 이하의 음으로, 사람의 귀로는 들을 수 없는 소리다.

그녀의 발견 이전까지 사람들은 일부 뇌조를 제외한 육지동물들은 인간이 듣지 못하는 소리를 내지 못한다고 믿었다. 케이티가 이런 발견을 했을 당시 나는 그녀와 함께할 수 있었고, 그녀의 연구가 진행되는 동안 나미비아의 에토샤 국립공원에서 함께 머무르는 엄청난 특권을 누렸다.

어느 저녁, 우리는 물웅덩이 근처에 그녀가 세워놓은 높은 단에 올라 코끼리들이 나타나기를 기다리고 있었다. 그때 검은 갈기의 늙은 사자 한 마리가 동쪽에서부터 천천히 걸어왔다.

이 사자는 우리에게 아무런 관심도 기울이지 않고 근처의 불쑥 솟은 땅으로 올라갔다. 그리고 얼굴은 서쪽으로 향하고 꼿꼿이 세운 상체를 앞다리로 지탱한 채 앉았다.

해가 지고 있었다. 사자는 그 광경을 지켜보고 있었다. 해가 지평선에 걸릴 무렵, 돌연 사자가 포효했다. 해가 지는 동안 울부짖고, 또 울부짖었다. 그 뒤 해가 지평선 너머로 사라지자 그 역시 조용해졌다. 사자는 여전히 서쪽을 바라보며 잠시 기다렸다가 천천히 일어나 자신이 왔던 길로 되돌아갔다.

이 이야기를 하면 사람들은 그 사자가 다른 사자를 보고 으르렁댄 것일지 모른다고 말한다. 그러나 그곳에 다른 사자는 없었으니 그 사자는 해를 보고 포효한 것이 분명하다.

훗날 케이티는 높고 넓은 메사(mesa)[1]에 올라 사자의 목소리를 녹음하다가 이와 비슷한 일을 겪었다고 얘기했다. 메사 아랫 부분에 여섯 마리의 사자들이 드문드문 앉아 있었는데, 해가 떨어지는 모습을 보며 모두가 으르렁댔다고 한다. 이는 여러 날 저녁 동안 벌어진 일로 매일 저녁 그런 건 아니었다.

사자들의 목적은 무엇이었을까? 해를 쫓아내려는 것이었을

---

1 꼭대기는 평평하고 주위는 급사면인 탁자 모양의 지형을 가리킨다.

까? 아니면 해가 돌아오지 못하도록 경고하는 것이었을까? 사자들은 해를 좋아하지 않는다. 해는 뜨거울 뿐 아니라 사냥에 방해가 된다. 한낮이면 먹잇감들이 사자가 다가오는 걸 발견할 수 있기 때문이다.

그러나 그런 해석은 지나치게 단순해 보인다. 언젠가 암사자 한 마리가 나를 쫓아온 적이 있는데, 그 사자는 으르렁거리지 않았다. 그저 나를 향해 달려오다가 내가 차에 올라타자 속도를 늦추더니 조용히 방향을 바꿨다.

해를 보고 포효하는 건 그들의 관습일까, 아니면 세계 어느 곳의 사자라도 다 그렇게 할까? 아마도 결코 모든 사자가, 심지어 칼라하리 지역의 사자도 모두 그렇지는 않을 것이다. 내가 사자들이 살고 있는 칼라하리의 어느 지역에서 야영을 할 때는 일몰을 보고 울부짖는 소리를 들은 적이 거의 없었으니 말이다.

간혹 그런 소리가 들렸을 때도 에토샤 국립공원의 사자처럼 해가 지평선보다 손가락 두 마디쯤 위에 걸렸을 때 시작해서 해의 꼭대기가 사라졌을 때 정확히 멈추는 식으로 우는 경우는 없었다. 여기에는 에토샤 사자들의 문화라는 설명 외에는 다른 답이 있을 수 없다.

흥미로운 행동은 이 사자들에게만 국한된 게 아니다. 한 번은 포획된 늑대 두 마리를 관찰한 적이 있는데, 이 둘은 매일 아침 동쪽으로 난 창을 향해 나란히 서서는 해가 떠오르는 광경을 보며 이중창을 했다. 그러나 둘은 하늘이 흐린 날에는 절대 노래를 하지 않았다.

분명 대부분의 동물들은 태양의 중요성을 이해하고 있으며 적어도 두 종류의 동물이 그에 대해 뭔가를 알고 있는 것 같다. 해가 지거나 떠오를 때 으르렁대거나 길게 짖으면서 해를 똑바로 바라본다는 점에서 이들은 해를 부르거나 해에 대한 메시지를 온 세상에 보내는 것처럼 보인다.

우리는 이들이 으르렁대거나 길게 짖으면서 무슨 생각을 하는지 영영 모를 수도 있다. 그러나 그에 대한 생각으로부터 철학이 탄생하게 된다는 사실은 분명하다.

_ 엘리자베스

27

크리스마스 선물은
흰담비

매년 크리스마스가 되면, 나는 이를 기념해서 우리 집 암탉들에게 방금 튀긴 뜨끈한 팝콘 한 사발을 아침밥으로 제공한다. 암탉들은 엄청나게 열광하며 이를 반기는데, 어느 크리스마스 아침은 달랐다. 닭장으로 통하는 문을 열었을 때, 나는 닭 한 마리가 바닥에 깔린 톱밥 위에 죽어 있는 걸 보았다.

당시 우리 암탉 중에는 나이가 많은 녀석들이 꽤 있었다. 나는 아마도 그 중 한 마리가 횃대에서 굴러 떨어진 모양이라고 생각했다. 그러면서 죽은 닭을 들어 올려 한 번 살펴봐야겠다는 생각으로 닭의 다리로 손을 뻗었다.

닭의 사체는 닭장 구석의 작은 구멍에 머리를 박고 있었는데 아무리 잡아당겨도 꼼짝을 하지 않았다. 뭔가가, 아니 누군가가 구멍 안에서 닭의 머리를 꽉 붙잡고 있었다. 나는 잡아당기고, 또 잡아당겼다. 그리고 마침내 죽은 암탉을 꺼내줄 수 있었다.

그런데 다음 순간 구멍 안쪽에서 하얀 머리가 불쑥 튀어나오는 게 아닌가. 몇 센티미터 안 되는 자그마한 얼굴에 밝은 분홍색 코가 박혀 있고, 새까만 두 눈은 강렬하게 이글거리며 죽은 닭으로 인한 눈을 똑바로 쏘아봤다. 그 녀석은 다름 아닌 흰담비였다.

흰담비를 직접 목격한 것은 처음이었기 때문에 죽은 닭으로 인한 슬픔은 신기함으로 바뀌었다. 그 조그만 동물은 아주 멋졌다. 털은 내가 지금껏 본 것 가운데 가장 순수한 하얀색이었는데 어쩌나 하얀지 천사의 옷처럼 빛나는 것 같았다. 왜 왕들이(그리고 성 니콜라우스조차) 예복 가장자리에 흰담비의 모피를 두르는지 알 것 같았다.

하지만 더욱 인상적인 것은 이 녀석의 눈빛이었다. 그 눈빛이 어쩌나 대담하고 용감한지 내가 숨을 쉬기도 어려울 정도였다. 이 동물은 내 손바닥 정도의 길이에 동전 한 움큼보다 약간 더 무거운 정도였지만, 자기 몸보다 수천 배는 큰 괴물에 도전하기 위해 구멍 바깥으로 나왔던 것이다. 그 칠흑빛 두 눈이 내게 말하고 있었다.

"내 닭을 가지고 뭐하는 거야? 어서 돌려줘!"

흰담비는 그렇게 닭의 소유권을 주장했지만, 나는 그 닭이 '내 닭'이라고 생각하고 있었다. 태어난 지 이틀 된 달걀 시절부터 키워온 닭이니 말이다.

내게는 닭 한 마리 한 마리가 다 소중했지만, 그중에서도 죽은 채 내 품 안에 안겨 있는 이 암탉을 제일 사랑했다. 그럼에도 나는 암탉을 죽인 그 범인을 보면서도 아무런 적대감이 들지 않았다. 너무 큰 충격에 정신이 나갔던 것 같다.

뉴질랜드의 동물학자 캐롤라인 킹(Carolyn King)은 저서 《족제비와 담비의 자연사(The Natural History of Weasels and Stoats)》에서 이렇게 썼다.

"족제비는 전문가가 쓰는 잘 만들어진 장비처럼 완벽함과 품위, 효력을 동시에 지녔다. 그 모든 것이 우리를 만족스럽게 한다."

뉴잉글랜드 지방에는 여러 종류의 족제비가 살고 있는데, 몸길이는 모두 겨우 몇십 센티미터 정도이다. 그중에서도 가장 작은 족제비는 성인 남성의 손가락 길이 정도밖에 되지 않는다. 또한 녀석들은 여름에는 갈색 털옷을 입고 지내지만, 겨울이 되면 털 색깔이 하얀색이 되어서 '흰담비'라고 불린다.

이 녀석들은 세상에서 가장 작은 육식동물이다. 어찌나 독하고 매서운지 호랑이나 사자 같은 야생의 사냥꾼들이 지닌 흉포함이 이 작은 생명체에 응집된 것만 같다. 흰담비는 날아가는 새를 잡기 위해 번개처럼 빠르게 공중으로 뛰어오를 수 있고, 나그네쥐[2]를 잡으러 용감하게 굴속으로 들어가 추격전을 벌이기도 한다.

흰담비는 누구보다 훌륭하게 헤엄을 치고, 나무를 가볍게 기어오르며, 자기 몸보다 몇 배나 큰 동물의 목을 한 방에 물어뜯어서 쓰러뜨릴 수 있다. 그러고는 그 사체를 물고 껑충껑충 달리기도 한다.

흰담비는 거의 30초 정도 내 눈을 뚫어져라 응시한 것 같다. 그러더니 다시 구멍으로 쏙 들어가버렸다. 나는 남편이 녀석을 보기를 간절히 바랐다. 하지만 내가 남편과 함께 다시 돌아왔을 때, 이 작은 동물이 여전히 구멍 안에 있을 가능성은 거의 없었다. 설령 거기 있다 치더라도 다시 모습을 드러낼 가능성

---

2 쥐목 쥐과의 포유류로, 머리가 크고 꼬리는 짧으며 몸 전체가 모래 빛깔을 띤다. 굴을 파고 살아가는 특징이 있다.

은 더 없었다.

그럼에도 나는 죽은 닭을 그곳에 다시 내려놓고 500여 미터를 달려 집으로 돌아가서 남편을 깨우고 함께 닭장으로 돌아왔다. 그리고는 설레는 마음으로 다시 닭을 집어 들었다.

바로 그 순간, 흰담비는 구멍에서 고개를 쏙 내밀어 그 눈부시게 하얀 얼굴과 대비되는 매섭고도 대담하게 불타오르는 검은 눈동자로 우리를 똑바로 쏘아봤다. 우리 부부는 그해 크리스마스 아침에 설령 천사가 찾아왔다 해도 그토록 경탄하지 않았을 것이다.

우리의 크리스마스 축복은 아주 오래전 그날 동방박사들이 헛간을 방문해서 예수님을 마주했던 것처럼 하늘에서 내려온 게 아니라 땅에서부터 솟았다. 눈부신 하얀 털과 힘차게 고동치는 심장, 그리고 끝없는 식욕을 지닌 흰담비는 생명력으로 빛나고 있었다. 흰담비의 존재는 너무나 순결하고 완벽해서 우리 마음속에는 슬픔이며 분노가 자리할 틈이 없었다. 그저 녀석을 향한 경외만이 가득했을 뿐이다.

_ 사이

28

행복한
들쥐

"여보, 내 친구인 아나콘다 조련사가 와서 이틀 정도 우리 집
에 머물러도 될까요?"

내가 남편에게 물었다.

"아나콘다를 데려온다고?"

남편이 화들짝 놀라 물었다.

"아니, 아나콘다는 수족관에 살지요. 자기가 기르는 들쥐 여
섯 마리는 데려온대요."

"들쥐 여섯 마리라고!"

"그래서 호텔에서 자지 못하는 거예요. 쥐 한 마리가 아파서 집에 놓고 올 수가 없다네요."

나의 끈질긴 설득 끝에 남편은 이들을 반갑게 맞이했다. 하지만 예상과 달리 쥐는 두 마리만 나타났다. 그러자 이들과의 만남을 학수고대하고 있던 엘리자베스가 실망한 목소리로 물었다.

"다른 네 마리는 어떻게 된 거야?"

그녀는 나와 마찬가지로 여섯 마리 모두를 만나보고 싶어 했는데, 손님이 나머지 네 마리를 데려오지 않자 몹시 실망했던 것이다.

들쥐는 사람들 사이에 엄청나게 다양한 감정을 일으킨다. 들쥐를 혐오하는 이들은 대부분 쥐가 유럽에 흑사병을 가져왔다는 설을 근거로 들쥐가 더럽다고 말한다. 하지만 최근 노르웨이 오슬로대학교의 과학자들은 아시아의 모래쥐[3]가 전염병에 감염된 벼룩들을 데려온 게 원인이었다는 사실을 밝혀냈다. 덕분에 들쥐들은 흑사병의 매개체라는 누명을 벗을 수 있게 되

---

3   쥐목 모래쥐과의 포유류로 몸길이는 10센티미터 내외이며 꼬리까지 털로 뒤덮여 있다.

었다.

들쥐를 좋아하는 이들은 동물에 대한 평판 너머로 동물의 실체를 알아볼 줄 아는 사람들인 경우가 많다. 내 친구이자 아나콘다 조련사인 마리온 렙젤터가 바로 그런 사람이다.

"들쥐는 개만큼이나 똑똑하고 다정해요."

렙젤터는 이름이 '제로'인 들쥐를 튼튼한 여행용 우리에서 꺼내더니 내게 붙잡고 있어달라고 했다. 이제 두 살이 된 하얀 들쥐 제로는 부드럽고 따스했다. 약간은 놀란 표정으로 나를 바라보는 제로의 수염은 탐색을 하느라 계속 움찔거렸고, 밝게 빛나는 눈에는 호기심이 가득했다.

손가락 끝에 요거트를 조금 묻혀 녀석에게 내밀자, 재빨리 그 작은 분홍빛 혀로 내 손가락을 구석구석 깨끗이 핥았다. 그렇게 우리는 금방 친구가 되었다. 렙젤터는 마치 인간끼리 그러하듯이 제로에게 나를 소개했다.

"이 분은 사이 몽고메리야."

들쥐들은 인간의 말을 조금 알아듣는다. 자기 이름을 쉽게 익힐 수 있기 때문에 부르면 쪼르르 달려온다. 이 외에도 녀석들은 다양한 재주를 부릴 수 있는데, 어떤 녀석들은 뭔가를 가져오거나 밧줄 위를 걷거나 똑바로 앉을 수도 있다.

렙젤터는 자기 쥐들에게 농구를 가르치기도 했다. 쥐들은 높이 걸린 고리를 향해 열심히 공을 가져가서는 똑바로 서서, 그 작고 재주 많은 두 손으로 공을 고리 안으로 살짝 밀어 넣는다.

그런가 하면 벨기에의 어느 구호 단체는 아프리카자이언트 캥거루쥐[4]를 훈련시켜서 지뢰를 찾아내고 폐결핵을 진단하게 만들었다.

"제로는 그냥 평범하고 늙은 쥐에요. 하지만 제가 키웠던 쥐들 가운데 가장 품에 잘 안긴답니다."

랩젤터가 제로를 가만히 감싸 쥐자, 녀석은 황홀해하며 두 눈을 꼭 감았다. 사실 제로는 페퍼에게 친구를 만들어주기 위해 입양된 녀석이었다. 검은 털 때문에 '후추(Pepper)'라는 이름을 갖게 된 페퍼는 늙은 쥐였다. 눈이 멀고, 이빨도 몇 개 없었으며 많은 노인들이 그러하듯 심장약을 비롯해서 다양한 약을 먹고 있었다.

그러나 페퍼는 여전히 사랑이 담긴 손길을 즐겼다. 페퍼는 랩젤터와 포옹하고 있지 않을 때면 제일 친한 친구인 제로에게 안겨 있었다.

모든 들쥐들은 안기기를 좋아한다. 이들은 어려움에 처한 다른 들쥐들을 돕고 우정을 쌓으며, 함께 잠을 자고 몸을 단장한

---

4   쥐목 주머니쥐과 캥거루쥐속으로 설치류 중에 가장 몸집이 크다.

뒤 서로 어울려 노는 사회적인 동물이다.

사람과 마찬가지로 들쥐들은 행복할 때 웃는다. 1990년에 신경과학자 자크 판크세프(Jaak Panksepp)는 박쥐 탐지기를 사용해 쥐들이 초음파로 찍찍거리는 조사한 결과 이 사실을 밝혀냈다.

쥐들은 다른 쥐들과 놀 때나 간지럼을 탈 때도 웃는다. 이들은 웃으며 주인들에게 간지럼을 태워달라고 장난스레 조르기도 한다. 개들이 주인에게 놀아달라고 보채는 것과 마찬가지다.

이후 또 다른 실험에서 판크세프는 행복하고 웃기 잘하는 들쥐들은 좀 더 긍정적이라는 사실을 발견했다. 그는 쥐를 훈련시켜서 간식을 주는 레버를 누르는 행위와 어떤 소리를, 전기 충격을 막아주는 레버를 누르는 행위와 또 다른 소리를 연계시키도록 했다.

그 다음에 그는 한쪽의 쥐 집단은 간지럼을 태우고, 다른 집단은 그저 만지기만 했다. 그 후 그는 앞서 말한 두 소리 모두 비슷하게 들리는 제3의 소리를 들려줬다. 간지럼 태우기를 당한 쥐들은 맛있는 음식을 주는 레버를 누르러 달려갔다. 녀석들은 웃으면서 행복해졌기 때문에 소리를 더 긍정적인 방향으로 받아들인 것이다.

페퍼와 제로의 이야기는 우리가 동물들에게 다가갈 수 있는 방법을 알려준다. 동물들이 더럽고 어리석고 비열한 존재라는 편견에서 벗어난다면, 우리는 이들이 깔끔하고 지적이며 친근한 존재라는 것을 깨달을 수 있다. 그러면 전에는 막연히 두려워하던 동물들과 함께 지내는 데서 오는 기쁨을 즐길 수 있게 될 것이다.

_사이

29

코끼리를 빼닮은
바위너구리

이 책을 함께 쓰는 사이 몽고메리와 나는 최근에 야생동물 투어를 하러 탄자니아에 다녀왔다. 우리는 살면서 꼭 봐야 할 장관 중 하나로 꼽히는 누의 이동을 살펴보기 위해 세렝게티 초원을 가로지르는 여행을 했다.

소목 소과에 속하는 척추동물인 누는 사바나의 물가 근처 평원에 서식하는데, 몸길이가 2미터 내외이고 몸무게는 250킬로그램 안팎일 정도로 거대하다.

이 여행에는 유명한 누 연구가인 리처드 에스테스(Richard Estes)가 동행했는데, 그 덕분에 우리는 놀라운 광경들을 여러 차례 볼 수 있었다. 그중에서 가장 인상 깊었던 광경은 수천 마리의 누 떼가 함께 이동하는 모습이었다.

50~100마리 정도가 한 무리를 이루는 그들은 고개를 낮게 숙이고 꼬리를 경쾌하게 흔들어대며 우리의 시야가 닿는 곳까지 줄지어 있었다. 이들은 푸른 초원을 찾아 케냐까지 천천히 걸어가는 중이었다.

연구를 위해 이곳에 방문했지만, 우리의 일정은 어느 정도는 야생동물 관광의 성격을 띠기도 했다. 그래서 우리는 차를 타고 돌아다니면서 창문 바깥을 바라보다가 동물이 나타나면 차를 멈췄고, 또 다시 다른 동물을 보러 움직였다. 이런 여정은 어딘지 모르게 소파에 앉아 탁자 위에 놓인 책을 넘겨보는 것과 비슷했다.

첫 장에서 코끼리가 나온다면 그 다음 장에는 독수리가, 세 번째 장에는 기린이 나오는 식으로 매일매일 새로운 동물들이 나타났다. 리처드 에스테스 같은 전문가가 함께했기에 단순히 동물을 보는 것만이 아니라 그들을 이해할 수도 있었다.

우리는 수천 마리의 누 떼를 관찰하며 이들이 아프리카의 상당 지역을 변화시킨다는 사실을 배웠다. 누 떼는 땅을 가로질러 이동하는 동안 주변의 풀을 뜯어 먹음으로써 널찍한 사바나 초원을 보존해준다고 한다. 이 과정이 어떻게 완성되는지 직접 목격하면서 나는 누에게 반해버리고 말았다.

그러나 이어지는 여정 속에서 나는 뜻밖에도 바위너구리에게 마음을 빼앗기고 말았다. 어느 날 우리가 탄 차가 고장이 나버려 수리를 해야 했다. 그래서 우리는 어느 숲에 있는 사파리 캠프에 머무르게 되었는데, 그곳이 마침 바위너구리의 서식지라 하루 종일 이들을 볼 수 있었다.

바위너구리는 포유동물로 아프리카와 중동의 대부분 지역에서 발견된다. 내가 본 바위너구리는 45센티미터 정도의 몸길이에 짧은 다리와 짧은 꼬리, 그리고 회색 털로 뒤덮인 동그랗고 통통한 몸을 가지고 있었다.

다람쥐처럼 생긴 녀석들의 얼굴에는 코끼리처럼 엄니가 달려 있는데, 너무 작아서 거의 눈에 보이지 않는다. 녀석들은 주식인 나뭇잎과 풀을 뜯어내기 위해 어금니가 발달해 있다.

이 녀석들은 원시적인 포유동물이기 때문에 온도 조절 능력이 제대로 발달하지 못해서 두터운 털에도 불구하고 항상 태양을 필요로 한다. 내가 바위너구리들을 지켜본 야영지는 해발 2,440미터 정도인 고지대였기 때문에 밤에는 기온이 많이 낮았다. 녀석들은 밤이 되면 보금자리에서 서로를 부둥켜안고 있다가 해가 떠오르면 탁 트인 장소로 쪼르르 나와서는 모로 누워 새하얀 배에 따스한 온기를 쪼였다.

나는 바위너구리에게 완전히 반해버린 나머지 이들을 키우고 싶다고 바랄 정도였다. 특히 녀석들이 주변에 흥미로운 것을 발견했을 때에도 함부로 흥분하지 않는 게 너무 좋았고 생각에 잠겨 천천히 먹이를 씹는 모습도 사랑스러웠다.

나는 이들이 관계를 맺는 방식도 좋았다. 서로를 의식하면서도 특별히 엮여 있지 않았다. 마치 서로를 믿는 것처럼 보였다. 코끼리 역시 아무도 자기들을 귀찮게 굴지 않는다면 이렇게 행동한다. 코끼리처럼 현명하게 행동하는 작은 털북숭이 동물을 반려동물로 삼고 싶지 않은 사람이 있을까?

물론 나는 반려동물로 삼는답시고 야생동물을 잡아들여서는 그 동물을 친구와 가족, 그리고 고향인 생태계로부터 빼앗아 남은 생을 우리 안에서 살도록 할 생각은 전혀 없었다. 그래서 나는 한때 바위너구리가 세상을 지배했다는 사실을 상기하면서 스스로를 위안했다.

때는 에오세(Eocene)[5]로, 바위너구리들은 이 시기부터 아프리카와 근동, 아시아, 그리고 유럽 대부분 지역으로 퍼져나갔

---

5 지금으로부터 5,580만 년 전부터 3,390만 년 전까지의 시대를 가리킨다.

다. 이들은 후에 제각각 육식동물과 초식동물로 진화했다. 어떤 녀석은 거대했고, 어떤 녀석은 중간 크기였으며, 또 어떤 녀석은 작았다. 일부는 비버처럼 수생동물이 되었고, 일부는 코끼리로 진화하기도 했다.

오늘날의 바위너구리들은 그 크기와 외모를 제외하면 엄니와 지적인 면모, 그리고 홀로 평화로운 시간을 보낼 때의 행동까지 코끼리와 너무도 흡사한 모습을 하고 있다. 우리는 여정 중에 사자와 누, 악어, 그리고 독수리를 비롯한 여러 동물을 만날 수 있었다. 하지만 이 여행을 빛내준 것은 다름 아닌 바위너구리였다고 생각한다.

_ 엘리자베스

30

분홍돌고래의
마법

"벨렌(Belen) 시장이 세워지기 전부터 인디오들은 이키토스 (Iquitos)⁶ 강둑에 살았어요."

페루에서의 첫날, 아마존의 여행 가이드인 차베스는 내게 오래된 전설을 하나 들려주었다. 옛날에 이 지역에서는 토요일 밤이 되면 인디오 마을의 젊은 여성과 남성들이 강변에서 춤

---

6 아마존 강 상류에 위치한 항구도시로 페루 로레토 주의 주도이다.

을 추기 위해 모였다. 그런 그들의 모습을 돌고래 한 마리가 훔쳐보고 있었는데, 그 돌고래는 한 여인을 짝사랑하고 있었다.

"어떤 사람들은 돌고래는 그저 돌고래일 뿐이라고 합니다. 그렇지만 인디오들은 다른 이야기를 알고 있지요."

내가 처음에 브라질과 페루에 끌리게 된 것은 아마존에 사는 분홍돌고래[7]에 관한 기묘한 이야기 때문이었다. 이 지역 사람들은 분홍돌고래에게 신비한 힘이 있다고 믿는데, 특히 이 동물이 잘생긴 인간의 모습으로 변신해서 춤을 추러 나타날 수도 있다고 믿었다.

분홍돌고래는 누군가를 유혹해서 물속의 지하세계로 데려가기도 했는데, 그러면 그 사람은 절대 지상으로 돌아오지 않았다고 한다. 모든 게 여기보다 훨씬 아름다운 곳이기 때문이다.

이 이야기는 강에서 분홍빛 돌고래가 산다는 이야기만큼이나 말도 안 되는 소리로 들린다. 그러나 이곳의 돌고래들은 정말로 분홍색이다. 어떤 돌고래들은 회색빛이 돌거나 흐릿한 색이기도 하지만, 일부 돌고래들은 분명히 분홍색이다.

그렇지만 이 분홍돌고래들도 다른 돌고래들처럼 분명히 고

---

[7] '보토'라고 불리는 강돌고래과 중에서 가장 큰 돌고래로, 정식 명칭은 아마존 강돌고래이다.

래의 일족이다. 이들은 소금물 대신 민물에서 산다는 점이 다르지만 말이다. 나는 이 돌고래가 실재한다는 것을 알고 있다. 아마존으로 떠난 네 번의 탐험에서 나는 수백 시간 동안 분홍돌고래들을 관찰할 수 있었다.

그리고 나 역시 이들과 사랑에 빠져버렸다. 바다에 사는 돌고래들과는 달리 이 동물은 박진감 넘치는 모습으로 물 위로 뛰어오르지 않는다. 대신 이들은 우아한 발레리나와 같은 유연성을 갖고 있는데, 이것은 우기가 되면 나무 위까지 차오르는 어두운 물속을 헤엄쳐 다닐 때 필요한 능력이다.

카누를 타고 있는 사람의 얼굴을 보기 위해 물속에서 고래를 쏙 내미는 돌고래들의 얼굴은 마치 사람과 비슷해 보인다. 그러고 나면 이들은 머리 꼭대기의 숨구멍을 열고 숨을 헐떡이며 '끼익!' 하고 울면서 다시 물속으로 뛰어든다. 이때 그들의 가슴지느러미는 날개처럼 보인다.

아마존에서 우리 일행은 스승을 따르는 제자, 또는 사랑하는 이를 따라가는 애인처럼 분홍돌고래를 따라갔다. 그리고 그들과의 여행을 통해 나는 시간을 한참 거슬러 올라갈 수 있었다.

분홍돌고래의 혈통을 찾아 선사 시대까지 거슬러 올라가면서, 나는 이들이 태평양에서 아마존으로 넘어온 고대 고래의 후손임을 알 수 있었다. 이는 무려 1,500만 년 전 안데스산맥

이 솟아오르기 전의 일이었다.

그리고 심지어 더 예전으로 거슬러 올라가자 고래의 혈통에 숨은 놀라운 비밀을 알게 되었다. 바로 고래의 조상들이 한때 육지를 걸어 다녔다는 것이다. 처음 물에서 살기 시작한 고래의 화석이 최근에 발견되었는데, 이들에게는 작은 발굽이 흔적 기관으로 남아 있었던 것으로 밝혀졌다.

차베스는 머나먼 나포(Napo) 강에서 야구아 인디오들과 살 때 할머니가 들려준 이야기를 말해주었다.

"어느 날, 그러니까 오늘 같은 날이었어요. 마을 사람들이 큰 잔치를 벌였죠."

그날 밤 하얀 피부에 푸른 눈을 가진 잘생긴 이방인이 춤을 추러 나타났다가 한 소녀에게 반해 커다란 다이아몬드 반지와 금시계를 주었다. 그는 소녀에게 아무에게도 말하지 말라고 당부하면서, 다음번 춤을 추는 날에 다시 그녀를 만나고 싶다고 했다. 그녀는 그렇게 하기로 남자와 약속했다.

그러나 소녀는 약속을 깨버리고 자기가 받은 선물을 아버지와 오빠들에게 자랑했다. 이들은 엄청난 부자가 분명한 그 남자를 납치할 계획을 세웠다. 춤을 추는 날이 되자, 아버지와 오빠들이 합세해서 그 남자를 붙잡으려고 했다. 그러자 남자는 잽싸게 도망쳐 물속으로 뛰어들었다. 그가 사라지자 반지는 거

머리로 바뀌었고, 금시계는 게로 변해 도망가버렸다. 소녀는 슬픔에 빠졌고, 영원히 홀로 외로움에 떨게 되었다.

사실 페루와 브라질 전역에는 이런 식의 이야기가 수없이 전해져온다. 실제로 과학자들은 아마존 유역에는 인류 최악의 질병도 치료할 수 있는 마법과 같은 식물과 동물이 존재할지 모른다며, 수백 종의 새로운 생물들이 발견되기를 기다리고 있다고 말한다.

우리가 이미 알고 있는 수많은 아마존의 생물들도 우리에게 그들의 마법을 보여주고 있다. 마법에 걸린 세상이 아니라면 우리가 어디서 나뭇가지 사이를 넘어 다니는 분홍색 돌고래를 만나볼 수 있겠는가?

그러나 이 마법의 장소는 공격을 받고 있다. 분홍돌고래 연인을 배신한 소녀처럼, 우리는 자연에게 한 우리의 약속들을 잊고 있다. 벌목, 채광, 그리고 산불로 인해 아마존의 우림은 2050년이면 완전히 파괴될 것이다. 아마존 유역에 세워진 댐들은 물고기의 이동 경로를 막고, 동물의 서식지를 가차 없이 파괴한다. 심지어 분홍돌고래들은 메기 낚시의 미끼로 삼기 위해 무참하게 학살을 당하기까지 한다.

분홍돌고래 이야기는 탐욕스러운 인간들이 잊고 있었던 중요한 사실을 알려주고 있다. 그것은 바로 우리가 우리의 친구인 동물들과 나누게 된 인연을 존중하는 일이 세상 그 무엇보다도 중요하다는 점이다. 그렇게 하지 않는다면 이 세상은 마법을 잃어버리게 되고, 우리가 가장 사랑하는 것들이 파괴되는 위험에 처하게 될 것이다.

_ 사이

31
생쥐와의
짧은 우정

이 이야기는 우리 집 냉장고 밑에서 정신을 잃은 채 누워 있던 어느 생쥐에 관한 것이다. 아마도 고양이가 바깥에서 그 생쥐를 잡아다가 열린 창문을 통해 데리고 들어왔거나 지하에서 발견하고는 위층으로 데려와서 가지고 놀다가 생쥐가 기절하자 흥미를 잃었던 것 같다.

　나는 이 생쥐가 죽었다고 생각하고 내다버리려고 했다. 손으로 사체를 만지고 싶지 않아서 빗자루를 가지러 갔다. 하지만 내가 돌아왔을 때 그 생쥐는 다른 자리에 누워 있었다. 그제야 나는 생쥐가 죽은 것이 아니라 정신을 잃은 것이라는 사실을 알게 되었다.

나는 그 작은 생쥐를 우리로 옮기고 음식과 물, 잠자리를 만들 솜뭉치를 함께 넣어주었다. 아침이 되자 생쥐의 상태가 좋아졌다. 나는 꽉 막힌 방에 우리를 가져다 놓고, 문을 살짝 열어주었다. 그러자 녀석은 우리 밖으로 도망쳐 나와 라디에이터 아래로 숨어버렸다.

그날 밤 생쥐는 방 안을 탐색하기 위해 밖으로 나왔다. 나는 녀석이 원한다면 떠날 수 있게 문을 열어둘까 했지만, 고양이들에게 발각될 수도 있으니 다른 방법을 찾았다. 나는 녀석에게 음식과 물, 솜뭉치를 좀 더 가져다주고는 문을 닫았다. 내 계획은 이 녀석을 반려동물로 삼는다는 것이었다.

우리보다 더 오래전부터 세상에 존재해왔던 생쥐는 이 세상에서 가장 번식력이 강한 동물 가운데 하나로, 인류와 고양이를 연결시켜준 존재라는 점에서 친근감이 있다. 게다가 생쥐는 우리는 공통의 조상을 갖고 있기에 DNA의 상당 부분을 공유한다. 그러니 내가 이 생쥐를 지키는 것은 거의 친척을 돕는 것과 매한가지였다.

어느 날 밤, 나는 녀석을 볼 수 있길 바라며 먹이를 들고 가서 오랫동안 그 방에 머물렀다. 그때 마침 작은 개미 한 마리가 방바닥을 가로질러 가려고 했다. 그러자 녀석이 라디에이터 밑에서 쪼르르 나오더니 그 개미를 잡아먹고 다시 그 밑으로 들어갔다. 생쥐는 먹이를 제공해주는 나의 도움을 즐기고 있었지만 혼자서도 충분히 먹고 살 수 있었던 것이다.

낮이나 밤에 조명이 켜져 있는 동안 녀석은 바깥으로 나와 활동하지 않았다. 그러나 달빛 아래에서는 자신의 모습을 드러냈다. 녀석은 벽을 따라 달리다가 쏜살같이 내 곁을 지나치며 나를 흘깃 올려다보기도 했다. 가끔은 가만히 서서 우리끼리 서로를 찬찬히 생각해볼 기회를 주기도 했다.

우리는 몸집에서부터 큰 차이가 있었다. 녀석은 8센티미터 남짓했고 내 키는 160센티미터 정도였다. 녀석의 몸무게는 30그램이 채 되지 못했고 내 몸무게는 63킬로그램쯤 되었으니, 녀석이 호두 크기라면 나는 표범 정도였다.

그럼에도 우리는 서로를 계속 관찰하는 것을 멈추지 않았고 결국 공통점을 찾았다. 그것은 바로 우리 둘 다 눈동자가 갈색이라는 것이었다. 비록 작은 공통점이었지만 나는 우리가 친구가 될 수 있을 것이라는 희망을 가졌다.

어느 날, 나는 고양이들을 방에 가둬둔 후 생쥐가 있는 방의 문을 열어놓았다. 그러나 생쥐는 고양이들이 바깥쪽에 있다는 걸 알았는지 방에 그대로 머물렀다.

생쥐가 탈출하지 않았던 데에는 다른 이유도 있었다. 생쥐들은 집단을 이루며 사는데, 우리 집에는 두 집단이 살고 있었던 것 같다. 녀석이 어느 집단에 속하는지는 모르겠으나 만약 녀석이 실수로 다른 집단에 가게 된다면 그 집단의 생쥐들에게 해를 입고 말 것이었다. 아마도 그렇기 때문에 녀석은 계속 혼자서 방에 있었던 것 같다.

시간이 흐르면서 나는 녀석이 나를 좋아하는 것보다 내가 그 녀석을 더 좋아한다는 걸 깨달았다. 우리 인간은 관계를 맺을 수 있는 유일한 동물이 아니다. 우리는 그저 어떻게 관계를 맺는지 보여주는 하나의 사례일 뿐이다.

들쥐를 포함해서 많은 동물들이 그동안 다양한 방식으로 나와 관계를 맺었다. 그러나 들쥐는 생쥐와 전혀 다른 성격을 가지고 있다(그렇기 때문에 누군가를 '생쥐 같은 겁쟁이' 혹은 '들쥐 같이 비열한 놈'이라고 부르는 차이가 생기는 것이다).

이는 내가 생쥐와 충분히 친해지지 못한 이유를 설명해줄 수도 있다. 혹은 몸집 차이 때문일 수도 있다. 코끼리와 나의 비율 차이조차도 나와 생쥐 사이의 비율 차이만큼 크지 않다. 코끼리들은 고개를 수그리고는 긴 코를 내려놓음으로써 작은 동물들이 만져보며 소통할 수 있게 해주기도 한다.

만약 내가 생쥐에게 이와 유사한 방식으로 접근하려 한다면, 땅바닥에 누워야 할 것이다. 그러나 내가 뺨을 바닥에 바싹 붙이고 누워 있는 동안 생쥐가 나를 향해 뒷발로 섰다 하더라도 녀석의 머리는 겨우 내 코끝에나 닿을 뿐 내 눈은 훨씬 위에 있을 것이다. 이런 신체적 문제 때문에 우리가 소통하기는 쉽지 않았다.

그렇게 3주가 지났다. 나는 배설물을 통해 녀석이 라디에이터 밑에서 대부분의 시간을 보내고 있음을 알 수 있었다. 하지만 우리는 여전히 아무런 관계도 맺지 못했으므로 나는 모든 걸 포기할 수밖에 없었다.

나는 가장 긴 스카프를 옷장에서 꺼내들고 생쥐가 머물고 있는 방으로 갔다. 그리고 창문을 열고 스카프를 창틀 위로 걸쳤다. 스카프의 한쪽 끝은 방바닥에, 다른 한쪽은 돌담과 화단이 만나는 곳의 잔디 위로 늘어지게 했다.

그곳이 생쥐가 떠나온 곳이 맞다면 그대로 바깥에 머물 것이다. 만약 녀석이 집안으로 돌아오고 싶다면 가을이면 생쥐들이 사용하곤 하는 지하실의 수많은 작은 구멍들을 찾아 들어올 수 있다.

나는 조심스레 방문을 닫고 기다렸다. 잠시 후 문을 열어보니 녀석은 가버리고 없었다. 며칠 간 녀석이 마음을 바꿨을 경우에 대비해 창문도 열어두고 스카프도 그대로 두었다.

그러나 내가 베푼 모든 친절에도 불구하고 녀석은 돌아오지 않았다. 나는 녀석이 안전함과 음식보다 더 원하는 것, 그리고 인간 친구에게서는 얻을 수 없는 게 있음을 알게 되었다. 그것 은 바로 '자유'였다.

_ 엘리자베스

32

우리가 미워하는
'개' 이야기

솜털이 보송보송한 점박이 새끼 포유류들이 몸싸움을 벌인다. 불안정한 걸음걸이로 달려들고 뒹굴다가 서로를 덮친다. 짤막한 털북숭이 꼬리는 생고무처럼 유연해 보인다.

그 광경을 보며, 나는 우리 집 개 샐리를 처음 만났던 날을 떠올렸다. 당시 녀석은 태어난 지 6주가 된 참이었다. 뉴햄프셔주 근처 어느 마을에 있는 농장에서 태어난 그 녀석은 형제들과 함께 이런 모습으로 놀고 있었다.

그러나 지금 나는 지구 반대편에 있는 케냐에서 큼지막한 지프차의 넓은 창을 통해 이 광경을 지켜보고 있다. 내가 보고 있는 대상은 사랑스러운 강아지가 아니다. 녀석들은 어떤 문화를 막론하고 거의 모든 사람들로부터 경멸을 받고 있는 하이에나이다.

이 동물에 관한 세계 최고 전문가인 미시간주립대학 생물학자 케이 홀캠프(Kay Holekamp)는 점박이하이에나들의 소굴에서 벌어진 광경에 마음을 빼앗긴 나를 보며 말했다.

"저 모습을 보고 어떻게 하이에나를 좋아하지 않을 수 있겠어요? 심지어 강아지나 새끼고양이보다도 더 귀엽다니까요!"

길고 어두운 색깔의 코와 주둥이, 검은색 반점이 박힌 금빛 털, 빳빳한 검은 꼬리, 요정의 것 같기도 한 두 귀까지, 점박이 하이에나는 얼핏 보면 개와 닮았다.

하이에나들은 유전적으로는 고양이에 더 가깝지만, 많은 사람들은 이들을 보며 가장 사랑 받는 반려동물인 개를 떠올린다. 심지어 얼마 전까지만 해도 어떤 학자들은 하이에나가 개의 조상일 수 있다고 생각했다.

그럼에도 하이에나는 인간에게 알려진 포유동물 중에서 가장 부정적으로 평가받는 동물이다. 보통 하이에나는 우리가 집에서 애지중지하는 동물들의 정반대의 특징을 가지고 있다고 알려져 있다. 어니스트 헤밍웨이는 하이에나를 이렇게 묘사했다.

"죽은 자를 걸신들린 듯이 먹어치우고, 새끼를 낳은 암소를 쫓아가서 힘줄을 끊어버리지. 당신이 잠든 사이 얼굴을 물어뜯어버릴 가능성도 있어. 슬프게 짖어대며, 야영지를 쫓아다녀. 악취를 풍기며, 역겹도록 싫은…….."

그런가 하면 디즈니의 만화영화 〈라이온 킹(Lion King)〉에서 하이에나들은 비겁하고 냄새 고약한 도둑으로 그려진다. 이뿐만이 아니다. 1859년에 한 동물학자는 미국의 제3대 부통령인 애런 버(Aaron Burr)⁸나 가롯 유다 같은 최고 악당들조차 옹호해주는 사람들이 있는데, 하이에나에 대해서는 그 누구도 친절한 말 한마디 건네는 법이 없다고 말했다.

지난 27년 동안 홀캠프는 케냐의 마사이 마라 국립 야생동물보호구역(Masai Mara National Reserve)에서 하이에나 일족들을 관찰하면서 이런 고정관념을 없애려고 노력해 왔다.

점박이하이에나는 주로 죽은 동물을 먹고 산다고 알려져 있는데, 이는 사실이 아니라는 게 밝혀졌다. 하이에나들은 먹이

---

8 정적과 결투를 벌이다가 총으로 쏴 죽인 뒤에 도망쳐서는 멕시코에 새로운 공화국을 수립하려다 발각되어 반역죄로 체포된 미국의 정치인이다.

의 60퍼센트에서 95퍼센트를 사냥으로 얻는다고 한다. 몸무게가 60킬로그램인 암컷 하이에나 한 마리는 누구의 도움 없이도 227킬로그램의 누(Wildebeest)⁹를 죽일 수 있다.

홀캠프는 하이에나가 아프리카에서 가장 위협적인 포식동물이라고 설명했다. 놀랍게도 우리의 상상과는 달리 사자가 하이에나로부터 먹잇감을 훔치는 경우가 훨씬 더 많다고 한다.

홀캠프는 하이에나가 원숭이를 많이 닮았다는 사실을 알아냈다. 점박이하이에나의 사회는 100마리 이상으로 구성되어 있다. 이 일족의 구성원에게는 서열이 할당되는데, 이 서열은 부모로부터 물려받는 것이다.

일족의 구성원들은 공동의 굴에서 새끼를 키우거나 경쟁관계에 있는 다른 하이에나 집단으로부터 자기들의 영역을 지키기 위해 협동한다. 이런 관점에서 보면 하이에나 사회는 일종의 봉건 왕국과 같지만, 여기엔 반전이 숨어 있다. 이 사회는 완전히 암컷의 지배를 받는다.

그리고 좀 더 특별한 점은 암컷들이 수컷처럼 보인다는 사실이다. 몇 년 전에 한 사냥꾼이 동물원에 보낼 하이에나를 잡으

---

9 소목 소과에 속하는 포유류로, 소처럼 앞으로 휜 뿔과 갈기와 꼬리에 난 긴 솜털이 특징이다.

러 파견되었다가 온통 수컷만 발견했다고 보고했다. 그러나 그는 얼마 후 자신이 생포한 수컷이 바로 눈앞에서 출산을 하는 걸 보고 기겁했다. 그는 암컷의 몸에 달린 수컷의 성기와 유사한 관 모양의 성기 때문에 수컷으로 착각한 것이었다.

하이에나는 왜 대부분의 인간사회에서 경외와 놀라움 대신 혐오의 대상이 되었을까? 이는 하이에나들이 가끔 죽은 동물과 사람을 먹고, 뼈를 파헤쳐놓기 때문일 것이다. 또한 대부분의 포식동물과 마찬가지로 이들은 간혹 아이들을 공격한다. 그리고 악취 나는 물질 위에서 뒹굴기를 좋아한다는 점도 인간에게 그리 좋게 보이지는 않았을 것이다.

하지만 생각해보자. 우리가 사랑해 마지않는 개들도 그렇게 하지 않는가? 왜 비슷한 행동을 하는 개나 고양이 같은 동물들은 사랑을 받고, 하이에나는 미움을 받는가?

《우리가 먹고 사랑하고 혐오하는 동물들(Some We Love, Some We Hate, Some We Eat)》을 쓴 작가 할 헤르조그(Hal Herzog) 조차 이를 이해하지 못했다. 오랫동안 사람과 동물 사이의 관계를 연구해온 우리 시대 최고의 동물학자로 꼽히는 그마저도 하이에나를 싫어한 이유는 뭘까?

홀캠프는 하이에나에 대한 인간의 혐오는 얄궂게도 이들이 우리와 너무나 다르다는 이유에서 비롯된 것일 수도 있다고 말한다. 그렇기 때문에 그녀는 이토록 오랜 시간을 들여 이들에 대해 연구하고 있다고 한다. 이 연구는 야생동물을 대상으로 한 가장 장기적인 연구 가운데 하나다. 홀캠프는 하이에나가 포유류 생물학의 법칙을 위배하는 것처럼 보인다고 얘기하며 이렇게 덧붙였다.

"하이에나는 사회성과 지성에 대해 새로운 방식을 보여줌으로써 우리가 반려동물에 대해, 그리고 어쩌면 우리 자신에 대해서까지 더 나은 이해를 할 수 있도록 도와줄 수 있습니다."

_ 사이

33

곰을 만났을 때
살아남는 법

뉴잉글랜드 지방에서 가장 큰 동물인 흑곰은 인간의 상상력을
자극한다. 그래서인지 특히 이들은 인간에게 많은 오해를 받
고 있다. 흔히 새끼 곰들과 함께 있는 어미 곰은 무척 위험하다
고 여겨진다. 그러나 유명한 흑곰 전문가인 동물학자 벤자민
킬함(Benjamin Kilham)은 책《곰과의 동행(In the Company of
Bear)》에서 새끼 곰과 함께 있는 어미 곰으로부터 공격을 당
하는 일은 '지난 109년 동안 일어난 인간을 향한 치명적인 공

격 가운데 단 3퍼센트뿐'이라고 말한다.

어미 곰 곁의 새끼 곰을 괴롭히는 일이 안전하다는 이야기가 아니다. 그렇게 하는 것은 앞서 말한 관련 사망률을 4~5퍼센트로 높여줄 뿐이라는 얘기다. 만약 그런 상황이 벌어진다면 어미 곰은 새끼들을 일단 나무 위로 올려 보낼 것이다. 그때 당신이 흥분하지 않고 상냥한 표정을 지으며 조용히 물러선다면 아무 일도 일어나지 않을 확률이 높다.

북아메리카 대륙에는 6억 명의 인간과 60만 마리의 곰들이 살고 있다. 그렇지만 2000년부터 지금까지 북미 전체에서 흑곰들이 인간을 공격한 경우는 30건이 채 되지 않는다. 결국 우리는 확실한 이유 없이 흑곰을 두려워하는 셈이다.

다만 최근 몇 년 간 곰 옆에 서서 함께 사진을 찍고 싶어 하는 인간의 욕망 탓에 그 위험이 한결 높아지고 있다. 이런 어리석은 행동 때문에 인터넷상에 곰에 대한 공포심이 퍼지고 있다.

왜 곰에 대한 공포가 공론화되는가? 겨울잠을 자는 동안 생명을 유지하기 위해 가을마다 곰들은 몸무게를 충분히 늘려야만 한다. 이들은 자기들이 먹을 만한 것들을 인간들이 쓰레기로 상당히 많이 내놓는다는 걸 알고 있다. 그래서 곰들은 가끔 음식을 찾기 위해 인간이 살고 있는 곳을 어슬렁거리고는 한다.

일부 연구자들은 수렵 감시관들이 일정한 구역에서 곰들에

게 먹이를 주면 사람들의 집이나 야영지 근처를 뒤질 가능성
이 낮아진다고 주장했다. 하지만 다른 연구자들은 곰에게 먹이
를 주는 행위가 오히려 그들로 하여금 인간의 주거지에 방문
하도록 조장한다고 반론을 폈다.

대부분의 경우 곰이 자신을 해칠까 겁을 먹은 사람들은 곰
을 직접 총으로 쏘거나 관련 당국에 곰을 당장 처리하도록 신
고한다. 그러나 내 경험에 따르면, 우리 집 근처까지 온 곰들은
거의 해를 끼치지 않았으며 내가 돌아가라고 부탁하자 집에서
멀리 떨어진 곳으로 가버리기도 했다.

어느 날 곰 한 마리가 활짝 열려 있던 우리 집 부엌문으로
들어왔다. 그 암컷 곰은 상냥한 표정을 짓고 있었다. 귀는 궁금
하다는 듯 앞으로 쫑긋 서 있고 입술은 느긋해 보였다.

우리 부엌은 작았고, 장애가 있어 휠체어를 탄 남편은 빨리
움직일 수가 없었다. 그래서 나는 늘 가지고 다니는 뱃고동으
로 '빠앙!' 하는 소리를 내며 여기는 너의 집이 아니니 나가라
고 말했다. 그러자 곰은 즉시 물러났다.

어느 날에는 부엌의 창문 하나가 완전히 어두컴컴한 것을 깨
달았다. 다른 창문을 통해서는 달빛에 비친 풀과 나무가 보이는
데 그 창문만 마치 검은 담요를 덮어놓은 것 같이 이상했다.

나는 어두운 창문을 확인하기 위해 가까이 다가서서 유리에

코를 바짝 갖다 대었다. 아차! 유리가 없었더라면 내 얼굴이 털에 폭 파묻힐 뻔했다. 곰 한 마리가 우리 집 새 모이통에 가까이 다가오는 바람에 창문에 몸이 닿았던 것이다. 새 모이통은 바깥쪽 창문 바로 위에 놓여 있었다.

보통 밤에는 새 모이통을 집안에 들여놓지만 그날은 깜빡했던 것이다. 곰은 뒷발로 서서 부엌 창문에 기대어 씨앗을 먹고 있었다. 키가 큰 편이 아닌 내 눈높이에서 곰의 갈비뼈 아래쪽이 보였다. 뒷다리로 섰을 때 키가 2미터는 훌쩍 넘을 정도로 큰 곰이었다.

나는 털이 북슬북슬한 곰이 창문을 가로막은 모습에 순간 멍해졌지만, 그런 상태는 오래 가지 않았다. 내가 무엇을 보고 있는지 깨닫는 순간 재빨리 뒤로 물러섰고, 그 소리에 곰은 자기가 인간을 거의 만질 뻔했다는 걸 깨닫고 깜짝 놀라 뒤로 물러났다. 그 바람에 새 모이통은 물론이고 모이통을 받치고 있던 쇠기둥까지 클립처럼 휘어져서 함께 떨어져나갔다.

아마 이 글을 읽는 독자들은 내가 경찰에 신고를 하거나 총을 쐈어야 마땅하다고 생각할지도 모른다. 하지만 분명히 나는 내가 해야 할 일을 다했다고 생각한다.

곰들은 인간들이 이 땅에 살기 훨씬 전부터 존재했다. 한동안 뉴햄프셔주에서 곰들이 사라졌었지만, 이제 다시 개체수가 늘어나고 있다. 그들은 우리에게 그다지 큰 도움을 받지 않더라도 잘해내고 있는 것이다.

나는 우리가 이웃인 곰들을 존중하고 이들의 존재에 기뻐할 수 있기를 바란다. 그렇게 할 수 없다면, 적어도 곰들이 자기들 나름대로 평화롭게 살아갈 수 있도록 그냥 내버려두자.

_ 엘리자베스

34

수줍은 백상아리와의 만남

몇 년 전 여름, 매사추세츠주 케이프코드로 떠나며 나는 상어를 한 마리도 보지 못할까 봐 노심초사했다. 그때 나는 매사추세츠주 해양수산국의 생물학자 그렉 스코말(Greg Skomal)이 진행하는, 최근 케이프코드에 들어온 새 상어 가족에 관한 연구를 참관하러 가는 길이었다. 연구 대상이 된 상어는 바로 악명 높은 백상아리였다.

새끼를 낳기 위해 이곳으로 오는 회색바다표범[10]들의 개체수가 다시 늘어나자 상어들 중에서도 가장 사납고 강력한 백상아리들이 매년 여름 케이프코드에 나타나기 시작했다. 이때는 바로 인간들이 해수욕을 하러 해변에 모이는 때이기도 했다.

어떤 사람들은 이 덩치 크고 무서운 백상아리가 수영하는 사람들을 잡아먹기 위해 물 속 여기저기에 숨어 있다고 한다. 하지만 스코말은 이에 고개를 저었다.

"그건 결코 사실이 아니에요. 백상아리들은 물범을 먹고 싶어 한다고요."

아주 드문 경우지만, 만약 백상아리가 사람을 물었다면 이는 명백한 실수로 이를 인지하는 즉시 그 사람을 뱉어낸다. 이는 2012년 매사추세츠주의 한 해안을 찾은 어느 관광객에게 실제로 벌어진 일이다. 그는 해안가에서 멀리까지 헤엄쳐 나와서 물범에게로 가까이 다가갔다가 변을 당했다.

이 사건은 매사추세츠주의 바다에서 76년 만에 처음으로 상어가 사람을 공격한 사건이었지만 희생자가 완전히 회복할 수 있었던 경우이기도 했다. 스코말은 백상아리에 대한 편견을 버려야 한다며 이렇게 말했다.

---

10 식육목 바다표범과의 포유류로 몸길이는 2미터가 넘으며 배 부분에 있는 반점과 회색 몸체가 특징이다.

"백상아리는 우리가 알고 있는 것과는 전혀 달라요. 이들이 모두 심술궂고 화가 나 있으며, 뭔가를 무조건 죽이고 싶어 한다는 말은 절대 사실이 아니에요."

실제로 백상아리는 놀라울 정도로 수줍음을 탄다. 나는 스코말과 그의 연구팀을 따라 백상아리를 좇으며 이런 사실을 알게 되었다.

케이프코드의 초록빛 바닷물 속에서 상어를 찾아내기 위해 스코말과 그의 동료 연구자들은 각기 다른 위치에서 최선을 다했다. 한 팀은 단발 엔진 비행기를 타고 400미터 상공을 날면서 바다에서 어뢰 모양의 백상아리를 찾았다.

그들은 백상아리 한 마리를 찾을 때마다 촬영을 해서 스코말의 보트로 전송했다. 그러면 스코말은 상어의 옆면을 따라 아가미와 배지느러미, 그리고 꼬리 아래쪽에 자리한 회색빛 등과 새하얀 배가 만나 형성되는 독특한 문양을 세심하게 살피고는 했다.

이 연구의 목적은 가능한 한 많은 백상아리를 한 마리씩 구분해서 얼마나 많은 개체수가 있는지 확인하는 것이었다. 결국 실패로 돌아간 우리의 첫 번째 출정에서 이글거리는 태양 아래 거센 파도를 헤쳐 나갔던 나는 영영 기회를 얻을 수 없을 것 같아 엄청 걱정했다.

그리고 한 달 뒤에 우리는 두 번째로 출정을 떠나게 되었다. 이때는 이전과는 전혀 달랐다. 연구자들이 상어를 가리키고, 또 가리켰다. 다시, 또 다시, 연구자들은 연거푸 나타나는 거대한 은빛 그림자들 곁에 바짝 붙어서 보트를 몰았다. 스코말의 기쁨이 우리에게까지 전파되었다.

"좋았어!"

그는 이미 자신이 인식표를 달았던 상어 가운데 한 마리를 알아보고는 소리를 질렀다. '첵스'라는 이름의 수컷이었다.

"엄청 큰 상어예요. 아주 큰 놈이라고요!"

촬영 팀은 그날 6마리의 상어를 고속 액션 카메라로 잡아냈다. 수컷 다섯 마리와 암컷 한 마리였다. 나는 연거푸 감탄사를 뱉으며 환호했다. 이들의 등과 배가 만나는 부분에 그려진 문양은 정말 화려하고도 멋졌기 때문이다.

그해 늦가을에 나는 다시 백상아리와 조우할 기회를 얻게 되었다. 그때 나는 멕시코 과달루페섬 근처에서 물에 잠긴 철창 속에 들어가 배에 연결된 관을 통해 호흡을 하고 있었다. 맑고 투명한 바닷물은 그 유명한 포식동물의 특별한 모습을 담기에 충분했다.

나는 철창 안이 완벽하게 안전하다는 걸 알고 있었다. 그러나 300개의 톱니 같은 이빨로 6미터짜리 수코끼리의 머리쯤은 단번에 잘라버릴 수 있는 680킬로그램짜리 물고기를 기다리자니 긴장감으로 오금이 저리고 숨이 탁탁 막히는 것만 같았다.

처음 몇 분 동안은 줄무늬가 있는 작은 물고기가 철창 안에 머물렀다. 녀석들을 유인하려고 동그랗게 빚은 미끼가 주변을 떠다녔고, 자그마한 해파리가 내 뺨을 쏘았다. 우리는 상어가 실제로 나타나길 바라며 계속 두리번거렸다. 그리고 그때, 수십 미터 밖에서부터 푸른 바닷물을 가르며 문자 그대로 하얗게 빛나는 형체 하나가 우리를 향해 헤엄쳐왔다.

매끈하고 완만한 곡선을 그리는 몸통에 은빛 등과 미색의 배를 가진 상어는 마치 하얀 공단으로 지은 옷을 입고 있는 기사처럼 우아해 보였다.

상어의 어두운 두 눈동자가 그 움푹한 눈구멍 속에서 빙글 돌더니 나를 흘낏 보았다. 심장이 터져나갈 듯이 뛰는 가운데 상어가 눈을 깜빡였다. 그의 눈빛에 위협이라고는 전혀 보이지 않았다.

그 순간 나는 상어의 악명은 오해에서 비롯된 것이라는 스코말의 말에 동의하게 되었다. 이전에 우리가 함께했던 항해에서 그는 이 거대하고 강한 물고기의 전형적인 행동에 대해 이렇게 묘사했다.

"상어들은 느긋해요. 고요하고 아름답죠. 저는 이 상어들이 아주 오랫동안 바다에서 살아남길 바란답니다."

지난 수백만 년 동안 백상아리는 바다의 최상위 포식자로서 해양생태계의 균형을 조절해 왔다. 해양생태계를 무너뜨리는 것은 다름 아닌 인간이다. 인간이 바다를 지배하게 되면서 우리는 상어를 대량으로 살상해왔는데, 그 바람에 매년 1억 마리의 상어가 죽어나가고 있다.

이런 점에서 볼 때 백상아리가 철창 안에 들어가 있는 내게 다가와 눈을 맞췄을 때, 내가 공포가 아닌 차분함을 느낀 것은 당연한 일인지도 모른다. 상어의 지배하에서 이 바다는 충분히 잘 관리될 수 있을 것이다.

_ 사이

35

사자와의
하룻밤

우리는 동물의 마음에 대해서는 그들의 습성에 대해 아는 것만
큼 자세히 알지 못한다. 그리고 우리가 동물들의 마음을 더 잘
이해하려 할수록 수수께끼는 더 깊어지는 것 같다.

이런 사실은 케이티 페인의 이야기에서 잘 드러난다. 앞서
등장했던 코넬대학의 케이티 페인은 평생 동안 야생동물, 그
중에서도 고래와 코끼리를 연구해왔다. 그녀는 자신의 책《고
요한 천둥: 코끼리와 함께(Silent Thunder: In the Presence of

Elephant)》에서 그녀가 나미비아에 머물던 시절의 일을 소개하고 있다.

그녀는 에토샤 국립공원의 관람 구역을 둘러싼 울타리 너머 머나먼 곳에 사는 암사자의 울음소리를 녹음하려고 했다. 암사자는 비록 눈에 보이지는 않았지만 어디선가 울부짖는 소리가 계속 들려왔다. 케이티는 그 사자가 밤이 되면 다시 포효할 것이라고 생각하고는 손에 녹음기를 들고 울타리 바깥쪽에 침낭을 펴놓고 엎드려서 사자를 기다렸다.

얼마의 시간이 흐르자, 암사자 대신 노란 갈기를 가진 거대한 사자 한 마리가 울타리를 향해 다가왔다. 그제서야 케이티는 그 울타리에 구멍이 뚫려 있다는 걸 깨달았고, 사자도 거기에 주목했다. 케이티가 손을 뻗으면 닿을 수 있는 거리에 있는 그 구멍은 얄팍한 철망으로 겨우 막아놓은 상태였다. 그런데 사자는 하필 그 앞에 자리를 잡고 앉았다.

사자는 어떤 이유에서건 그녀가 보고 싶어 다가왔던 것이다. 어쩌면 전에도 침낭 안에 사람이 들어가 있는 걸 본 적이 있어서 쉽게 통째로 잡아먹을 만한 먹잇감인지 알아보고 싶었을지도 몰랐다.

사자는 털썩 앉아서 그녀의 얼굴을 빤히 바라보았다. 아마도 그 다음에 무엇을 할지 고심하는 듯했다. 그녀는 사자를 올려다보기 위해 등을 쭉 펴고는 팔꿈치로 몸을 일으켜 세워 사자와 눈을 마주했다.

사자는 마음만 먹으면 그녀에게 얼마든지 닿을 수 있었다. 그녀는 자신이 움직이면 사자가 커다랗고 강한 앞발을 울타리 밖으로 내밀어 자신을 잡아챌 수 있다는 걸 알았다. 그녀는 꼼짝 않고 가만히 사자의 눈을 쳐다봤다. 등이 금세 저릿해 왔지만 잠자코 그 자세를 유지했다.

사자 역시 조용히 앉아 그녀를 지켜보았다. 사자는 느긋하면서도 빈틈이 없었다. 달이 점점 더 하늘 높이 솟았다. 그녀는 당시 상황을 책에 이렇게 적었다.

"달빛이 사자의 어깨 털과 구레나룻, 그리고 얼굴 주변으로 길게 늘어진 갈기를 비췄다."

잠시 후 그녀는 사자가 가볍게 헐떡이는 모습을 보았다. 침 줄기가 녀석의 혀를 따라 뚝뚝 흘렀다. 케이티는 꿀꺽 침을 삼켰다. 소름이 쫙 끼쳤다. 달빛이 밝은 밤이면 사자들은 사냥에 실패해 굶주려 있는 경우가 많은데, 손쉽게 닿을 만한 거리에 가만히 누운 케이티가 있었던 것이다.

케이티는 다른 사자들과 나눠 먹을 필요도 없는 만족스러운 한 끼 식사가 될 만했지만, 사자는 끝내 그러지 않았다. 왜 사자는 철망 사이로 발을 뻗어 그녀를 움켜잡지 않았을까? 그녀는 사자가 자신을 먹이로 생각하지 않은 게 분명했다고 말했다.

어쩌면 그녀의 생각과 달리 사자는 갑자기 그녀를 잡아먹어야겠다는 생각이 떠올라서 어떻게 해야 그녀를 붙잡아 울타리 안으로 끌어낼 수 있을지를 고민했을지도 모른다. 하지만 이유가 무엇이든 사자는 그러지 않았다.

밤은 찬찬히 지나갔다. 케이티는 움직이지 않았다. 대신 사자의 눈을 계속 지켜봤다. 처음에 달은 그녀의 얼굴을 비췄지만, 이제는 하늘을 가로질러 그녀의 뒤편으로 옮겨가면서 사자 얼굴 위로 달빛을 드리웠다. 그러자 사자를 자세히 볼 수 있었다며 케이티는 이렇게 썼다.

"사자의 눈은 정말 아름다웠다. 갈색과 금색이 오묘했다. 우리는 둘 다 눈을 깜빡이지 않았다."

예닐곱 시간 동안 불편한 자세를 유지한다는 것은 상상하기 힘들다. 그러나 사자의 눈에 달이 비칠 때까지 케이티는 이를 해냈다. 자세를 전혀 흐트리지 않았고, 시선 또한 흔들리지 않았다.

사자도 마찬가지였다. 에토샤 국립공원에는 다양한 동물들이 살고 있으므로 어떤 동물들은 그 시간 동안 수풀 속에서 바스락거렸을 것이다. 그러나 그런 소음조차 사자를 방해하지 못했다.

달이 저물고 하늘이 어느새 밝은 푸른빛으로 물들어갔다. 아침이 오고 있었다. 사자가 갑자기 벌떡 일어나 기지개를 쭉 펴더니 길게 하품을 했다. 사자는 흘깃 케이티를 한 번 보고는 몸을 돌려 수풀 사이로 멀어져갔다.

케이티 역시 천천히 일어섰다. 그런데 그 다음 순간 끔찍한 비명 소리가 들려왔다. 그녀는 울타리 사이로 사자가 영양 한 마리를 사냥하는 광경을 볼 수 있었다.

에토샤의 사자는 사람을 잡아먹는다고 알려져 있다. 나미비아에서 독립투쟁이 진행되는 동안, 사자들의 식인 습성 덕분에 앙골라에 배치된 혁명군들이 나미비아 북부로 들어오지 못했다는 이야기가 전해지기도 한다. 그런 식으로 나미비아의 사자 무리가 오랫동안 사람을 잡아먹어왔다면, 왜 그 사자는 케이티를 잡아먹지 않았을까?

그 긴 시간 동안, 사자는 그녀를 어떻게 할지 고민하며 면밀히 관찰하다가 결국 그녀를 죽이지 않았다. 이는 무엇을 의미하는 것일까? 먹이처럼 행동하면 먹이가 된다는 뜻일까? 결론은 이렇다. 사자는 화가 나지 않는 한 아무 생각 없이 자기가 아는 상대를 죽이고 잡아먹지 않는다. 그들은 특정한 방식으로 상대와 상호작용을 한다.

여기에는 분명 케이티의 태도가 중요하게 작용했을 것 같다.

그녀는 두려워하지 않는 것처럼 보였을 것이다. 또한 앞에서 일몰을 보고 포효하던 사자처럼, 그녀는 엎드린 자세에서 팔꿈치로 상체를 일으켜 세운 후 사자를 집중해서 바라보고 있었다. 케이티의 행동은 사자가 뭔가를 바라볼 때 취하는 행동과 유사했기 때문에 그녀를 보고 있던 사자가 그녀를 자신과 같은 사자라고 생각했을 수도 있다.

또 다른 가능성도 있다. 수많은 심리학 연구에 따르면, 단 몇 분이라도 다른 사람의 눈을 들여다보는 일이 상대와 관계를 맺는 데 있어서 크게 영향을 미친다고 한다. 그 결과는 불편함과 환각, 그리고 사랑에 빠지는 일까지 아주 다양한데 보통은 긍정적인 결과를 가져오는 경우가 많다. 그래서 눈을 마주하는 행위는 결혼생활에 문제가 있는 커플을 위한 치료법으로 강력히 추천되고, 명상을 할 때 쓰이기도 한다.

일본의 연구자들은 우리의 뇌가 서로를 쳐다보고 있는 동안에는 동시에 움직인다는 사실을 밝혀냈다. 이 실험에서 몇 분 동안 눈을 마주친 두 사람은 마치 하나의 뇌가 통제를 하듯 동시에 눈을 깜빡일 정도였다.

아마 케이티의 눈을 몇 시간 동안 응시하던 사자는 이런 일 체감을 경험한 게 아닐까? 케이티는 사자가 그랬던 것처럼 보였다고 적었다.

"우리 둘은 같은 상태에 있었다."

해가 떠오르면서 상황이 바뀌는 것은 어찌 보면 당연한 일이다. 자연에서 살아가는 이들에게 생활의 기준은 일출과 일몰이다. 그래서 사자는 해가 뜨자 사냥감을 찾아 떠났을 것이고, 케이티는 무사히 이 이야기를 가지고 야영지로 돌아갈 수 있었던 것으로 보인다. 둘 모두 평범한 생활을 다시 시작한 것이다.

퓨마가 서식하는 나라에서 홀로 배낭여행을 하던 한 여성도 이와 유사한 경험을 했다고 한다. 이 여성은 퓨마 한 마리가 뒤에서부터 덮치는 바람에 앞으로 고꾸라졌는데, 퓨마와 자기 사이에 배낭만 있는 채로 몸만 겨우 돌릴 수 있었다.

그녀는 케이티가 사자의 눈을 들여다봤듯이 자기 위에 올라탄 퓨마의 눈을 들여다봤고, 조용조용한 목소리로 말을 걸었다. 어쨌든 꽤 오랫동안 퓨마는 그녀와 눈을 마주쳤고, 존중받는다는 느낌과 함께 어쩌면 연대감도 느꼈던 것 같다. 결국 퓨마는 일어나 그곳을 떠나버렸다.

내가 케이티 같은 상황에 처했더라면 지금쯤은 바짝 마른 사자의 똥이 되어 있었으리라. 사자의 이글거리는 눈빛을 혼자 받아낸다는 일은 쉬운 일이 아니니 말이다.

동물의 눈을 보고 교감하기 위해 가장 좋은 방법은 그 동물이 다른 모습을 하고 있는 인간이라고 생각하는 것이다. 우리

인류는 8,700만 종의 동물들 가운데 기껏해야 하나일 뿐이다. 이 동물들 가운데 이름을 지어줄 수 있는 종은 얼마나 될까? 또한 우리가 알거나 이해할 수 있는 동물은 얼마나 될까?

우리가 눈을 들여다볼 수 있도록 내버려둘 동물을 찾기란 어려울 수도 있다. 그러나 우리가 그렇게 할 수 있다면, 우리는 우리와 함께 이 세상을 살아가는 동물들의 마음에 대해 좀 더 많은 걸 배우게 될 것이다.

_ 엘리자베스

36

사슴에게
먹이를 주지 마세요!

사슴을 관리하는 대부분의 기관에서는 겨울철에 사슴에게 먹
이를 절대 주지 말라고 강력히 경고한다. 그 때문에 사슴이 죽
을 수도 있기 때문이다.

매사추세츠주의 야생동물 관리국에서 무스(Moose)[11]나 사

---

11 소목 사슴과의 포유류로 몸집이 말보다 크다. 수컷에게는 편평한 손바닥 모양
의 뿔이 있다.

습관련 프로젝트를 이끌고 있는 데이비드 스타인브룩(David Stainbrook)은 우리가 야생동물에게 먹이를 줌으로써 야기할 수 있는 위험들을 자세히 설명해주었다.

그에 따르면 겨울철에 먹이를 주면 사슴들이 모여들게 되어서 전염병이 퍼지거나 먹이를 먹기 위해 도로를 건너다가 차에 치이는 경우를 불러올 수 있다고 한다.

그러나 무엇보다도 중요한 문제는 겨울이 되면 사슴의 소화체계가 섬유질 비중은 높지만 탄수화물 비중은 낮은 식생활에 맞춰 조정된다는 점이다. 따라서 갑작스레 옥수수처럼 섬유질의 비중이 낮고 탄수화물 비중이 높은 먹이를 대량으로 공급받게 된다면 사슴들이 이를 소화하지 못해서 결국 죽음에 이를 수 있다.

실제로 어느 겨울 뉴햄프셔주에서 발견된 죽은 사슴 무리의 첫 번째 위장은 사과, 옥수수, 그리고 건초로 꽉 차 있었다. 이 사슴들은 아마 마지막 식사 후 몇 시간 내에 바로 죽었을 것이다. 물론 어떤 사슴들은 한 달을 더 살았을 수도 있고 또 몇몇은 더 오래 살아남았을 수도 있겠지만, 그들은 면역체계에 영원히 회복할 수 없는 손상을 입었을 것이다.

몇 년 간 나는 사슴에게 성공적으로 먹이를 줘왔다. 나의 경험에 따르면 사슴에게 먹이를 주는 것이 어떤 영향을 줄지를 떠나서 성공적으로 먹이를 주는 것은 쉽지 않은 일이다.

우선 시기를 맞추기가 까다롭다. 먹이를 주는 시기는 사슴의 소화체계가 완전히 겨울에 대비한 시스템으로 접어들기 전이어야 한다. 또한 사냥철이 지난 후에 시작해야 하는데, 사슴들을 먹이려다가 이들의 존재를 사냥꾼에 노출시킬 수 있기 때문이다. 단, 이러한 날짜가 항상 맞물리는 건 아니므로 잘 살펴봐야 한다.

게다가 사슴을 개별적으로 인식하여 새로운 사슴이 합류했을 때 이를 알 수 있어야 한다. 그리고 설사나 다른 이상 증세가 있는지 알 수 있도록 배설물을 관찰하는 한편으로 전염병이 퍼질 가능성을 낮추기 위해 이를 깨끗하게 치워야 한다.

먹이를 그저 대량으로 쌓아놓고 알아서 먹도록 내버려둬서도 안 된다. 사슴 몇 마리가 먹이를 먹는지 파악하고, 그에 맞춰 적당한 정도의 먹이를 주어야 한다. 먹이는 언제나 깨끗한 눈 위에 놓아야 하며, 하루에 두 번까지 주어야 할 때도 있다. 이는 먹이를 주는 장소가 집과 가까워야 하며, 사슴에게 먹이를 공급하는 11월부터 4월까지는 집을 하루 이상 떠나 있어서는 안 된다는 말이기도 하다.

또한 그 기간 동안 꾸준히 사슴의 먹이를 준비하기 위해서는 엄청난 돈을 마련해야 한다. 매년 내가 사슴 먹이에 지출하는 금액은 약 1,000달러 안팎이다.

가장 어려운 부분이 아직 남아 있는데, 그것은 바로 불확실성의 문제이다. 2013년에 나는 4월 2일까지 15마리의 사슴에게 먹이를 주었다. 날이 풀려서 눈이 녹고 풀이 자라기 시작하자 늘 오던 사슴들은 우리 마당에서 풀을 뜯었다.

그러던 어느 날, 마당에서 사슴 다섯 마리가 더 눈에 띄었다. 이들의 소화체계는 여전히 겨울 시스템일 테니 내가 준비한 옥수수 때문에 해를 입을 수도 있었다. 게다가 어느 사슴도 충분히 먹을 만한 양의 먹이가 준비되어 있지 않았으므로 나는 걱정이 되어 안절부절 못했다.

다음 날 아침, 마당에 나가보니 사슴들은 눈이 녹은 자리에 피어난 풀을 먹고 있었다. 다행스럽게도 옥수수를 먹은 사슴은 하나도 없었다. 물론 그 무리 가운데 세 마리는 옥수수를 떠올린 것도 같기는 했다.

5개월 동안 집을 떠나지 못하고 어떤 날씨에도 꽁꽁 얼어 있는 울퉁불퉁한 땅 위로 무거운 들통을 질질 끌고 가는 것, 사슴 똥을 치우고 허리띠를 졸라매는 것 등 모든 어려움에 대한 보상은 봄에 돌아온다. 내가 가을에 봤던 사슴이 새끼를 데려온 모습을 창문 너머로 보게 되는 그 순간 말이다.

나는 겨울철에 함부로 사슴에게 먹이를 주지 말라는 부탁을 하기 위해 이 글을 썼다. 그러나 이 글이 아직까지도 당신을 설득하지 못했다면, 나는 야생동물에게 헌신적으로 봉사하겠다는 각오가 없는 이상 먹이 주는 일을 해서는 안 된다고 분명히 말하고 싶다.

결국 이 이야기는 왜 야생동물을 도와야 하는가에 대한 질문으로 이어진다. 내가 야생동물을 돕는 이유는 인간들이 자신들의 행복을 위해 자연을 마구 훼손하기 때문이다. 우리는 집을 짓기 위해 그들의 생태계를 파괴하고 그저 재미로 사냥을 하며, 동물들이 길을 건너려 할 때 자동차로 무참하게 치어 목숨을 앗아간다.

혹독한 겨울 동안 내가 이들에게 조금이라도 도움을 줄 수 있다면, 그리고 가을에 만났던 사슴이 새봄에 우리 집 마당의 우거진 수풀 속에 새끼 사슴을 데려와서 감춘다면, 나는 내가 조금은 좋은 일을 했다고 느낄 것이다.

_ 엘리자베스

5장

우리의 작은 이웃들

다른 동물들과 비교했을 때 인간은 중간 정도 크기의 척추동물이다. 인간은 조금 떨어져서도 눈에 보일 만큼 크지만 고래만큼 거대하지 않다.

우리가 친숙하게 여기는 동물들도 마찬가지다. 예를 들어 말이나 개가 옆을 지나갈 때 우리의 눈이 이들의 존재를 쉽게 알아차릴 수 있을 정도이다.

그러나 우리와 함께 살아가는 생물 중 대다수는 매우 작다. 보통 우리는 그들을 보지 못하고, 보더라도 그게 무엇인지 모른다. 그들 가운데 하나가 탁자 위를 가로질러 간다면 누군가가 탁 쳐서 죽어버릴 수도 있다. 아무도 그게 뭐였는지, 혹은 왜 거기 있었는지 전혀 상관하지 않는다.

그런 무심한 적대심은 나비와 벌을 제외한 모든 작은 동물들에게 향한다. 적어도 우리는 나비와 벌이 누구인지는 알고 있다. 나비는 예쁘고 벌은 꿀을 만든다는 점에서 우리는 이 작은 영혼들을 가치 있다고 생각하기 때문이다.

하지만 우리 주변을 둘러싸고 있는 수천 마리의 작은 동물들은 그들과 다르게 우리에게 알려져 있지 않다는 이유만으로 곧잘 무시당한다. 누군가의 풀밭을 들여다보면 수백 종의 작디작은 생명체들이 숨어 있을 것이다. 그렇지만 우리 중 누구도 아주 작은 이들이 겨울 동안 어떻게 살아남는지에 대해 관심을 갖지 않는다.

우리는 그렇게 작은 생물들에 무심하기 때문에 바로 옆에서 일어나는 작은 마법을 알아보지 못하고 지나치고야 만다. 예를 들어 불나방[1]의 유충을 생각해보자.

이 작은 애벌레는 가을에 알에서 깨어나 꼬물거리다가 겨울이 되면 꽁꽁 얼어버린다. 놀랍게도 이들은 아직 죽은 것이 아니다. 불나방의 유충은 봄이 되면 다시 깨어나서 남은 삶 동안 기억해야 할 것들을 배우게 된다. 이 과정은 애벌레가 번데기가 되고, 교양 있는 나방으로 거듭날 때까지 몇 년 동안 계속된다.

이 애벌레와 다른 작은 생명체들은 가을에 나무들이 떨어뜨린 낙엽 더미로 몸을 숨기는데, 그러지 못한 일부는 겨우내 꽁꽁 얼어버린다. 즉, 우리가 가을에 마당에 쌓인 낙엽들을 긁어모으는 것은 잘못된 일인 것이다. 이 작은 주민들이 일어나 움

---

1   나비목 불나방과의 곤충으로 나방 중에서는 큰 편에 속한다.

직이게 되는 봄이 되어서야 낙엽을 치워야 한다.

이 작은 생명체들 중 역사상 가장 성공한 동물이 하나 있다. 그는 바로 이 장에서 등장할 '물곰(Water Bear)[2]'이다. 물곰은 5만 년 동안 지구상에 살아왔는데, 물곰이 속한 문(門)[3]에 해당되는 동물들은 지금껏 알려진 모든 멸종 시기들이 아무리 극단적이었더라도 거뜬히 버텨 왔다.

이들은 우리를 비롯한 다른 동물들이 멸종되고 나서도 오래도록 이곳에 존재할 테지만, 우리 대부분은 이들의 이름을 들어본 적이 없다. 벌레들 역시 또 다른 예가 된다.

우리 가운데 벌레에 대해 제대로 아는 사람이 몇이나 될까? 우리는 스스로가 벌레를 잘 안다고 생각한다. 벌레는 흙에 이롭다는 식으로 생각하면서 말이다.

그러나 앞서 말했듯이 그러한 지식은 매우 한정되어 있다. 생명과학에서 가장 큰 미스터리 가운데 하나는 비 온 뒤에 마당에서 쉽게 볼 수 있는 지렁이에 관한 것이다. 곧 나오는 지렁이

---

2 정식 명칭은 완보동물로, 몸길이 0.1~1.5밀리미터 정도의 매우 작은 무척추동물이다.

3 생물 분류 단위의 하나로모든 생물은 큰 순서대로 계(界)-문(門)-강(綱)-목(目)-과(科)-속(屬)-종(種)으로 정리한다.

에 관한 글에서 그 자세한 내용을 알게 될 것이다.

만약 작은 동물들이 지금보다 컸더라면 우리는 이들을 더 잘 이해했을 테고, 그 모습에 익숙했을 것이며 이들이 하는 행위에 감탄했을 것이다.

이 작은 생명체들은 과학적으로도 입증되었듯 학습을 할 수 있으며 공포부터 좌절감이나 실망감까지 모든 감정을 느낄 수 있다. 이 역시 다른 글에서 설명할 예정이다.

언젠가 나는 작은 딱정벌레가 결정을 내리려고 고심하는 모습을 보았다. 그러나 그때 곁에 있던 한 사람이 그 딱정벌레를 내 소매에서 털어버리는 바람에 관찰이 끝나버렸다. 나는 이 일을 통해 우리가 이들이 매우 작다는 이유만으로 이들의 가치를 제대로 봐주지 않는다고 생각하게 되었다.

하늘 위로 날아오르는 독수리를 바라본다고 상상해보자. 우리보다 훨씬 더 높이 저 하늘 위를 날아다니는 그 고귀하고 아름다운 존재를 말이다. 만약 독수리가 파리 정도의 크기를 하고선 우리 주변을 날아다닌다면 상황은 전혀 달라질 것이다. 우리는 독수리를 죽이기 위해 개발된 여러 독성 화학물질을 그 녀석에게 마구 뿌려댈 것이다.

곤충과 같은 작은 동물들이 우리와 관계를 맺을 수 있는 상대라고 느낄 정도로 커질 수는 없다. 그러나 우리가 이들을 더욱 잘 알게 될수록 우리는 진화를 통해 생물 형태가 복잡하면서도 다양하게 발전해왔음을 깨닫고, 나 또한 이런 진화의 산물 중 하나에 불과함을 이해하게 될 것이다.

_ 엘리자베스

37

북아메리카
지렁이의 왕

아주 청정한 자연환경에서만 겨우 발견된다는 이 유명한 거대 생명체는 오랫동안 지구상에서 사라진 존재로 알려져 있었다. 1970년대 이후의 목격담은 손에 꼽힐 정도이고, 오늘날 사육되고 있는 것은 기껏해야 10마리 정도에 불과하다.

  그 정도로 희귀한 동물을 만난다는 건 동물학자의 인생을 통틀어 가히 하이라이트라 할 수 있다. 어느 날, 나는 아이다호주 모스코에서 이 희귀종을 볼 수 있는 기회를 갖게 되었다.

아이다호대학교 생명공학대학 2층 실험실에서 박사과정을 밟고 있는 크리스 보어(Chris Baugher)가 이 자리를 주관했다. 그는 신발 상자만한 플라스틱 용기에서 꺼낸 검은 흙을 흰색 여과지 위로 옮겼고, 마침내 그 녀석이 내 눈앞에 나타났다.

그건 그냥 평범한 녀석이 아니었다. '자이언트펄루스(Giant Palouse)'라는 이름을 가진 이 지렁이에 대해 미디어에서는 '땅속에서 사는 척추 없는 빅풋(Bigfoot)⁴', 또는 '모비웜(Moby Worm)⁵'이라고 불렸고, 전문가들은 북아메리카 지렁이의 왕이라고 여겼다.

언젠가 나는 이 지렁이가 흰색 몸체에 1미터 이상 자라며, 백합 냄새가 나는 침을 뱉는다고 읽은 적이 있다. 하지만 우리 앞에 있는 녀석은 지금까지 말한 어떤 것에도 해당되지 않았다. 일단 전혀 하얗지 않았다. 몸체는 전체적으로 붉은빛을 띤 보라색이었는데 앞부분은 보기 좋은 복숭아 색깔이었고, 몸길이는 고작 20센티미터 정도에 지나지 않았다.

냄새도 마찬가지였다. 세계 최고의 환형동물⁶ 전문가이자 토양학자인 조디 존슨-메이나드(Jodi Johnson-Maynard)는 지금

---

4 북미 로키산맥에 산다고 전해지는 설인을 가리킨다.
5 소설 《백경》에 나오는 거대한 고래 '모비딕'에 빗댄 말이다.
6 고리 모양의 체질 구조를 가진 무척추동물군의 총칭이다.

까지 한 번도 '그 냄새'를 감지할 수 없었다고 털어났다.

어쨌든 그 녀석은 내 눈에 뉴햄프셔주에서 낚시꾼들이 미끼용으로 흔하게 사용하는 커다란 지렁이처럼 보였다. 우리가 비 온 뒤의 길바닥에서 흔히 볼 수 있는 붉은 회색의 큰 지렁이는 오늘날 미국에서 발견되는 대부분의 지렁이들과 마찬가지로 침입종이다. 이들은 예전에 유럽에서 건너온 선박들을 통해 미국 땅에 왔다고 크리스는 말했다.

"6,000여 종에 이르는 지렁이들 가운데 아주 소수만이 토종이에요. 그중에서도 자이언트펄루스는 아주 오랫동안 미국에 살았던 것으로 추측됩니다."

미국의 토종 지렁이에 대해 알려진 이야기는 사실 충격적일 정도로 거의 없다. 미국에서 활동하는 지렁이 분류학자는 오직 한 사람뿐이고, 국제적인 지렁이 전문가들은 고작 4년에 한 번씩만 모일 뿐이니 그럴 만도 하다.

자이언트펄루스는 우리 발아래서 살아가는 작은 생명체들의 삶이 얼마나 수수께끼에 휩싸여 있는지를 잘 보여준다. 더구나 우리가 그런 무지에도 불구하고 이 동물들에 대해 거의 생각해본 적이 없음을 여실히 알려준다. 조디는 지렁이가 우리 삶에 지대한 영향을 미쳐왔음을 상기시킨다.

"토양은 생태계 먹이 사슬의 기반이 될 뿐 아니라 공기 중의

탄소 농도를 조절하는 중요한 역할을 합니다. 토양은 대기보다 세 배 정도로 많은 탄소를 걸러내는데, 지렁이들이 이를 관리하는 토양의 집사 역할을 하고 있지요."

사실 땅속에 사는 동물들에 대해 아는 것은 매우 어렵다. 크리스는 석고 모형으로 땅굴을 만들어서 땅속 동물들을 파내려고 시도했지만, 그 과정에서 동물들의 몸이 절반으로 잘리는 경우가 생겨 이 방법을 포기하고 새로운 방법을 찾고 있다고 했다.

유전학 전문가 리제트 웨이츠(Lisette Waits)는 땅굴 벽에 묻은 지렁이의 점액에서 DNA를 추출해 그 땅굴이 어떤 지렁이의 것인지를 분류하는 방식으로 연구를 진행하고 있다.

"자이언트펄루스를 기르는 것은 정말 손이 많이 가는 일이에요."

조디는 이 연구의 어려움을 토로했다. 아무도 이 지렁이가 어떤 종류의 흙을 좋아하는지, 생존을 위해서는 얼마나 축축한 상태를 유지해야 하는지, 심지어는 먹이가 무엇인지도 알지 못한다. 큰 지렁이는 밤에 땅 위로 올라와서 낙엽을 끌고 땅굴로 들어가 먹는다. 아마 자이언트펄루스도 마찬가지일 것이다. 어쩌면 아닐 수도 있지만 말이다.

"우리는 그저 이 아이들을 살려두려고 노력하는 일에만 집

중할 뿐이에요."

그가 사육하고 있는 표본들의 대부분은 카스 데이비스(Cass Davis)가 가져온 것이었다. 그는 환경단체 '어스 퍼스트!(Earth First!)'를 이끌면서 평소에는 사냥과 낚시로 먹고 사는 사람이다.

"나는 지렁이들과 아주 친해요. 낚싯바늘에 자주 꿰어봤거 든요."

2012년에 그는 도로의 바퀴 자국에서 처음으로 자이언트펄루스를 발견했다. 자동차에 처참하게 치인 상태에서도 녀석은 여느 지렁이처럼 보이지 않을 정도로 컸다. 그는 그것을 대학 실험실로 가져왔고, 아니나 다를까 그는 연구원들 사이에서 금세 유명해졌다. 그는 그 지렁이는 물론이고 그 후부터 자기가 발견한 다른 지렁이들까지 모두 촬영하여 휴대폰에 가지고 다녔다.

"녀석들은 참 아름다운 입술을 가지고 있어요!"

그가 내게 사진들을 보여주며 말했다. 데이비스는 아이다호 주 구석에 사는 수많은 주민들 가운데 한 사람으로, 이곳에선 자이언트펄루스와 함께 살아가면서 그처럼 대학의 과학자들 과 협력하며 지내는 농부들이 많다. 그들 대부분은 그 사실을 무척 자랑스러워한다.

"주민들은 프로젝트에서 아주 중요한 역할을 맡고 있어요."

조디가 말했다. 주민들은 희귀한 지렁이이길 바라면서 동물들을 실험실로 종종 데려온다고 한다. 어떤 사람은 아주 작은 뱀을, 또 다른 사람은 거머리를 가져온 적도 있었다. 한번은 어떤 사람이 길고 하얀 동물의 사진을 찍어온 적이 있는데, 알고 보니 대형 포유동물의 창자였다.

크리스와 조디는 이들 모두에게 고마워하고 있다. 이들은 자이언트펄루스 덕분에 지역 주민들이 지렁이에 관심을 가진다는 사실을 반기고 있다. 크리스가 축축한 흰색 여과지 위에서 꿈틀거리고 있는 지렁이를 사랑스럽게 바라보며 말했다.

"이 지역만의 독특한 일이에요. 지렁이들이 사람들을 끌어모으고 있죠. 보세요, 정말 아름다운 동물 아닌가요?"

_ 사이

38

작은 슈퍼 히어로,
물곰

나는 누군가가 흑곰에 대해 글을 쓴다면 반드시 물곰에 대해
서도 써야 한다고 생각한다. 천천히 걸어 다니는 습성 때문에
완보동물(緩步動物, Tardigrade)이라는 이름이 붙은 '물곰(Wa-
ter Bear)'은 오로지 현미경으로 볼 수 있는 아주 작은 동물로
흑곰처럼 보인다.

흑곰은 2.4미터까지 자라고 몸무게는 225킬로그램까지 나
가지만, 물곰은 가장 큰 녀석도 몸길이가 고작 0.05센티미터이

며 몸무게는 내가 알기론 측정이 거의 불가능하다. 물곰들의 무게를 어떻게 재야 하는지 상상해보는 것도 어렵다. 눈으로 볼 수조차 없으니 말이다.

당신의 눈이 이례적일 정도로 좋다면 아마 존재할 수 있는 가장 작은 점과 같은 크기의 물곰을 볼 수도 있겠지만 대부분의 사람들은 이를 발견하기 위해 성능이 매우 뛰어난 현미경을 필요로 한다.

나는 평생 물곰에 반해 있었다. 대학생이던 시절 아버지가 내게 쌍안 현미경을 빌려주며 근처 늪지의 생명들을 관찰할 수 있게 해주신 적이 있다. 한번은 늪지에서 흘러 다니고 있는 조류(藻類)[7]를 들여다보고 있었는데, 갑자기 괴물이 나타나더니 나를 향해 똑바로 돌격해오는 게 아닌가. 깜짝 놀란 나는 뒤로 움찔 물러서다가 의자가 엎어지면서 곧장 바닥으로 넘어져 버렸다.

그러나 현미경을 통해 보고 있었다는 사실이 기억나자 그 존재가 위험하기엔 너무 작다는 사실을 깨달았다. 나는 즉시 정신을 차리고 녀석이 물 한 방울 안을 돌아다니는 모습을 몇 시간 동안 정신없이 구경했다. 나중에 알고 보니 이 녀석은 바

---

7 물 속에 사는 하등식물의 총칭을 가리킨다.

로 물곰으로, 이전까지 보고 들은 적이 한 번도 없는 존재였다.

그 투명한 피부를 통해 나는 물곰이 조류를 먹고 있는 모습을 볼 수 있었다. 그리고 뒷다리 쪽을 향해 난 둥근 모양의 뭔가가 보였는데, 알 같았다. 그 정도면 충분했다. 나는 그 물곰이 암컷인 것으로 판단했다. 나는 그 암컷을 늪지의 물이 담겨 있던 병 안으로 돌려보냈지만 곧 태어날 알(알이 맞다면) 속의 아기들과 그 암컷이 걱정되어 나중에는 아예 늪으로 돌려보냈다.

후에 나는 그 물곰이 거의 확실히 암컷이며, 몸 뒤편의 둥근 모양의 무언가도 알이라는 사실을 알게 되었다. 그러나 그 물곰은 알을 낳지 않을 것이었다. 보통 뱀이 그러하듯이 피부가 벗겨질 때 알들도 함께 떨어져나갈 것이기 때문이다.

물곰은 그 이름과 달리 곰처럼 생기지 않았다. 그러나 머리를 낮게 숙이고 어깨를 높인 채 걷는 모습은 곰을 빼닮았다. 물곰은 분절된 몸 때문에 애벌레처럼 보이기도 하지만 대부분의 애벌레처럼 배로 기어다니는 대신 8개의 다리를 가졌고, 각 다리에는 4개의 발가락이 있으며 발가락마다 발톱이 달렸다.

물곰의 작은 머리에는 작은 주둥이와 두 개의 눈이 있다. 몸에는 감각을 느끼는 수염이 있고, 뇌도 있다. 아마 물곰도 생각을 하겠지만, 무엇을 생각할지는 상상하기 어렵다. 이들의 세상은 우리와 너무나 다르기 때문이다.

그럼 물곰은 동물인가? 그렇다. 그리고 우리 인간을 포함한 이 세상 모든 동물들 가운데서 가장 번성하고 있는 생명체이다. 흥미롭게도 물곰의 대부분은 암컷이다. 수컷들도 있지만 번식을 위해서는 딱히 필요치 않다. 물론 수컷이 때때로 유전적인 다양성을 제공하긴 하지만 말이다.

물곰은 5억 년 이상 지구상에 존재해왔고(우리 인간은 20만 년 동안 존재해왔다), 현존하는 종은 1,000가지 이상이다(유인원의 경우 현재 현존하는 종은 5가지이며, 그 가운데 4가지는 개체수가 감소 중이다).

물곰들은 어느 종에 속하는지에 따라 상상할 수 있는 모든 환경에서 발견된다. 절대 0도에서부터 끓는점보다 훨씬 더 높은 온도에서까지, 바다 속 가장 깊은 곳에서 가장 높은 산꼭대기까지, 그리고 그 중간에 있는 모든 곳에서 살아간다.

2007년에는 물곰들이 생물학 실험의 일환으로 우주까지 진출했던 적이 있다. 그곳에서 물곰들은 진공 상태로 강력한 복사선에 노출되었지만 성공적으로 회복해서 번식했다. 진공 조건은 이들에게 전혀 문제가 되지 않으며 그야말로 인간이 견딜 수 있는 수준보다 1,000배 이상 강한 방사선도 이겨낼 수 있다는 사실이 밝혀진 것이다.

물곰은 부상을 입었을 때 수분이 전혀 없다든지 상황이 아주 열악할 경우에는 머리와 다리를 몸속으로 쏙 집어넣고 그 속에 품고 있던 수분을 짜낸다. 그러면 이 녀석은 아주 작은 쥐 똥처럼 보이기도 한다. 이런 방식으로 물곰은 상황이 나아지기를 기다리면서 몇 년 동안이나 버틸 수 있다.

인간은 스스로를 '궁극의 생물'이라 생각한다. 우리는 지난 8,000년 동안 억지로 자연이 우리의 욕구를 충족시키도록 만들었지만, 그에 반해 물곰은 자연에 필연적인 적응을 해왔다. 그들은 5억 년 전에 '짠'하고 나타나 그 모든 빙하 시대와 가뭄과 멸종의 시대를 견뎌내고 오늘날 이 자리에서 성공적인 진화가 무엇인지를 보여주고 있다.

인간의 전쟁과 환경 오염으로 인해 생태계의 대멸종이 야기된다면 암컷 물곰은 지배자로서 지구를 다시 번성하게 만들 것이고, 이 행성은 보다 훌륭한 손길로 보듬어질 것이다. 아니, 사실은 손이 아니라 적어도 더 나은 발가락으로.

_ 엘리자베스

39

여행을 떠난
개구리들

지금 우리가 알고 있는 양서류는 도룡농과 개구리 유형(두꺼비
들도 개구리의 한 유형이다)이 대부분이지만, 우리는 이들에 대
해 그다지 많은 관심을 갖지 않는다. 그러니 양서류들이 아무
리 작아도 의식과 기억과 생각을 하고, 심지어는 감정을 느끼
도록 뇌가 작동하고 있다는 사실을 깨닫지 못한다. 즉, 양서류
들의 뇌는 우리와는 다른 문제에 특화되어 있고 다른 방향으
로 집중하고 있을 뿐, 인간의 뇌와 거의 비슷하다는 얘기다.

양서류가 책을 쓰거나 원자로를 설계할 줄 모른다는 건 사실이다. 그러나 초창기 인류들도 물고기로 지내다가 완전히 다른 생태계에 사는 육지 생물로 변했고, 오늘날 우리의 모습에까지 이르렀다.

오늘날 양서류는 멸종 위기에 처해 있다. 그 주된 원인은 물고기처럼 헤엄치는 특정한 곰팡이에게 있다는 게 정설이다. 무슨 얘기냐 하면 특정한 곰팡이의 포자(胞子)[8]들은 기생할 대상을 찾아 마치 물고기처럼 헤엄을 치는데, 그들이 가장 선호하는 대상이 바로 양서류라는 것이다.

이 곰팡이들은 주변을 헤엄쳐 다니다가 양서류 피부의 단백질과 당분을 감지한다. 그리고 그 위에 붙어 '균사(菌絲)[9]'를 자신들이 찾은 제물의 피부 깊숙이 배양한다. 그리고는 이 제물로부터 체액을 빨아들여 결국은 심부전으로 사망하게 만든다.

이런 짓을 저지르는 곰팡이들은 호상균(chytrids)[10]으로 알려져 있다. 문제는 호상균이 전 세계에 퍼져 있으며 모든 양서류

---

8 일부 세균들이 생존 환경이 열악할 때 이를 극복하기 위하여 만든 휴지 상태의 홀씨를 가리킨다.

9 곰팡이를 이루는 세포의 하나로 영양분을 빨아먹는 작용을 한다.

10 단세포성 진균으로, 50여 년 동안 전 세계 양서류 90종의 멸종, 500여 종의 개체수 감소를 일으킨 항아리곰팡이(chytrid fungus)가 호상균의 일종이다.

들을 위협하고 있다는 점이다.

양서류들이 멸종된다면, 분류학적으로 특정한 '강(綱)' 전체가 사라지는 것이다. 이는 세상의 모든 포유동물을 잃는 것만큼이나 끔찍하고 모든 공룡을 잃은 것보다 더 나쁜 일이다. 공룡들의 경우, 그 일부가 하늘을 날아다니는 새로 변해서 지금도 우리와 함께 있으니 말이다.

하지만 이런 참상이 벌어질 것을 알면서도 우리는 여전히 양서류들을 돕지 않고 있다. 양서류들의 가장 중요한 포식자들 중 하나인 인간은 오히려 어느 축축한 봄날 밤에 도로를 건너려던 이들을 자동차 바퀴로 치어 죽이고는 한다.

양서류들은 여러 이유로 길을 건넌다. 때로는 짝을 찾기 위해, 때로는 먹이를 찾기 위해, 그리고 때로는 숲속에서 눈이 녹은 자리에 생긴 봄의 물웅덩이를 찾아 여행을 떠나기도 한다.

이 물웅덩이는 개울이나 연못에 연결되어 있지 않기에 물고기들이 있을 수 없는 환경이다. 따라서 많은 양서류들이 여기에 알을 낳는다. 이곳에서 자기들이 낳은 알이 물고기들에게 먹히지 않고 대부분 살아남아 부화될 것을 알기 때문이다.

양서류들은 공기가 더 촉촉하기 때문에 주로 밤에 여행한다. 현대의 양서류들은 일종의 폐를 가지고 있지만 동시에 피부를 통해서도 호흡을 한다. 이런 식의 호흡을 위해서는 피부가 축축해야만 하기 때문에 공기가 충분히 수분을 머금고 있는 시간인 밤에 움직이는 것이다.

대부분의 양서류들은 상대적으로 몸집이 작기 때문에 아무리 빨리 움직인다고 해도 적절한 시간 내에 길을 건널 수 없어 매번 엄청난 위험을 감수해야만 한다. 양서류에게 자동차는 인간에게 핵폭탄과 같은 존재이다.

물을 떠나 육지로 올라오며 온갖 고난을 견뎌낸 양서류들의 용감한 여정이 아니었다면, 우리는 자동차에 탄 사람이 아니라 여전히 물고기에 지나지 않았을 것이다.

그러니 우리는 그들을 밟고 지나가지 않는 예의를 갖춰야만 한다. 이 글을 읽는 독자 여러분들도 운전하면서 조금만 부주의하거나 무신경해지면 한 번에 20마리 이상의 양서류를 죽일 수 있다는 점을 명심해주기 바란다.

내가 살고 있는 이곳 뉴햄프셔주에는 환경단체 봉사자들이 가장 위험한 도로변, 특히 양서류들이 가장 선호하는 것으로 알려진 지역에서 길을 건너려는 작은 개구리와 다른 동물들을 돕는다.

봉사자들은 자동차를 향해 손을 흔들며 속도를 늦춰달라고 요청하는데, 대부분의 운전사들은 그 요청에 따른다. 때로는 '개구리를 구해주세요'라고 쓰인 광고판을 든 봉사자들을 향해 손을 흔들며 고마움을 표현하는 운전사도 있다.

　이런 일이 좀 더 많은 곳에서 일어난다면 길을 건너려고 펄쩍 뛰는 개구리들은 살아서 그 여정을 끝마치고, 작은 개구리들을 더 많이 만들어낼 것이다.

_ 엘리자베스

40

보송보송한 신사,
호박벌

나는 많은 아이들이 하듯이 풀밭에 누워 토끼풀에서 꽃가루를
거두는 호박벌을 구경하곤 했다. 다른 벌들과는 달리 이 커다
란 털북숭이 벌은 참 점잖아서 침에 쏘일까 두려워하지 않고
손바닥 위를 기어가도록 내버려둘 수도 있었다.

나는 호박벌 한 마리를 골라 그 벌이 토끼풀에서 장미로, 장
미에서 금어초로 윙윙거리며 날아가는 뒤를 좇아 마당을 돌아
다녔다. 벌은 뾰족한 검은 혀로 꿀을 홀짝거리고 보송보송한

검고 노란 줄무늬 코트에 꽃가루를 모아서는 이를 뒷다리에 있는 꽃가루 통에 깔끔하게 모아 집으로 돌아갔다.

이렇게 명랑하고 영리해 보이는 호박벌이 실제로 동료들에게 감정을 표현하고 스스로 문제를 해결하며, 다른 벌들에게 문제 해결법을 가르쳐준다는 보고서가 있다. 찰스 다윈은《인간과 동물의 감정표현(The Expression of the Emotions in Man and Animals)》에서 이렇게 썼다.

"벌레들도 분노와 무서움, 질투, 사랑을 표현할 수 있다."

그러나 그 뒤 150년 동안 벌레들의 감정에 대한 그의 관점은 전혀 인정받지 못했다. 그 정도로 작은 무척추동물에게서 생각이나 감정의 능력을 기대하는 과학자들은 거의 없다시피 했는데, 이것은 오늘날도 크게 달라지지 않았다.

호박벌처럼 우리와는 전혀 다른 생물에게서 감정의 유무와 같은 문제를 연구한다는 건 사실 무척 어렵다. 개나 고양이와는 다르게 이들에게는 우리와 소통할 이유가 없기 때문이다.

퀸 메리 런던대학교(Queen Mary University of London)의 신경행동학자 클린트 페리(Clint Perry)는 기발한 실험을 한 뒤에 그 결과를 과학 학술지 〈사이언스(Science)〉에 게재했다.

연구팀은 24마리의 벌에게 플라스틱 터널을 통과하도록 훈련시켰다. 이때 파란 카드로 표시한 터널의 끝에는 맛있는 설탕물을 두었고, 초록 카드로 표시한 곳에는 아무것도 놓지 않았다. 문제는 청록색 카드였다. 우리들이 대개 그렇듯이 호박벌들도 혼란스러워했다. '이게 파랑이야, 초록이야?' 이들은 어떻게 할지 갈피를 못 잡으며 주변을 헤맸다.

잠시 뒤 연구자들은 호박벌의 절반에게 설탕물 한 방울이라는 깜짝 선물을 주었다. 설탕을 먹은 벌들은 기분이 좋아진 사람들처럼 좀 더 낙천적으로 행동했다. 이들은 최고의 상황을 기대하며 이 애매한 터널로 하나둘 들어가기 시작했다.

그러나 설탕물을 먹지 못한 벌들은 망설이는 만큼 에너지를 소모했음에도 이 터널로 들어가는 것이 좋은 결과로 이어질 수 있다는 가능성을 믿지 않았다. 이러한 실험 결과는 설탕의 물질대사 효과가 꿀벌의 기분 향상에 기여한다는 사실을 말해준다. 마치 달콤한 간식을 먹은 후 기분이 좋아지지 않는 사람이 없듯이 말이다.

나아가 여기에는 더 놀라운 사실이 숨어 있었다. 벌들에게 뇌 화학물질인 도파민을 차단하는 약을 주자 설탕물의 효과가 사라졌다는 것이다. 도파민은 인간과 동물에게 즐거움과 동기부여에 영향을 주는 신경전달물질이다. 즉, 벌들이 인간과 동일한 신경전달물질을 가지고 있다는 뜻인데 그렇다면 벌들이 인간과 비슷한 감정을 가질 수 없는 이유가 어디 있겠는가?

같은 대학교 소속의 연구자 라르스 치트카(Lars Chittka)는 온라인 과학 학술지 〈플로스 원(PLOS ONE)〉에 호박벌들이 간식을 찾아내기 위해 어떤 방법을 사용하는지 살펴본 연구 결과를 게재했다.

연구팀은 설탕물로 채워진 조화(造花)를 유리 아래에 놓고 유리 밖으로 나와 있는 끈에 묶어두었다. 얼마 뒤, 마침내 통찰력이 있는 벌 한 마리가 앞발로 그 끈을 잡아당기면 꽃이 끌려와서 설탕물을 마실 수 있다는 사실을 알아냈다.

라르스 치트카가 실패한 벌들에게 그 똑똑한 벌의 행동을 지켜보도록 하자 흥미진진한 일이 벌어졌다. 벌들 대부분은 보는 것만으로 새로운 행동을 학습했고, 새로운 벌 군집에게 학습된 벌들을 소개하자 벌들 사이에서 그 기술이 급격히 퍼져나갔다.

하지만 슬프게도, 우리가 어렸을 적에 사랑했던 이 보송보송하고 점잖은 호박벌들이 과학자들과 어른들로부터 인정받기 시작했을 때에는 이미 그 개체수가 미국과 유럽 전역에서 급격히 감소하고 있는 추세였다.

2017년 3월 미국의 어류 및 야생 동식물 관리국은 한때 미국 북동부와 중서부 지역에서 흔하게 볼 수 있었던 러스티패치드호박벌(Rusty Patched Bumblebee)이 멸종 위기에 처한 것으로 발표했다. 이 벌은 1990년 이후 개체수의 95퍼센트가 감소했고, 지금은 메인주와 메사추세스주를 포함해 단 12개 주에서만 살고 있다.

무척추동물 생태학자이자 아이다호대학교의 외래교수인 티모시 하텐(Timothy Hatten)은 호박벌을 구하는 데 도움이 되기 위해 분투하는 학자들 중 한 사람이다. 그는 힘주어 말했다.

"호박벌은 모든 꽃가루 매개자들 가운데에서 가장 중요한 존재입니다."

우리가 이들을 잃는다면, 인간의 먹이 사슬에서 필수적인 연결고리를 잃게 된다. 그러나 여기서 더 비극적인 사실은 우리 모두의 어린 시절의 추억을 잃게 된다는 것이다. 유년 시절의 우리가 자연을 탐구하고 관찰할 수 있도록 부추기던 친근한 털북숭이 벌이 사라질 테니 말이다.

_ 사이

41

민달팽이의
느리지만 멋진 세상

인간은 각 동물에게 상징성을 부여했다. 누군가에게 '돼지' 또는 '머릿니'라 불리는 것은 정말 모욕적이지만, 특히 '민달팽이[11]'이라 부르는 것은 특히 더 모욕적으로 느껴진다. 민달팽이는 게으름과 어리석음, 쓸모없음 등을 뜻하는 은유이기 때문이다. 따라서 내가 민달팽이를 반려동물로 키우고 싶다고 말하면

---

11 병안목(柄眼目) 민달팽이과의 연체동물로, 껍데기가 없는 달팽이이다.

여러분은 아마 소름끼쳐 하며 이렇게 외칠지도 모른다.

"민달팽이를 원한다고요? 도대체 왜요?"

간절히 기다리던 비가 짧고 굵게 지나간 후, 나는 우량계를 확인하러 집 뒤편으로 갔다가 흠뻑 젖어 있는 잔디 위에서 꿈질거리는 민달팽이 다섯 마리를 발견했다.

두 마리는 짝짓기를 하고 있었고, 세 번째 녀석은 조금 떨어져서 자기도 짝짓기를 하고 싶어 하는 것 같았다. 반면에 네 번째와 다섯 번째 녀석은 다른 녀석들로부터 몇 미터 떨어져서 각자 딴짓을 하고 있었는데 이미 짝짓기를 마친 듯 아주 느긋해 보였다.

지구상에는 수많은 종류의 민달팽이가 살고 있는데 달팽이, 조개, 굴, 문어가 이들과 친척이라고 볼 수 있다. 복족류(腹足類)로 분류되는 민달팽이는 말 그대로 '배에 발이 달린 연체동물'이다.

녀석들은 달팽이처럼 허리 아래쪽 배 부위의 피부는 수축시키고, 허리 위쪽 피부는 팽창시킨 후에 다시 그 반대로 수축과 팽창을 반복하며 미끄러져 기어 다닌다.

민달팽이들은 몹시 매끄러운 몸체로 놀라우리만큼 빠르게 앞으로 기어가는데, 이들의 별 특색 없는 몸은 앞뒤가 구분되지 않는 바나나와 같다.

그러나 민달팽이의 몸은 재주가 아주 많다. 문어처럼 민달팽이도 아주 작은 구멍으로 몸을 밀어 넣을 수 있다. 민달팽이가 움직일 때에는 약간의 점액이 분비되는데, 그 덕에 좁은 구멍으로도 미끄러지듯이 들어갈 수 있고 동시에 울퉁불퉁한 표면으로부터 몸 아랫부분을 보호할 수 있다.

민달팽이는 놀랍게도 인지능력을 가지고 있다. 나는 이런 사실을 짝짓기를 하는 민달팽이를 관찰하면서 깨달았다. 민달팽이가 나의 존재를 인식하고 관찰하며 나를 어떻게 해야 할지 판단하는 일련의 과정을 직접 목격했기 때문이다.

민달팽이는 자웅동체로 수컷과 암컷의 기관을 모두 가지고 있는데, 위쪽에 있던 민달팽이가 수컷 역할을 맡고 있는 것처럼 보였다. 그(나는 여기서 그 민달팽이가 맡고 있는 역할 때문에 '그'라는 표현을 쓰려고 한다)의 뒤쪽 끝은 작고 까만 돌기들로 오돌토돌했고, 그 일부는 밑에 있던 민달팽이를 감싸고 있었다.

그는 내가 가까이 다가오는 걸 느끼고, 자기들 모두의 안전을 책임지려는 듯이 경계 태세에 들어갔다. 엷은 갈색의 몸 앞쪽 끝에서 눈 하나가 툭 튀어나왔다. 잠시 동안 아무 일도 벌어지지 않기에 나는 조금 더 가까이 갔다. 그러자 나머지 눈이 또 툭 튀어나왔다.

보통 민달팽이를 찍은 사진을 보면 몸통과 동일한 물질로 만들어진 작은 뿔 2개가 V자 모양으로 튀어나온 모습을 볼 수 있다. 이 뿔들은 이들(나는 동물들을 '이것'이라고 부르는 게 싫다)의 몸통 앞쪽 끝에 돋아 있으며, 여기에 눈이 달려 있다. 각 뿔의 끄트머리가 바로 '안점(眼點)'이다.

모든 종류의 민달팽이가 이런 안점을 가지고 있는 건 아니지만, 우리 집 민달팽이들에게는 분명히 있었다. 민달팽이들은 뭔가를 볼 필요가 없을 때는 몸속으로 눈을 집어넣는다. 그러면 두 눈은 흔적도 없이 사라지게 된다.

눈이 이마 쪽에 있다면 다른 두 개의 감각기관은 뺨에 솟아 있다. 이들은 이마에 달린 것보다 훨씬 더 작은 두 개의 뿔을 통해 맛과 향을 알 수 있다. 비록 청각은 발달하지 않았지만 이들은 온몸으로 촉감을 느낀다. 비록 민달팽이들은 청각이 없더라도 진동으로 소리를 느끼는 것으로 보인다.

내가 관찰한 민달팽이는 한참이 지나도 미각과 후각 기관을 내놓지 않았다. 내가 별 위협이 되지 않는다고 생각했는지 심지어 한쪽 눈은 넣어버리고, 남은 한쪽 눈으로만 나를 계속 감시했다.

우리는 보통 민달팽이를 역겹다고 생각하는 경향이 있다. 이들은 우리가 애써 키운 식물을 갉아먹으며, 보기에 너무 흉측하다는 등의 해악을 끼치기에 대부분의 사람들은 민달팽이들을 보면 밟아 죽이거나 약을 친다.

그러나 모든 생명체는 어떤 형태를 하고 있든 오래 지켜보면 매력적으로 보이기 마련이다. 이 작고 느릿하게 움직이는 동물들은 오래 볼 수록 특히나 더 호감을 준다. 이들의 느릿한 동작이 우리에게 모든 행동을 자세히 관찰할 수 있는 기회를 주기 때문이다.

이끼와 다른 식물들이 심어져 있고, 이들이 좋아하는 먹이와 물을 쉽게 얻을 수 있도록 만들어진 유리 수조 옆에서 이들의 눈높이로 본다고 생각해보자.

그렇게 되면 우리는 민달팽이에게서 생각지도 못한 발견을 하게 될지도 모른다. 짚신벌레를 통해 입증되었듯 단세포 유기체가 세상을 배우고 기억할 수 있다면, 그리고 새와 물고기가 개별적인 사람을 알아볼 수 있다면(대부분의 사람들은 개별적인 새나 물고기를 알아보지 못한다), 민달팽이 한 마리가 무슨 일을 해낼 수 있는지 과연 누가 알 수 있겠는가?

_ 엘리자베스

6장

동물들이 세상을 보는 법

우리는 가끔 동물의 능력으로 그 동물을 규정한다. 먼저 떠올릴 수 있는 동물의 능력으로는 개의 후각이 있다. 우리 모두가 개에 대해 이야기할 때 가장 많이 꺼내는 화제이기도 하다.

그중에서도 내게 가장 기억에 남는 것은 한 경찰견의 사례이다. 흔적도 없이 사라진 용의자의 뒤를 좇던 경찰에게 이 개는 용의자가 인근 고속도로를 통해 도주했음을 알려주었다. 심지어 녀석은 용의자가 어느 인터체인지로 빠져나갔는지도 알고 있었다.

이 모든 일은 시속 100킬로미터로 달리는 경찰차 안에서 일어났다. 경찰은 개 덕분에 용의자를 체포할 수 있었다. 우리는 사람을 달까지 보낼 수는 있지만, 개와 같은 초능력을 발휘할 수는 없다.

개의 후각에 대해 말하자니 어느 공항에서 만난 폭탄 감지견이 생각난다. 그 개는 승객이 폭탄을 소지하지 않았다는 걸 알 수 있을 때까지 천천히 상대의 냄새를 맡고서야 다음 승객을 검사하러 넘어갔다.

이런 활동은 항공 안전을 위해 매우 중요하지만, 탐지견들은 그런 결과에 대해서는 그다지 흥미가 없다. 하지만 가끔 녀석들은 자신의 흥미를 끄는 정보를 만나기도 하는데, 그게 바로 나의 경우였다. 나는 폭탄을 소지한 적이 없음에도, 그 개는 나를 조사하면서 집요하게 냄새를 맡아댔다.

목줄을 잡고 있던 보안요원이 당황하더니, 점차 '혹시?' 하는 의심의 눈초리를 보이기 시작했다. 하지만 나는 개가 무엇을 하는 중인지 재빨리 알아차렸다. 녀석은 표정이나 행동의 변화 없이 아주 평범하고 극히 업무적인 방식으로 우리 집 개들에 대해 알아가고 있는 중이었다.

그 개는 내게 세 마리의 개가 있으며, 한 마리는 수컷이고 다른 두 마리는 암컷이라는 것, 그리고 모두가 건강하다는 사실을 알아냈을 것이다. 그런 다음 녀석은 내 뒤에 서 있는 승객에게로 유유히 넘어갔다.

녀석은 개들이 전통적으로 냄새 탐문을 마치고 나면 하는 행동을 취하지 않았다. 나의 개들에게 메시지를 전하기 위해 다리를 들어 내 신발 위에 영역 표시를 하지 않았다는 뜻이다. 그러나 그 생각을 해보긴 했다는 듯이 뒤돌아서 내 신발을 흘깃 보기는 했다.

가끔 우리는 다른 동물들로부터 인간의 고유한 능력이라고 생각되는 능력을 보기도 한다. 그럴 때 우리는 그 동물이 자기만의 능력뿐 아니라 인간의 능력도 함께 가졌음에 감탄하는 대신 그 동물을 사람 대하듯 평가한다.

2015년 8월 28일, 시사 월간지 〈더 아틀란틱(The Atlantic)〉에 실린 고릴라 코코에 대한 기사에서 필자인 록 모린(Roc Morin)은 코코가 '세 살배기 아이의 능력'을 가졌다고 썼다. 사람과 유사한 능력을 보이는 동물들은 모두 인간의 아이와 비교되는데, 보통은 네 살이 아닌 세 살짜리 아이와 비교된다.

닭의 능력치로 사자를 판단하는 건 우리에게 무엇을 의미하는가? 아인슈타인, 링컨, 또는 셰익스피어 같은 탁월한 인물들이 고속도로를 달리면서 냄새로 범인을 찾을 수 있을까?

이처럼 대부분의 동물들은 뛰어난 사람들조차 가지지 못한 능력을 지니고 있다. 따라서 한 동물을 다른 동물과 비교하면서 그 동물의 능력을 평가하겠다면, 개는 아주 어린 강아지의 능력을 기준으로 앞서 언급한 위대한 인물들에게 점수를 매겨야 한다.

새들이 밤에 하늘을 날아 이동하면서 수천 킬로미터 밖의 정확한 목적지를 찾아가기 위해서 별과 파도 소리에 의지해

길을 찾는 능력에 대해 우리는 '본능'으로 일축하면서 당연한 것으로 치부해버린다.

그러나 우리가 동일한 상황에서 지도나 GPS 같은 장비, 그리고 비행기와 같은 이동 수단 없이 눈에 보이지 않는 곳을 향해 이동하기란 거의 불가능에 가깝다. 그럼에도 불구하고 우리는 스스로를 동물보다 고등한 생물이라고 오만하게 생각하는 것이다.

우리가 다른 동물들을 좀 더 심오하게 이해하던 시절이 있었다. 하지만 유감스럽게도 이것은 우리가 수렵채집인으로 살았던 수천 년 전의 일이다. 이쯤에서 나는 남아프리카 사바나 초원에 살고 있는 산족으로부터 알게 된 정보를 소개하려 한다. 산족은 거의 최근이라고 할 수 있는 1960년대까지 수렵생활을 하며 외부세계와 거의 접촉하지 않고 살았다.

이들은 다른 척추동물들이 대부분 그러하듯이 자신들과 자연환경을 공유하는 존재들의 능력을 각별히 이해했고, 우리가 이제는 더 이상 알지 못하는 많은 사실들을 알고 있었다. 동물들이 인간들과 다르지 않으며, 인간과 마찬가지로 진지한 주의력을 요하는 능력을 가졌다는 사실을 말이다.

이들은 다른 동물들이 자신들을 보듯이 그 동물들을 보았다. 공감 어린 탐구를 통해 서로를 알아가고, 동물의 습성과 반응을 보고는 인간처럼 계획과 상상력, 기억력을 가지고 있다고 추측했다.

그러면서 동물과 인간은 서로 꽤나 같은 감정을 가졌으며, 다른 형태라 할지라도 어쨌든 비슷한 신호로 소통한다는 걸 깨달았다. 오늘날에도 우리가 동물들에게 조금만 더 주의를 기울인다면 이 같은 사실에 대해 깊이 공감할 수 있다.

나는 동물이 모든 인간이 그렇게 하듯이 사물을 관찰할 수 있다는 사실을 경험을 통해 알게 되었다. 어느 날 아침 우리 집 마당의 잔디를 깎은 후, 그해 봄에 태어난 어린 암컷 사슴 한 마리가 숲속에서 나와 탐색을 하러 왔다.

'무슨 일이 벌어진 거죠?' 사슴의 조심스러운 몸짓이 이렇게 말하고 있었다. 녀석은 마치 과학자처럼 조심스레 짧아진 잔디 위를 탐험했다. 그 다음 무슨 일이 벌어졌는지 파악하지 못했다는 좌절감 때문인지 크게 원을 그리며 달려갔다가 얼마 뒤에 다시 한 번 탐색을 하러 돌아왔다.

사이의 개 서버는 뼈다귀를 향해 짓고는 그 주변에서 춤을 추고는 한다. 서버는 그 뼈가 살아 있지 않다는 걸 잘 알지만, 뼈다귀가 살아 움직인다고 상상하며 행동하는 것이다.

언젠가 남편이 병에 걸려 침대에 누워 있을 때, 나는 그의 손을 잡고 옆에 앉아 있었다. 남편의 병세가 악화된 어느 날 밤, 그가 아끼는 고양이가 침대 위로 뛰어올라오더니 앞발을 우리들 손 위에 올리고는 가만히 앉아 있었다. 우리 셋은 조용히 한마음이 되었다.

우리와 동물들은 20만 년 동안 서로를 알아왔지만, 언젠가부터 인간들은 동물과의 연결고리를 잃어버렸다. 그런 과정에서 인간들은 하나님이 인간처럼 생겼으며, 인간이 이 세상을 지배하길 원하신다는 오만한 결론을 내렸다.

두 가지 생각 모두 개연성이 낮은데, 특히 후자는 운 나쁜 관광객들이 머물고 있는 텐트를 둘러싼 큰 무리의 사자들의 생각과 다를 바가 없다. 그 사자들은 여러 가지 소리로 으르렁대면서 관광객들을 공포에 질리게 할 것이다.

귀가 멍멍해질 정도로 사자의 울음소리가 연달아 터져 나올 때에는 마치 20분이 20시간처럼 느껴질 것이다. 텐트 속에 있는 사람의 눈은 엄청 커지고 피부에는 소름이 돋으며 이가 달달 떨리고, 그런 혼돈 속에서 아무 생각도 할 수 없을 것이다.

사자들은 텐트 속의 인간에게, 이곳이 자기들의 영역이니 당장 다른 곳으로 떠나야 한다고 말하고 있는 것이다. 이들은 우리처럼 자기 목소리가 무슨 일을 해낼 수 있는지 아주 잘 알고 있고, 자기들이 옳다고 생각하는 일을 할 뿐이다.

코코에 대한 기사를 쓴 록 모린의 이야기로 돌아가보자. 그는 고릴라와 세 살배기 인간 아이를 비교하는 아이디어를 처음으로 낸 사람이 아니다. 그는 단지 연구 결과를 인용했을 뿐이었다. 그 기사 마지막에 한 말은, 그가 정말 우리에게 전하고 싶었던 게 무엇인지를 잘 보여준다.

"나는 모든 무선 설비와 망원경이 계속해서 지적 생명체의 가장 희미한 흔적이라도 찾기 위해 하늘을 살피고 있다는 사실을 떠올렸다. 우리가 이곳 지구별에 사는 지적 생명체들을 진정으로 이해하려면 아직도 멀었는데 말이다."

_ 엘리자베스

42

버려진 강아지의
화려한 부활

얼마 전에 사이는 우리 마을의 근처에서 개들의 서커스 행사가 열린다는 사실을 알고는 곧장 입장권 두 장을 구입했다. 하나는 자기 것, 다른 하나는 내 것이었다.

행사가 열린 날, 공연장은 관객으로 미어터졌지만 우리는 다행히 좋은 좌석에 앉을 수 있었고, 개들이 할 수 있으리라고는 상상도 못했던 일을 해내는 모습에 감탄하며 넋을 놓고 구경을 했다.

어떤 개는 그다지 크지 않은데도 180센티미터 높이의 벽을 거의 서 있는 자세로 훌쩍 뛰어넘었다. 사람으로 치면, 허공으로 점프해서 6미터짜리 벽을 뛰어넘는 것과 마찬가지였다. 또 어떤 개는 뒷다리로 서서 줄넘기를 시작하더니 아주 오랫동안, 마치 영원처럼 느껴지는 시간 동안 이를 계속했다. 그러더니 두 마리 개가 함께 뒷다리로 서서 줄넘기 하나를 같이 넘었다.

다른 개들은 하늘에 떠 있는 원반을 잡으려고 터널을 통과하고 장애물을 요리조리 피해 달렸다. 아니면 앞다리로만 걷다가 바짝 엎드려 배를 바닥에 붙이고 앞뒤로 기어 다녔다. 그러다가 조련사의 어깨로 뛰어올라 뒷발로 똑바로 서서 앞발을 흔들어댔다.

이런 개들 대부분은 목축견의 일종인 오스트레일리안캐틀도그[1]이거나 보더콜리, 아니면 적어도 한쪽 부모견이 그런 품종이었다.

치와와의 혈통이 섞인 것으로 보이는 어느 작은 강아지는 조련사의 팔로 펄쩍 뛰어오르더니 어깨 위로 가뿐히 올라탔다. 그런데 그 순간 조련사가 한쪽 손을 하늘 높이 치켜들었다. 강

---

1 양치기 개로, 전체적으로 근육질로 이루어진 탄탄한 몸매를 가졌다. 털 빛깔은 바탕이 검은색이고 황갈색 또는 푸른색의 반점이 있다.

아지는 익숙한 듯 조련사의 손바닥으로 뛰어올라 앞발로 섰고, 자신감 넘치는 태도로 아주 오랫동안 그 자세를 유지했다. 무대에서부터 1.8미터 정도 떨어진 높이였다. 관객들이 어찌나 크게 환호하는지 몇 블록 떨어진 곳에서도 소리가 들릴 정도였다.

우리 모두는 개가 재주를 부릴 수 있다는 걸 안다. 하지만 어떻게 그런 묘기들이 가능할까? 우리는 이들이 하는 것과 같은 일을 개들이 할 수 있다고 상상해본 적조차 없을 것이다.

하지만 나와 사이를 매료시킨 것은 묘기가 아닌 바로 이 개들의 표정과 보디랭귀지였다. 우리는 둘 다 열렬한 개 애호가였기 때문에 개들의 얼굴 표정을 어느 정도 읽을 수 있었는데, 이들은 자기들이 하는 일을 즐기고 있었다!

한 개는 자기가 있는 곳과는 정반대 방향으로 멀찍이 던져진 원반을 받기 위해 완전히 집중한 상태로 대기하고 있었다. 긴장감이 묻어나는 옅은 미소에 두 눈을 크게 뜨고 귀는 꼿꼿이 섰으며, 기대감에 차서 이빨을 딱딱 부딪치면서 뛰어나갈 태세를 갖췄다.

그리고 마침내 원반이 날아가자 그 뒤를 바짝 좇았다. 녀석은 바람같이 달려가더니 원반을 잽싸게 낚아챘고, 그 원반을 물고는 신이 나서 조련사에게로 돌아왔다.

모든 개들이 만반의 준비를 하고서 자기가 재주를 부릴 순서를 기다렸다. 개들은 자기들이 기대대로 해낼 수 있다는 걸 알기 때문에 신이 나 있었고, 빨리 시작하고 싶어 안달하는 모습이었다.

성공적으로 묘기를 마친 개는 조련사의 팔로 뛰어들어 입을 맞췄다. 그런 후에 사료 한 알 크기의 작은 간식을 받게 될 테지만, 간식을 먹을 수 있다는 이유 하나로 재주를 선보이는 게 아닌 것이 분명했다.

개는 자신이 할 수 있기 때문에, 조련사를 사랑하기 때문에, 그리고 얼마나 대단하고 어려운지와는 상관없이 자기가 정말로 중요한 일을 하고 있다는 걸 알기에 즐거운 마음으로 묘기를 부리는 것이었다.

불가능해 보이는 일들을 뛰어난 기술과 즐거움, 우아함을 가지고 소화해내는 개들은 어디서 나타난 것일까? 여기 그 질문에 대한 답이 있다. 매년 수백만 명의 사람이 대략 350만 마리의 개를 버린다. 그들의 새 아파트가 반려동물을 허용하지 않거나 애인이 동물을 좋아하지 않는다거나, 아니면 갑자기 자기 강아지가 성가시다고 느끼고는 그런 결정을 내렸을 것이다.

자신이 기르던 개를 유기하는 수백만 명의 사람들 가운데 그나마 나은 경우는 개를 보호소에 맡기는 것이다. 어쩌면 보호소에서 그 개가 너무 늙었거나 치명적인 병에 걸렸다는 이유로 안락사를 시킬지도 모르지만, 아무튼 그렇게 주인은 개를 떠난다.

최악의 사람들은 그저 어딘가에 개를 풀어놓고 사라져버린다. 이들은 개를 데리고 한적한 시골로 가서 자동차 밖으로 밀어내거나 또는 공원을 산책하다가 갑자기 몸을 숨기고 잠시 개의 동태를 살피다가 슬그머니 자리를 뜨기도 한다.

조련사들은 동물수용소나 보호소에서 이렇게 버려진 개들을 구해내서 훈련을 시킨다고 한다. 어떤 개들은 단순히 길을 잃고 헤매다가 구조되었지만, 일부는 안락사 되기 일보 직전에 발견된 경우도 있었다. 실제로 작은 암컷 한 마리는 강아지였을 때 캔자스시티 길거리 시궁창에서 겁에 질려 혼자 있다가 발견되었다고 한다.

나는 조련사의 손바닥 위에서 뒷다리를 들어올리고 앞다리로 물구나무서기를 하던 그 작은 개를 떠올렸다. 그 개의 예전 주인은 우리가 마치 구세군 상자에 헌옷을 내다버리며 그 옷을 입게 될 사람이 누구일지 전혀 상관하지 않는 것처럼 그냥 개를 내다버렸을 것이다.

구조된 후에 이 개들은 모두 이전에 어떤 개들도 해본 적이 없는 행동을 하도록 배웠다. 이들의 능력은 우리를 깜짝 놀라게 했고, 공연을 하면서 보여준 열정과 기쁨에 우리는 압도되었다.

행복해질 기회를 얻게 된 이 개들은 절망을 딛고 다시 일어나 자신을 구해준 사람들과 힘을 합쳐 불가능해 보이는 목표에 도달했다. 우리가 대부분 인간에게만 해당된다고 생각했던, 바로 그런 부활이다.

_ 엘리자베스

43

닭이 당신의
이름을 지어준다면?

봄이 오면 평범한 사람들은 라디오 방송이나 CD, 또는 휴대폰을 통해 음악을 듣지만 나는 아이의 움직임을 감지하여 다른 곳에 있는 부모에게 알림을 전하는 '베이비 모니터(Baby Monitor)'에 귀를 기울인다.

하지만 우리에겐 아기가 없다. 대신 나는 우리 집 닭들 사이에서 오가는 대화를 듣기 위해 베이비 모니터를 마련했다. 나는 이 기계를 닭들의 구조 요청을 놓치지 않기 위해 구입했다.

뉴햄프셔주의 시골에서 닭으로 살아간다는 것은 여우, 코요테, 개, 매, 그리고 기타 다수의 포식자들 때문에 매우 위험천만한 일이다. 우리 집의 닭들은 이를 잘 알고 있어서 누군가가 포식자를 발견하면 이를 경고하기 위해 다른 닭들을 부른다. 그리고 베이비 모니터 덕에 구해달라는 이들의 울음소리가 내게도 SOS로 전달되고는 한다.

닭들은 '적이야!'라고 고함치지 않는다. 이들의 울음은 꽤나 구체적인데, 자신들 앞에 나타난 포식동물의 종류뿐 아니라 그 움직임의 속도와 크기, 방향까지 알려준다.

오스트레일리아 맥쿼리대학교(Macquarie University)의 심리학 교수 크리스 에반스(Chris Evans)와 아내 린다는 무리에 속해 있는 다른 새들에게 정보를 전달하기 위해 새들이 사용하는 소리를 거의 30여 가지로 구분해냈다.

예를 들어, 암탉을 먹이로 유혹하려는 수탉은 그 먹이가 특히나 맛있을 때 특정한 소리를 낸다. 에반스 부부는 수탉이 그저 평소처럼 일반적인 사료가 배급된 걸 무리에게 가르쳐줄 때보다 가장 좋아하는 먹이인 옥수수가 나왔음을 알릴 때 더 빠른 속도로 운다는 사실을 발견했다.

그러나 닭들이 항상 먹이와 포식자 이야기만 하는 건 아니다. 이들은 사람에 관해서도 이야기를 나눈다고 한다. 작가인 멜리사 코헤이(Melissa Caughey)의 닭장에서 그런 일이 있었다. 그녀는《어린이를 위한 닭 키우기 가이드(A Kid's Guide to Keeping Chickens)》의 작가로, 이 책은 미국 과학진흥협회로부터 우수 과학서적으로 뽑히기도 했다.

닭을 치는 방법에 관한 책으로 과학상을 탔다니 의아할 수도 있겠다. 하지만 그녀는 자신의 닭 농장에서 10마리의 닭을 관찰하고 진지하게 과학 연구를 수행하면서 중요한 결과들을 새로이 발견해냈다.

그녀는 2년 전 워싱턴에서 나와 만났을 때 자기가 최근에 발견한 사실들에 대해 들려주었고, 나는 그 이야기에 홀딱 반하고 말았다. 닭들이 그녀에게 이름을 지어주었다는 것이다.

"어느 날 아침, 나는 먹이를 주고 있었어요."

그러다 그녀는 자신이 키우는 여섯 살짜리 닭인 '오이스터'가 자기에게 다른 목소리로 말을 걸고 있다는 걸 알아차렸다. 전에는 한 번도 들어본 적이 없는 목소리였다. 오이스터는 그냥 반가워하며 '꼬꼬! 꼬꼬!'하고 인사를 하는 게 아니었다. 그렇다고 '꽉! 꽉! 꽉!' 하고 우는 것도 아니었다.

사실 이 소리는 이제 알을 낳을 거라는 닭들의 신호이기도 했는데, 알을 낳지 않은 지 오래된 오이스터가 낼 소리는 아니었다. 오이스터는 마치 트럼펫 팡파르를 울리듯 점점 더 빠른

속도로 강세를 주고 마지막에 높은 음정으로 끝맺음을 하며
울어댔다.

"바, 바, 바, 바아!"

코헤이가 그때의 상황을 설명하며 이렇게 덧붙였다.

"꽤나 장엄하게 들렸어요. 마치 여왕의 도착을 알리는 것 같
았다니까요!"

그날 이후 코헤이는 다른 암탉들도 그녀가 오는 걸 처음 볼
때면 항상 그렇게 운다는 것을 알아차리고 다음과 같은 결론
을 내렸다.

"그 아이들이 내 이름을 그렇게 부르는 거 같아요."

사실 이 이야기는 동물들이 접근해오는 사람을 지칭하기 위
해 특별한 소리를 낸다고 기록된 첫 번째 사례가 아니다. 애리
조나대학교의 콘 슬로보드치코프(Con Slobodchikoff) 교수는
땅다람쥐인 '프레리도그'가 다른 프레리도그에게 사람이 나타
났다고 알려주기 위해 독특한 소리를 낸다고 기록했다.

그에 따르면 프레리도그들은 소와 가지뿔영양 같은 무해한
동물들이 편안한 상태로 있다는 소식을 나눌 뿐만 아니라 고
양이와 오소리, 매, 흰담비의 위험에 대해서도 정보를 주고받
는다.

프레리도그가 하는 말을 초음파 검사로 분석한 결과와 다

른 자극들에 대한 반응을 촬영한 영상을 비교하면서, 슬로보드치코프 교수는 이 수다스러운 프레리도그들이 난생 처음 보는 대상을 묘사하기 위해 즉석에서 새로운 단어를 만들어내는 사실까지 발견할 수 있었다.

그런가 하면 어떤 동물들은 제각기 이름을 가지고 있는 것으로 알려져 있다. 스코틀랜드의 세인트앤드루스대학교(University of St. Andrews) 연구팀은 2000년에 돌고래들에겐 서로를 부르는 이름이 있다고 발표하면서, 이를 '시그니처 휘슬(Signature Whistle)'이라고 이름 붙였다.

특히 남아프리카와 플로리다주에서 사육 중인 돌고래를 대상으로 한 연구에서, 돌고래들이 자기 자신과 다른 돌고래들을 위해 이름을 지어낼 뿐만 아니라 사랑하는 친구들과 떨어져 있을 때 그들의 이름을 부르는 것을 밝혀냈다. 이런 행동은 우리가 아이나 친구를 찾으면서 이름을 부르는 것과 똑같다.

돌고래처럼 큰 뇌를 가진 포유동물들만 이름을 사용하는 게 아니다. 2008년 동물학자 칼 베르크(Karl Berg)는 야생앵무새도 그렇다는 걸 발견했다. 지구상 가장 작은 앵무새로 알려진 유리앵무는 자신과 다른 새들을 구분하는 특별한 짹짹 소리를 낸다. 실제로 이들은 다른 앵무새를 부를 수 있다.

"이봐, 나 톰이야! 과일 좀 먹으러 갈래?"

게다가 베르크는 앵무새들이 어떻게 이름을 얻게 되는지도 알아냈다. 우리와 마찬가지로 부모님이 이름을 지어주었던 것이다.

베네수엘라의 밀림 한복판에서 살아가는 이 앵무새들이 이름을 가진다는 게 그다지 크게 놀랍지는 않다. 쉽게 사람의 말을 배울 수 있는 앵무새들이 자기들 나름의 언어를 갖지 못했을 리가 없지 않을까?

코헤이는 우리 집의 닭들도 분명히 나를 부르는 이름을 가지고 있을 것이라고 믿었다. 그리고 아마도 자기네 주인뿐 아니라 서로를 부르는 저마다의 이름도 가지고 있을 것이라고도 했다.

나는 다른 동물들, 그러니까 코끼리와 늑대, 까마귀들도 그렇게 하는지 궁금하다. 물고기는 또 어떨까? 앞으로 우리 모두는 이런 동물들에 대해 비슷한 발견을 했다는 이야기를 멀지 않은 미래에 듣게 될 거라고 예상해본다.

_ 사이

44

고양이가
가장 좋아하는 음악은?

가끔 나는 반려견 서버를 데리고 우리가 좋아하는 등산로로 차를 타고 놀러갈 때가 있는데, 그때마다 지나는 사람들의 시선을 한 몸에 받곤 한다. 내가 아무리 자동차 창문을 꽁꽁 닫아놓고 있어도 서버와 내가 목청이 터지도록 노래하는 소리가 바깥까지 들리기 때문이다.

　서버는 특히 2인조 음악 그룹인 어 그레이트 빅 월드(A Great Big World)가 부르는 〈아무 말이나 해봐요(Say Something)〉라는 노래의 고음 부분에서 솟구치는 감정을 참지 못하는 것처럼 보인다.

예전의 나는 노래를 들을 때 그저 가사를 따라 불렀지만 서버와 함께 노래하게 된 후부터는 나 역시 서버처럼 짖어대며 멋진 이중창을 만들어낸다.

노래하는 것을 사랑하는 나는 서버와 함께 노래할 때가 즐겁지만 최근 들어 걱정이 되기 시작했다. 우리 개는 노래하는 것이 좋아서 짖는 것일까, 아니면 내가 지르는 고음을 견딜 수 없어서 짖는 것일까?

나는 이 궁금증을 풀기 위해 동물과 음악의 연관성에 관한 한 세계 최고 전문가로 불리는 위스콘신대학 매디슨 캠퍼스의 심리학자 찰스 스노든(Charles Snowdon)에게 물었다. 동물들은 우리처럼 음악을 즐길까? 그렇다면 어떤 음악을 좋아할까?

스노든 교수는 2008년에 처음으로 동물과 음악의 관계에 대해 흥미를 갖게 되었다. 매릴랜드대학의 작곡가이자 첼리스트인 데이비드 테으(David Teie)가 '음악은 우리에게 어떻게 감정적으로 영향을 미치는가?'라는 흥미로운 주제를 가지고 연락을 해온 때였다.

테으는 인간을 대상으로는 이 질문의 답을 찾기 어렵다는 걸 깨달았다. 모든 인간이 음악을 듣지만, 주어진 음악에 대한 감정적 반응은 다른 수백만 가지의 학습된 요인의 영향을 받기 때문이다. 그래서 테으는 동물로 눈을 돌리게 되었다.

당시 스노든은 목화머리타마린[2]이라는 작은 원숭이들을 돌보면서, 이들의 정교한 소통 체계를 연구하고 있었다. 이 원숭이들은 이전에 음악을 들어본 적이 없었다. 그렇기에 테으는 이 원숭이들이 훌륭한 실험 대상이 되어줄 것임을 확신했다.

동물과 음악에 관한 이전의 연구들은 하나같이 뚜렷한 결론을 맺지 못했었다. 2013년 일본에서 진행된 한 연구는 금붕어가 바흐와 스트라빈스키의 음악적 차이를 알아들을 수 있다는 사실을 밝혀냈다. 그렇지만 이는 여전히 음악이 동물에게 어떤 영향을 미치는지 명확하게 설명하지는 못했다.

사람들은 대부분 키우는 동물이 자기와 똑같은 음악을 좋아한다고 믿는다. 농부들은 돼지와 소를 안정시키기 위해 외양간에 설치한 라디오로 클래식 음악을 틀어주고, 어떤 사람은 자기네 집의 개가 헤비메탈 음악을 좋아한다고 말한다.

하지만 이들은 정말로 그런 음악을 좋아하는 것일까? 좋아하는 게 맞다면, 우리는 그것을 어떻게 알 수 있을까? 스노든

---

2 몸길이 20센티미터 정도의 작은 원숭이로, 머리에 솜털과 같은 털이 나 있는 것이 특징이며 얼굴털은 없다.

은 동물들도 사람과 똑같이 자기가 좋아하는 것에는 가까이 다가오지만 좋아하지 않는 것에는 무시하거나 물러선다고 말했다.

그렇더라도 당신의 개가 헤비메탈 음악을 좋아한다고 자신 있게 말하기는 어렵다. 당신이 퇴근 후 집으로 돌아와 가장 좋아하는 헤비메탈 노래를 틀었을 때 개가 행복해 보인다면, 그 개는 그저 당신을 본 것이 기쁜 것일 수도 있기 때문이다. 아니면 마침내 집밖에 나가 소변을 볼 수 있게 되었다는 사실에 안심하는 것일 수도 있다.

테으와 스노든은 새로운 접근법을 시도했다. 첫 번째는 스노든이 '동물의 감각 체계'라는 맥락에서 음악을 평가하는 것이었다. 인간은 인간의 음조와 속도, 음역을 이용한 음악을 좋아하는데, 이런 범위 밖에서 만들어진 음악은 음악으로 인식하지도 못한다.

우리가 즐기는 음악은 대부분 다른 동물들이 즐기기에는 너무 높거나 너무 낮고, 너무 느리거나 너무 빠르다. 대부분의 동물들은 우리와는 상당히 다른 음역대의 노래를 듣는다. 실제로 일본 연구팀이 쥐들에게 모차르트 음악을 들려줬을 때, 이 설치류들은 4,000헤르츠 미만의 주파수는 무시했다(반대로 우리는 이들의 웃음소리를 듣지 못한다. 우리의 가청 임계치를 훌쩍 넘어

가버리기 때문이다).

스노든이 실험실 원숭이들의 소리를 녹음한 자료를 바탕으로, 테으는 특별히 그들을 위한 노래를 작곡했다. 일반적으로 이 원숭이들이 내는 소리는 아주 높고 빠른데, 테으는 그중에서 진정 효과와 각성 효과를 이끈다고 생각되는 음향들을 사용했다. 그리고 이를 그들이 사용하는 주파수 범위와 속도로 변형했다.

그러자 실험실의 원숭이들은 음악에 동화되는 모습을 보였다. 안정적인 화음 구조와 부드러운 연결음으로 구성된 선율은 차분함을 끌어냈고, 짧고 날카로운 불협화음으로 구성된 선율은 심한 동요를 자아냈다.

테으와 스노든은 이 연구 결과를 2009년 영국의 학술지 〈바이올로지 레터스(Biology Letters)〉에 발표하여 동물 연구자들에게 큰 반향을 일으켰다.

최근에 이들은 고양이를 위한 음악을 만들고 있다. 고양이들은 인간보다 한 옥타브 높은 소리를 낸다(개의 목소리는 고양이보다 훨씬 더 다양하다. 그렇기 때문에 테으와 스노든은 이 연구를 위해 개가 아닌 고양이를 택한 것이다).

테으는 고양이가 가르랑거리는 소리의 속도에 맞춰 노래를 만들었다. 한 노래에서는 새끼 고양이가 어미 고양이의 젖을 먹는 빠른 리듬을 흉내낸 박자가 등장하기도 한다.

사람들에게는 그다지 대단하게 들리지 않는 음악일 수도 있지만 실험에 참여한 47마리의 고양이들은 인간이 즐겨 듣는 클래식 음악보다 이 음악을 훨씬 더 좋아했다.

그렇다면 서버의 울부짖음은 어떨까? 스노든은 자기도 확실히는 모르겠다고 말했다. 그러나 내 궁금증을 풀어줄 연구 결과를 찾을 수 있었다. 위스콘신대학의 동물행동학자 패트리샤 맥코넬(Patricia McConnell)은 사람 뿐만 아니라 개들도 비슷한 목소리 톤에 비슷하게 반응한다는 사실을 발견했다. 개와 사람 모두 짧은 스타카토에는 행동을 멈추고, 음정이 내려가면 차분해진다는 것이다.

개의 조상인 늑대들은 무리의 결속을 선언하고 이를 유지하기 위해 여럿이·힘을 모아 짖는다고 한다. 아마도 서버와 나는 둘 다 즐거운 한때를 보내면서, 서로를 칭찬하기 위해 함께 노래하는 것일지도 모른다.

_ 사이

45

주정뱅이
동물들

"여기서 가장 값싼 맥주가 뭐예요?"

남편이 동네 주류 판매점에 뛰어 들어가 긴박하게 물었다. 우리는 맥주 파티를 열려고 준비하는 대학생들이 아니었다. 그렇다고 그날이 새해 전야인 것도 아니었고, 심지어 인간이 마시려고 맥주를 사는 것도 아니었다. 그 맥주는 바로 우리 집 돼지를 위한 것이었다.

나는 우리 집 돼지 크리스토퍼 호그우드의 맥주 사랑을 녀석이 우리 집에 온 첫 여름에 알게 되었다. 차가운 맥주를 좋아하는 남편이 크리스토퍼에게 한 모금을 권하자 크리스토퍼는 마치 기다렸다는 듯이 맥주를 마셨고, 바로 그때 맥주 맛에 눈을 떴다.

그 이후로 이 돼지는 누군가 맥주병을 들고 있는 모습을 볼 때마다 그가 맥주를 건네줄 때까지 뒤를 쫓아다녔다(호그우드의 몸무게가 340킬로그램에 육박하게 되자 이런 행동은 꽤나 위협적이 되었다).

돼지가 가장 사랑하는 음료수를 계속해서 공급하기 위해, 남편은 우리 동네 맥줏집의 단골손님이 되었다. 남편이 가게에 들어설 때마다 주인 아저씨는 호그우드의 몸무게가 얼마나 나가는지 물었고, 호그우드가 완전히 취할 때까지 얼마나 마실 수 있는지 알고 싶어 했다.

하지만 우리 부부는 아무리 우리 집 예산이 호그우드의 주량을 알아보기에 충분하다 해도 녀석이 취하지 않도록 조심했다. 날카로운 엄니를 가진 340킬로그램짜리 돼지가 술에 취해 뒷마당을 돌아다니는 꼴을 보고 싶지 않았기 때문이다.

그래서 우리 집 돼지는 절대 술에 취한 적이 없지만, 다른 동물들은 생각보다 자주 술에 취한다. 뉴햄프셔주 핸콕에 있는 해리스 자연보호 교육과학센터의 관리자인 브렛 에이미 텔런

(Brett Amy Thelen)은 워싱턴주에서 야영객의 아이스박스를 뒤진 흑곰의 이야기를 들려주었다.

이 곰은 이빨과 발톱으로 맥주 36캔에 구멍을 내서 전부 마셔버리고는 근처 리조트에 있는 나무 옆에서 정신을 잃고 쓰러져버렸다. 그의 취향이 너무나 확고했기에 야생동물 관리국에서 이 녀석을 이동시키려고 덫을 놓을 때 미끼로 보통의 경우와는 달리 도넛과 꿀 외에도 맥주까지 놓아두어야 했다고 한다.

텔런과 대화를 나누게 되었을 때, 그녀는 마침 동물세계에서의 중독 문제에 대해 조사하던 중이었다. 센터에서 이를 주제로 강의까지 맡고 있었다. 그녀는 코끼리들은 나무에서 떨어진 과일이 발효되기 전에 먹기 때문에 취하지 않지만, 새들은 발효된 과일도 먹기 때문에 곧잘 술에 취하기도 한다고 말했다.

이 얘기는 어느 해 캐나다 유콘주에서 썩은 마가목의 열매를 마음껏 따먹은 황여새[3]들에게 실제로 벌어졌던 일이다. 그 일이 발생한 후 유콘주의 환경보호청은 플라스틱으로 만든 '주정뱅이 유치장'을 설치하고, 새들이 술에서 안전히 깰 때까지 머무를 수 있게 보호하기로 했다고 한다.

---

3 참새목 여새과의 조류로 깃은 분홍빛을 띤 갈색이며 꽁지 끝이 노란 것이 가장 큰 특징이다.

여기서 궁금증은 왜 연약한 새들이 이런 방법을 통해 자신들의 신경계를 손상시키는 것인가, 하는 문제다. 결론부터 말하자면 새들은 일부러 술에 취하는 게 아니다. 그저 겨울에 대비하기 위해 가능한 한 많은 과일을 먹어두려 했을 뿐인데, 그해 너무 많은 열매들이 열리는 바람에 상당수의 과일이 저절로 발효된 것이다. 새들은 싱싱하고 좋은 과일들 사이에 섞인 발효된 과일의 독특한 맛에 중독될 수밖에 없었다.

하지만 흥미롭게도 다른 동물들은 스스로 취할 수 있는 물질을 찾아내는 것으로 보인다. 인간과 마찬가지로 때로는 복잡한 이유로, 때로는 바보 같은 이유로, 그리고 가끔은 교훈적인 이유로 그렇게 한다.

'취한 김에 용기를 낸다'는 말을 들어본 적이 있는가? 나는 '맨드릴개코원숭이[4]'로 알려진 화려한 색깔의 원숭이가 무엇으로 용기를 끌어올릴 수 있는지 알고 있다.

동물학자 조르지오 사모리니(Giorgio Samorini)는 《동물과 환각제(Animals and Psychedelics)》라는 책에 수컷 맨드릴개코원숭이가 특별한 나무의 뿌리를 먹으면서 다른 수컷과의 결투를 준비한다고 썼다. 이 뿌리에는 환각제처럼 작용하는 알코

---

4 긴꼬리원숭이과로 매우 짙고 화려한 색깔의 얼굴과 황색의 턱수염이 특징이다.

올 성분이 있다. 녀석은 상대를 공격하기 전에 약이 효과를 발휘하도록 2시간 정도 기다렸다며 사모리니는 이렇게 썼다.

"맨드릴개코원숭이가 이런 식으로 기다린다는 사실은 자기가 무슨 일을 하고 있는지 잘 인지하고 있음을 증명한다."

그런가 하면 과실파리[5]는 술에 빠져 실연의 슬픔을 잊으려고 한다는 연구 결과도 있다. 캘리포니아대학의 신경과학자들은 일부 수컷 파리를 암컷과 짝짓기할 수 있도록 유도하고, 다른 수컷들에게는 이미 짝짓기를 마쳐서 새로운 구혼자를 거부하는 암컷들을 배정했다. 그러자 성적으로 거부당한 파리들은 암컷들과 시간을 보낸 파리들보다 알코올이 함유된 먹이를 선택할 가능성이 4배가량 더 높은 것으로 나타났다.

BBC의 제작팀은 어린 줄무늬돌고래[6] 무리가 독이 있는 복어와 장난을 치는 광경을 촬영하기도 했다. 영상 속에서 돌고래는 입으로 복어를 부드럽게 물어서 복어가 환각을 일으키는 물질을 분비하도록 만들었다.

그러고 나서 돌고래는 마치 사람이 마리화나나 담배를 옆사람에게 넘기듯 그 복어를 옆에 있는 돌고래에게 넘겼다. 곧

---

5 파리목 과실파리과의 곤충을 부르는 총칭으로, 과육을 먹는 것이 특징이다.
6 고래목 참돌고래과의 포유류로 청색과 백색의 줄무늬가 있어 청백돌고래로도 불린다.

이어 환각 상태에 빠진 돌고래들은 물에 비치는 자기들의 모습에 넋을 잃듯이 바다 표면을 정신없이 쳐다보았다.

다양한 동물들의 이런 이야기로 미루어 볼 때, 취하는 걸 좋아하는 것은 인간만이 아닌 것 같다. 그런 의미에서 오늘은 술꾼 동물들을 위해 건배를 해야겠다.

_ 사이

46

야생으로
통하는 문

나는 도무지 이유를 알 수 없었다. 침대에서 함께 잠을 자던 개 샐리가 며칠에 한 번씩 자정 혹은 새벽 2시에서 4시 사이에 갑자기 격정적으로 짖어대기 때문이었다.

샐리와 나는 함께 베개에 머리를 대고 잤기 때문에 그 소리는 나의 귓가에 곧장 꽂혔다. 한밤중에 잠을 깬 나로서는 녀석이 갑자기 흥분하여 짖는 이유를 알고 싶었지만, 샐리의 목소리가 너무 커서 그 외 다른 소리는 전혀 들을 수가 없었다.

어느 추운 밤, 샐리의 짖는 소리에 잠이 깬 나는 일어나서 밖을 둘러보러 나갔다. 문을 열고 나가자 길거리에 여우 한 마리가 서서 우리 침실의 창문을 올려다보며 날카롭게 짖는 모습이 보였다. 이제야 이해할 수 있었다. 이것은 바로 '냄새 길(Smell Lane)'에 대한 분란이었던 것이다.

'냄새 길'이란 내가 샐리와 함께 아침에 산책하는 길을 부르는 이름이다. 아침 산책 때, 우리는 이웃집의 뒷마당을 지나 조금 더 걸으면 만나게 되는 샛강의 징검다리를 건넌다. 그러나 그 너머의 무성히 우거진 양치류[7]와 독미나리[8] 때문에 두 번째 징검다리를 건너기 전에 돌아서 집으로 돌아오고는 한다.

많은 동물들이 이 길을 이용하기에 나는 언제나 동물들의 흔적을 발견할 수 있었다. 쥐의 발자국과 꼬리가 끌린 자국, 다람쥐가 남겨놓은 솔방울 조각, 반달 모양의 사슴 발굽 자국, 그리고 칠면조가 남긴 흑백의 똥 무더기 같은 것들 말이다.

이것들을 알아채는 것은 샐리의 몫이다. 개의 후각은 우리보다 최대 20,000배가량 정확한 것으로 추정된다. 바너드대학의 동물행동인지학자 알렉산드라 호로비츠(Alexandra Horowitz)

---

7 고사리류라고도 부르며 잎 가장자리 또는 뒷면에 포자낭이 달린 것이 특징이다.
8 미나리과의 여러해살이풀로, 맹독을 품고 있으며 1미터 정도의 높이로 자란다.

에 따르면, 개의 후각 능력은 올림픽 경기용 수영장에 설탕 반 숟가락을 탄 것을 감지해낼 수 있을 정도라고 한다.

샐리는 30분 정도 되는 산책을 하는 동안에도 여러 차례 멈 춰 서서 누가 그곳에 있었는지 알아내기 위해 조심스레 냄새 를 맡는다. 이때 샐리가 무엇을 알아냈는지를 내게 말해줄 수 있다면 얼마나 좋을까!

모든 개들은 냄새로 세상을 알아가는 걸 좋아하지만 탐색이 나 구조 전문견도 아닌 그 정도로 능력을 보이는 것은 정말 놀 라운 일이다. 샐리가 암컷이기에 더욱 그렇다.

녀석은 아마도 과거의 일 때문에 그런 성향을 가지게 된 것 같다. 샐리는 우리에게 오기 전에 코요테가 수시로 출몰하는 아주 험악한 동네에서 살았다는 이야기를 들었다. 녀석이 살던 곳에는 코요테가 너무 많아서 고양이뿐 아니라 개들도 여지없 이 희생을 당하곤 했다고 한다.

특히 서부의 코요테들과 북부의 늑대들 사이에서 새끼가 태 어나는 경우가 있다. 이런 이종 교배로 생긴 잡종들은 코요테 의 적응력과 영리함, 그리고 늑대의 강력한 힘과 무리 짓는 문 화를 두루 갖추고 있어 천하무적이라는 말을 들을 정도이다.

당시의 샐리에게 다양한 동물들을 개별적으로 파악하고 분 석하는 일은 생사를 가르는 문제였을 것이다. 그래서 냄새 길을 따라 오가는 동물들에 대해 이례적으로 집착한 것으로 보인다. 샐리는 분명 우리 집 창문 아래서 짖어대던 여우를 알고 있었을 것이고, 여우 또한 샐리의 존재를 느끼고 있었을 것이다. 이 둘은 한 번도 만난 적 없지만 서로가 남긴 냄새로 의미 있는 메시지를 주고받아왔을 것이다.

늑대와 개처럼 갯과에 속하는 여우들에게는 광범위한 영역이 있다(보통은 40만 평방킬로미터 정도 된다). 그들은 여름이면 산딸기류와 벌레를 주식으로 삼기 때문에 그저 자기가 사는 굴만을 보호한다. 그러나 겨울이 되면 새와 작은 포유동물이 주식이 되면서 자기들 사냥터를 지키려고 더 넓은 영역에 영역 표시를 한다.

이들은 영역의 경계를 표시하기 위해 눈에 띄는 바위와 나무에 소변을 뿌리거나 드물기는 하지만 작은 배설물을 남겨놓기도 한다. 여우의 오줌 냄새는 너무 강력해서 나조차도 산책을 하는 동안 그 지독한 냄새를 맡을 수 있을 정도다.

나는 샐리가 여우의 영역 표시판에 자기만의 표시를 덧칠하는 모습을 자주 보곤 했다. 아마 이 때문에 여우가 우리 집 침실 창문 아래 찾아와서 우리 개에게 소리를 지르는 거라고 추측했다. 샐리는 여우의 영역 표시를 무시하려 했고, 여우는 이를 용납할 수 없었던 것이다.

우리가 키우는 반려동물과 가축들은 두 세계에 걸쳐 있다. 하나는 인간 가족의 세계이고, 다른 하나는 동물 이웃의 세계다. 때로는 이들이 우리의 벽과 창문 너머에 있는 더 넓은 자연에서 사는 동물들의 이야기를 들려주고는 한다.

하버드대학교의 조류지능학자 아이린 페퍼버그(Irene Pepperberg)는 말하는 회색앵무새 알렉스를 연구실에서 집으로 데려온 적이 있다. 알렉스는 영어로 의미를 담아 말할 수 있도록 훈련 받았고, 그래서 수백 가지의 단어를 인지하고 있었다.

알렉스는 페퍼버그의 집에 있는 커다란 창문을 통해 밖을 내다보다가 난생처음 올빼미를 보고 비명을 지르기 시작했다. "돌아가고 싶어! 돌아가고 싶어!"

알렉스는 수백만 년 전 앵무새의 조상에게서 물려받은 본능에 따라 올빼미가 위험한 포식자라는 걸 알고 있었다. 그래서 21세기의 실험실에서 배운 인간의 언어로 아주 오래된 지식을 표출했던 것이다.

이는 반려동물들과 살면서 만나게 되는 수많은 기적 가운데 하나다. 가끔 이들은 우리가 거의 알지 못하는 이웃인 야생동물의 보이지 않는 삶을 살짝 엿볼 수 있게 해준다. 녀석들 덕분에 우리 가까이에 사는 야생동물에 대해 이해할 수 있는 기회가 생기는 것이다.

이제 우리 집의 샐리는 더 이상 여우 때문에 밤에 깨지 않게 되었다. 샐리가 나이가 들면서 청각을 잃었기 때문이다. 보더콜리종에게는 흔한 일이다. 그러나 그렇다고 샐리가 모든 걸 잃은 건 아니다. 매일 아침이면 나와 샐리는 여전히 냄새 길을 산책하며 정교한 코를 가지고 동네 동물들이 보내온 편지를 읽고 답장을 쓰고 있으니 말이다.

_ 사이

꿈꾸는 수조 속의
전기뱀장어

뉴잉글랜드 수족관의 전기뱀장어[9]는 언제나 관람객들의 관심을 독차지하고 있다. 그런데 녀석이 있는 수조에는 독특하게도 수조 속의 전압을 측정하는 전압계가 설치되어 있다. 전기뱀장어는 먹이를 사냥하거나 기절시킬 때마다 전기를 내뿜는다. 그

---

9 잉어목 전기뱀장어과의 민물고기로, 뱀장어를 닮았으며 몸길이는 2미터에 달한다.

릴 때면 전기뱀장어가 쏜 전기 때문에 수조 위의 전압계가 밝아지면서 마치 마법처럼 보이지 않던 것들이 보이게 된다.

어느 날 나는 수조 안에서 또 다른 마법 같은 일이 벌어지는 걸 보았다. 전압계 덕분에 전기뱀장어가 꿈을 꾸는 걸 볼 수 있었던 것이다. 그 일은 내가 담수어 구역을 책임지고 있는 스콧 도우드(Scott Dowd)와 함께 수조 앞에 서 있는 동안 일어났다. 전기뱀장어는 수조 밑바닥에서 꼼짝하지 않고 휴식을 취하고 있었다.

"잠을 자고 있는 것 같군요."

"맞아요, 저 전기뱀장어는 아주 푹 자고 있군요."

우리는 그 뱀장어가 잠을 자는 동안 수조를 계속 들여다보고 있었다. 그리고 그때 사건이 벌어졌다. 엄청난 불빛이 전압계 화면에 번쩍하고 들어오더니 다시 한 번, 또 다시 한 번, 연속적으로 불이 들어왔다.

전기뱀장어는 사냥할 때 앞을 향해 헤엄쳐가면서 머리를 앞뒤로 흔들어서 전기 신호를 내보내고, 그 신호가 어디에 부딪혀 되돌아오는지를 감지한다. 하지만 뱀장어는 여전히 움직임이 없었다. 그렇다면 불빛은 무엇이었을까? 나는 도우드에게 물었다.

"저 녀석은 자고 있는 게 아니었나요?"

"자고 있는 게 맞아요."

그가 대수롭지 않다는 듯이 대답했고, 나는 그제서야 방금 목격한 것이 무엇인지를 깨달았다. 뱀장어는 꿈을 꾸고 있었던 것이다. 아리스토텔레스는《동물의 역사(History of Animals)》에서 이렇게 썼다.

"인간만이 꿈을 꾸는 건 아니다. 말도, 개도, 황소도 꿈을 꾼다. 물론 양과 염소도 그렇다."

우리와 마찬가지로 아리스토텔레스는 잠자는 개가 귀를 씰룩거리고 앞발을 허우적대며 짖어대는 걸 보았던 것이다. 다른 동물들도 이와 마찬가지로 꿈을 꾼다.

아리스토텔레스 이후의 많은 사상가들은 동물들이 꿈을 꿀 수 있다는 사실을 부정했다. 복잡하고도 신비스러운 꿈은 고등한 지능을 지닌 인간의 배타적인 영역으로 간주되었기 때문이다.

그러나 뇌 연구가 활발해지면서 학자들은 아리스토텔레스가 옳았음을 인정해야만 했다. 동물들도 꿈을 꾼다. 심지어 이제는 동물들이 무슨 꿈을 꾸는지 살짝 들여다볼 수도 있게 되었다.

1960년대 이후 과학자들은 꿈이 수면 주기 중에서도 렘(REM)수면[10] 단계에서 일어난다는 사실을 알게 되었다. 이 단계에서 우리의 근육은 보통 뇌간의 뇌교(腦橋)[11]로 인해 마비되기 때문에 꿈속에서 하는 대로 몸을 움직이지 않는다.

1965년에 연구자들은 고양이의 뇌간에서 뇌교를 제거하는 실험을 했다. 그러자 이 고양이들이 모두 잠자는 동안 자리에서 일어나 돌아다니고, 사냥감을 좇듯 머리를 움직이며 마치 보이지 않는 쥐가 있는 것처럼 덤벼든다는 사실을 발견했다.

2007년에 우리는 동물의 꿈에 대한 좀 더 확실한 그림을 얻게 되었다. MIT의 뇌과학 교수인 매튜 윌슨(Matthew Wilson)과 대학원생 켄웨이 루이(Kenway Louie)는 쥐가 미로를 빠져나가는 동안 쥐의 뇌 속에서 벌어지는 활동을 기록했다.

쥐가 미로 속에서 특별한 과제를 수행하는 동안, 쥐의 뉴런은 뚜렷한 패턴으로 움직였다. 그 후 연구팀은 쥐들이 잠든 동안의 뇌 활동을 기록하여 이를 비교하였다. 놀랍게도 쥐가 자는 동안 완전히 똑같은 패턴이 재생되는 걸 반복적으로 관찰할 수 있었다. 더구나 그 패턴이 너무나 또렷해서 쥐가 자면서 미로의 어느 부분을 꿈꾸고 있는지, 그리고 각각의 쥐들이 꿈속에서 달리거나 걷고 있는지를 구분해낼 수 있을 정도였다.

쥐의 꿈은 해마 부위에서 일어나는 것으로 관찰되었는데, 이

---

10 급속 안구 운동(Rapid Eye Movement)에서 따온 말로, 몸은 자고 있으나 뇌는 깨어 있는 상태의 수면을 말한다.
11 뇌간의 중뇌와 연수 사이에 위치하는 부위로 좌우의 소뇌반구를 다리처럼 연결하고 있다.

는 인간이 꿈을 꿀 때도 마찬가지이다. 해마는 기억을 기록하고 저장하는 부위로, 꿈을 꿀 때 해마가 활성화된다는 사실은 꿈의 중요한 기능 가운데 하나가 학습한 내용을 기억할 수 있도록 도와준다는 주장을 뒷받침해준다. 실험실 쥐에게는 미로를 빠져나가는 올바른 방식을 기억하는 게 중요했던 것이다.

그렇다면, 새들은 무슨 꿈을 꿀까? 답은, 바로 노래하는 꿈이다. 시카고대학의 대니얼 마르골리아쉬(Daniel Margoliash) 교수는 금화조[12]를 대상으로 실험을 실시했다. 대부분의 새들처럼 금화조도 태어나면서부터 노래할 줄 아는 게 아니다. 어린 새들은 하루의 대부분을 자기가 속한 종의 노래를 배우고 연습하면서 보낸다고 알려져 있다.

새들이 깨어 있는 동안 'RA(Robustus Archistrialis)'라고 부르는 전뇌의 뉴런들은 새들이 특정 음을 노래할 때 가장 활발히 움직이는 모습을 보였다. 교수는 뉴런의 활동 패턴을 바탕으로 개별적인 음정을 구분할 수 있었는데, 새들이 잠들었을 때 이들의 뉴런은 똑같은 순서로 움직였다. 마치 꿈속에서 노래를 부르는 것 같이 말이다.

---

12 금화조는 몸길이 10~11센티미터의 작은 사육조로, 부리는 붉고 얼굴은 붉은 빛이 도는 노란색인 것이 특징이다.

포유동물과 새에 비해, 고래의 꿈에 관한 연구는 그다지 많지 않다. 고래의 렘수면은 아직 발견되지 않았지만 분명 고래들은 꿈을 꿀 것이다. 이들은 사람만큼이나 큰 뇌를 가지고 있고, 수명도 꽤 긴 사회적 동물로서 장기 기억 능력이 반드시 필요한 동물이기 때문이다.

물고기가 잠을 잔다는 사실 또한 널리 알려져 있다. 인기 있는 관상어 제브라피시[13]는 잠을 자지 못할 경우 다음날 수영을 하는 데 어려움을 겪는다는 사실이 밝혀졌다. 잠을 제대로 자지 못한 사람이 다음날 집중하지 못하는 것과 마찬가지이다.

전기뱀장어는 무슨 꿈을 꾸었을까? 뉴잉글랜드 수족관의 전압계는 우리에게 그 답을 보여주었다. 바로, 사냥감을 좇으면서 전기 충격을 주는 꿈이었다.

_ 사이

---

13 제브라피시는 얼룩무늬가 있는 길이 4센티미터 안팎의 작은 열대어로 관상용으로 길러진다.

48
냄새로 보는
세상

동물들이 이 세상을 어떻게 인식하는지 설명하는 일은 쉽지 않다. 개들의 경우는 특히 더 어렵다. 다른 동물들, 심지어 인간들조차 신체적 다양성에 있어서 개에 비할 수가 없다.

독일에서 개량된 사역견[14]으로 '개의 왕'이라 불릴 만큼 용맹한 그레이트데인(Great Dane)은 어깨까지의 키가 1미터 이

---

14 경비와 목축, 운반, 동물 구조 임무를 목적으로 기르는 개를 가리키는 말이다.

상 자랄 수 있고, 몸무게는 90킬로그램에 육박한다. 그런데 놀랍게도 이 큰 개는 고작 15센티미터의 키에 몸무게는 4킬로그램 남짓한 치와와와 같은 생물종에 속한다.

하지만 키 때문에 이들 사이에는 여러 가지 차이가 생긴다. 우리가 땅에 서 있을 때보다 사다리 위에 올랐을 때 더 멀리 볼 수 있는 것처럼 그레이트데인은 치와와보다 훨씬 더 멀리 볼 수 있다.

나는 매일 치와와와 함께 바깥에 나갈 때면 이런 사실을 깨닫는다. 우리 집 치와와가 보는 세상은 잔디밭을 넘지 못하는데, 심지어 풀이 길게 자란 곳에 다다르면 그 작디작은 코끝보다 먼 데는 볼 수가 없다. 땅 위에 머리를 대고 옆으로 누워본다면 치와와의 시야 범위가 어떤지 알 수 있을 것이다.

그래서 치와와는 키가 큰 개들만큼 시각에 의해 정보를 얻지 못한다. 반면에 청력은 어떤가? 이 분야에서는 치와와가 훨씬 낫다. 녀석은 의미 있는 소리를 듣게 되면 우리가 하듯 그 소리를 낸 것이 무엇인지 보려고 그쪽을 향해 잽싸게 고개를 돌린다. 녀석은 잠을 잘 때조차 소리에 민감하다. 밤이면 우리 치와와는 내 침대에서 이불을 뒤집어쓰고 자지만 의심스러운 소리를 듣게 되면 벌떡 일어나 짖는다.

물론 개들은 냄새에 의해 가장 많은 정보를 얻는다. 우리가 모두 잘 알고 있듯이 개들의 후각은 인간보다 훨씬 낫다. 치와와는 내 사무실에 있다가 어떤 소리를 듣게 되면 바깥을 내다보기 위해 펄쩍 뛰어 창틀에 올라선다. 그리고 늘 그렇듯이 코를 벌름거리며 냄새를 맡고, 방금 들은 소리에 대해 가능한 한 모든 단서를 모으기 위해 눈과 귀까지도 활짝 연다.

이런 모습은 수많은 냄새를 쉽게 맡을 수 있는 바깥에 나가면 확연히 달라진다. 녀석은 땅에 코를 대고 이곳저곳을 돌아다니는데, 특히 녀석은 도시에서 자라나 뼛속까지 도시 개이기 때문에 내 차로 달려가 바퀴 냄새를 맡고는 한다.

개들이 다른 감각이 아닌 후각으로 세상을 인식하는 것은 어찌 보면 당연하다. 광경이나 소리는 금세 사라지지만 냄새는 오래 남기 때문이다. 광경이나 소리는 짧은 시간 동안 경험하게 되기 때문에 그저 아주 작은 양의 정보를 전달하는 경향이 있다. 물론 가끔은 당신이 알아야 하는 것들을 전해주기에 충분한 양이 전달되기도 한다.

그러나 이들을 냄새에 비할 수는 없다. 냄새는 아주 오랫동안 남아 있으면서, 단 한 번만 킁킁대면서 냄새를 맡기만 해도 온갖 종류의 유용한 정보를 전달해준다.

당신이 창문을 내다보다가 뒷마당에서 퓨마를 언뜻 본 것 같다고 생각해보자. 당신은 질겁하며 문밖으로 달려나가서는 더 자세히 상황을 살펴보기 위해 집 주변을 뛰어다닐 것이고, 개 역시 당신 곁에서 함께 달릴 것이다.

그러나 당신이 집 밖으로 나왔을 때에는 아무것도 없다. 당신, 그러니까 인간은 아무것도 볼 수 없고 들을 수 없기에 진짜로 퓨마가 있었다 하더라도 어떤 흔적도 찾지 못한다.

당신이 알고 있는 것들로 비춰 봐서는 모든 것이 착각 같다. 그러나 당신이 그곳에 서서 어리둥절한 표정으로 주변을 둘러보는 동안 개는 엄청나게 덩치가 큰 고양이가 막 지나갔다는 사실을 알게 된다.

그 고양이는 네 살쯤 된 암컷으로, 아직 젖을 먹여야 하는 새끼를 데리고 있다. 최근에 뭔가를 먹기는 했는데 신선한 고기가 아니라 썩은 고기로, 아마 작은 동물의 사체였을 것이다. 그리고 당신이 목격하기 얼마 전에 장운동을 해서 당신이 서 있는 자리에서부터 150미터 정도 떨어진 수풀 속에 배설물을 남겼다.

어쩌면 당신은 스스로를 배울 만큼 배운 성숙한 성인으로 판단하고, 당신의 개는 그저 완전히 당신에게 의지하고 있는 존재라고 생각할지도 모른다. 그러나 주변 환경에 관해 더 많이 알고 있는 것은 누구인가? 당신인가, 아니면 개인가?

나의 이웃인 척 드빈(Chuck DeVinne)이라는 수의사와 그의 개에 관한 일화는 후각의 힘을 무척이나 잘 보여준다. 한 번은 그가 여행을 간 사이에 그가 키우던 개가 사라진 일이 있었다.

그가 키우던 개는 종종 가출해서 우리 집으로 오곤 했는데, 그때 나는 녀석을 우리 집에서 보지 못했기 때문에 녀석이 길을 잃었을까 걱정이 되었다. 그래서 녀석을 찾아 온 동네를 뒤졌지만 아무것도 발견할 수 없었다. 녀석이 어딘가에 갔다가 그만 길을 잃은 게 분명했다.

그러나 드빈은 무엇을 해야 할지 알고 있었다. 그는 집으로 돌아와서 빨래를 하려고 모아두었던 옷가지들을 모아서 차에 쑤셔 넣었다. 그리고 시동을 켜고 빨래들이 데워질 때까지 히터를 틀어댔다.

그러더니 개가 마지막으로 목격되었다는 곳에서 창문을 열고, 천천히 차를 몰았다. 그 냄새는 그의 집으로 통하는 길을 따라 수풀마다 묻었고, 덕분에 그의 개는 집으로 돌아오는 길을 재빨리 찾아 무사히 돌아올 수 있었다.

_ 엘리자베스

49

문어가 얼마나 똑똑한지
알고 있나요?

모두가 옥타비아를 쓰다듬어 보려고 했다. 당연한 일이다. 옥타비아는 아름답고 우아하며 다정했다. 옥타비아에겐 뼈가 없고 미끈미끈한 피부가 있으며, 고통스러울 정도로 차가운 8.3도의 물속에서 산다는 조건에도 불구하고 그 누구도 그런 욕망을 단념하지 못했다.

 우리를, 그러니까 나와 뉴잉글랜드 수족관의 자원봉사자 윌슨 메나시(Wilson Menashi), 그리고 환경 관련 라디오 프로그램인 〈리빙 온 어스(Living on Earth)〉에서 나온 네 명의 관람객을 흥분시킨 것은 거대태평양문어인 옥타비아가 우리의 손길을 느끼고 싶어 안달이 나 있다는 사실이었다.

담당 사육사가 수조의 덮개를 열자 옥타비아는 나와 윌슨을 즉각 알아보았다. 우리는 몇 주 동안 옥타비아와 함께 작업을 해왔었다. 우리를 보자, 문어는 너무 신이 난 나머지 피부가 온통 빨간색으로 변하더니 수조의 먼 구석에서부터 우리를 향해 흐르듯 스르륵 헤엄쳐왔다.

우리가 손을 물속에 담그자 옥타비아가 팔을 들어올려서 수십 개의 강하고 하얀 빨판으로 우리를 감쌌다. 윌슨은 가끔 수조 끝에 매달아둔 양동이에서 생선을 꺼내 옥타비아에게 주었다.

곧 〈리빙 온 어스〉 제작팀이 합류했다. 그들은 처음엔 머뭇거렸다. 문어들은 영화와 소설에서 괴물로 묘사되곤 하기 때문에 좋은 이미지가 아니다. 옥타비아는 그 가운데에서도 가장 크고 강한 종이었기 때문에 더 그랬을 것이다.

거대태평양문어는 수컷의 팔에 달린 빨판 하나로 13킬로그램까지 들 수 있는데, 그런 빨판을 1,600개가량 가지고 있다.

그럼에도 너무나 다정하고 친근한 옥타비아의 모습에 누구도 그녀의 피부를 만질 수 있는 특별한 기회를 외면할 수 없었다. 그녀의 피부는 마치 커스터드 크림처럼 보드라웠다. 우리는 개를 쓰다듬듯 옥타비아를 쓰다듬었고 피부색이 색색이 변화하는 광경, 빨판의 감각, 그리고 여러 개의 팔이 보여주는 곡예에 마음을 빼앗겼다.

그러다 자원봉사자인 메나시가 옥타비아에게 빙어 한 마리를 더 주기 위해 손을 뻗었다. 바로 그때 우리는 물고기가 든 양동이가 있어야 할 자리가 텅 비어 있음을 깨달았다. 무려 여섯 사람이 보고 있었고, 그중 세 명은 수조 속에 팔을 담그고 있는 동안에 옥타비아는 바로 우리 아래에서 양동이를 훔쳐갔던 것이다.

"문어는 비상하리만큼 똑똑해요."

메나시가 말했다. 지난 20년 동안 문어와 일해온 그는 이 지적인 연체동물을 한곳에 몰두하게 만드는 데 최고 전문가였다. 그렇게 하지 않으면 문어들은 금세 지루해했다.

수족관은 문어가 머무는 수조의 덮개를 탈출이 불가능하도록 정교하게 설계하지만 빈번히 좌절하고 만다. 문어들은 너무나 쉽게 덮개를 열고 자기 집에서 미끄러져 나와 다른 수조로 들어가서 그곳의 주인을 잡아먹어버리곤 했다.

대부분의 수족관들은 문어에게 레고 분해하기, 닫혀 있는 병뚜껑 열기 같은 놀이를 통해 지루함을 달래도록 한다. 은퇴한 발명가인 메나시는 속에 뭔가를 담을 수 있는 여러 개의 유리 상자에 각각 모양이 다른 자물쇠를 달아놓은 장난감을 만들어 주었다. 문어들은 상자 안에 들어 있는 맛있는 게를 먹기 위해 자물쇠를 여는 법을 재빨리 알아냈다.

최근에 뉴질랜드의 켈리 탈튼 수족관은 소니 기술자들과 팀을 이뤄 '람보'라는 이름의 암컷 문어를 훈련시켰다. 훈련을 통해 람보는 방수 카메라의 빨간 셔터를 눌러 관람객들의 사진을 찍어줬는데, 수족관은 환경보호 프로그램을 만드는 데 쓰기 위해 이 사진을 관람객들에게 2달러에 팔았다.

람보가 자기가 찍은 사진의 최종적인 산출물이 무엇인지 알고 있다는 증거는 없지만, 단 세 차례의 시도 끝에 카메라 작동법을 배웠다는 점은 녀석이 무척 똑똑하다는 사실을 여실히 보여준다.

문어의 뇌는 인간의 뇌와 전혀 다르다. 우리의 뇌는 두개골 한가운데에 호두처럼 놓여 있지만, 문어에게 뼈라고는 전혀 없고 뇌는 목구멍을 둘러싸고 있다.

우리의 뇌는 전두엽, 측두엽, 두정엽, 후두엽 등 4개의 '엽(葉)'으로 조직되어 있다. 반면에 문어의 뇌는 어떻게 세느냐에 따라 50개에서 75개까지의 엽으로 구성되어 있다. 우리의 신경세포 대부분은 뇌 속에 있는 반면에 문어의 신경세포는 5분의 3이 팔에 분포되어 있다.

그럼에도 불구하고 문어와 인간이 여러 방면에서 유사하게 생각할 수 있다는 사실은 경이롭다. 둘 다 새로운 것을 배우고, 퍼즐을 해결하고, 새로운 친구를 만나는 걸 즐긴다.

옥타비아는 양동이를 슬쩍 훔치면서도 그 안에 있는 물고기를 먹지는 않았다. 우리가 양동이가 사라졌음을 알았을 때, 옥타비아는 마치 양동이를 우리로부터 의도적으로 숨기려는 듯이 팔을 꼬아서 감싸는 모습을 보여주었다.

3세기에 접어들던 시대, 로마의 박물학자 클라우디우스 아에리아누스(Claudius Aelianus)는 '문어의 장난기와 술책은 분명 고등동물의 특성으로 보인다'고 썼다. 어쩌면 옥타비아는 인간보다 한 수 앞서기 위해 장난을 즐기는지도 몰랐다. 우리가 한참 옥타비아의 행동에 놀라워하고 있을 때, 문득 한 사람이 사육사에게 물었다.

"문어가 이토록 똑똑하다면, 이렇게 우리가 전혀 생각도 못한 지각과 개성은 물론이고 기억력이나 그 외에 모든 걸 갖춘 동물이 또 누가 있을까요?"

아주 훌륭한 질문이었다.

_ 사이

옮긴이 **김문주**

연세대학교 정치외교학과를 졸업한 후 연세대학교 신문방송학과 석사를 수료하였다. 현재는 전문 번역가로 활동하고 있다. 주요 역서로는《거울 앞에서 너무 많은 시간을 보냈다》, 《어떻게 이슬람은 서구의 적이 되었는가》,《예술가는 절대로 굶어죽지 않는다》,《셰이프 오브 워터》,《설득은 마술사처럼》 등이 있다.

길들여진,
길들여지지 않은

초판 1쇄 인쇄일 2019년 07월 22일
초판 1쇄 발행일 2019년 07월 29일

지은이	사이 몽고메리		
	엘리자베스 M. 토마스		
옮긴이	김문주		
발행인	이승용		
주간	이미숙		
편집기획부	박지영 황예린	**디자인팀**	황아영 한혜주
마케팅부	송영우 김태운	**홍보전략팀**	조은주 김예진
경영지원팀	이루다 이소윤		

발행처	l주l홍익출판사
출판등록번호	제1-568호
출판등록	1987년 12월 1일
주소	[04043]서울 마포구 양화로 78-20(서교동 395-163)
대표전화	02-323-0421 **팩스** 02-337-0569
메일	editor@hongikbooks.com
홈페이지	www.hongikbooks.com
제작처	갑우문화사

ISBN 978-89-7065-698-4 (03840)

이 도서의 국립중앙도서관 출판예정도서목록(CIP)은
서지정보유통지원시스템 홈페이지(http://seoji.nl.go.kr)와
국가자료공동목록시스템(http://www.nl.go.kr/kolisnet)에서 이용하실 수 있습니다.
(CIP제어번호: CIP2019026711)